Athol Fugard
Tsotsi
Roman
Aus dem Englischen
übersetzt von
Kurt Heinrich Hansen
-Klett-Cotta-

1

Stille war eingetreten wie immer um diese Zeit, eine lang anhaltende Stille, in der sich keiner von ihnen rührte, oder vielleicht nur, um ein Glas hoch über den Kopf zu heben und die letzten Reste in den offenen Mund tropfen zu lassen oder um zu gähnen, die Beine zu strecken und sich rückwärts auf den Stuhl sacken zu lassen, wobei sich vielleicht einer von ihnen kratzte, ein anderer in den Hinterhof horchte, wo die alte Frau, deren Stimme wie Kiesel in einer Blechbüchse rasselte, schimpfte, während sie alle zu dieser ihrer Zeit auf die Straße hinaussahen und sich fragten, ob die Schatten da draußen jetzt wohl schon lang genug wären. Es war keine gewollte Stille, dafür gab es keinen Grund, es war zunächst nur eine Pause zwischen Gesagtem und der nächsten Bemerkung, die aber dann anwuchs, weil es ihnen plötzlich allen an Worten fehlte. Die Stille endete wie immer um diese Zeit, als sich der jüngste von den vieren, der am wenigsten gesagt und den anderen dreien nur zugehört hatte, als sich dieser, der Tsotsi von ihnen genannt wurde, vorbeugte, seine schlanken, feingliedrigen Hände zusammenbrachte und sie wie zum Gebet faltete. Die anderen drei hoben die Köpfe und sahen abwartend zu ihm.

Zuvor hatte der mit dem Namen Boston seine Geschichte erzählt. Boston hatte immer eine Geschichte auf Lager. Er fing damit früh am Nachmittag an, wenn sie in Tsotsis Bude zusammenkamen und es sich dort bei ihrer ersten Flasche Bier bequem machten; er erzählte lange, fast bis zu dem Augenblick, wo die Schatten lang genug waren und Tsotsi ihnen sagte, was sie in dieser Nacht unternehmen würden. Er brachte es langsam vor, nahm sich Zeit, die Wörter kamen ihm, während er trank, rülpste und eine weitere Flasche öffnete, leicht von den Lippen, wobei er sich dann auch unterbrach, den Raum verließ, sich draußen auf dem Hof mit ausgestrecktem Arm an dem heißen Wellblechzaun abstützte und in den Sand pißte und zusah, wie die Pisse einsickerte und trocknete, noch bevor er sich abwandte. Wenn er zurückkam, fragte er dann, wo war ich, und manchmal entsann sich einer von ihnen, meist jedoch nicht, weil es gleichgültig war. Worauf es ankam, war allein, daß seine Stimme diese letzte zögernde, vom Gewicht träger Hände beschwerte Nachmittagsstunde ausfüllte. Sie spielten an ihren Gläsern herum und zeichneten die von den Bierflaschen auf der Tischplatte zurückgelassenen feuchten Ringe zu seltsamen Mustern aus, während sich Boston mit einer zur Routine gewordenen Geste die Augen mit dem Daumen und dem Zeigefinger der rechten Hand rieb. Es strengte ihn an, ohne Brille zu sein.

Die anderen beiden hörten meist nur zu. Die Aap, so wegen seiner langen Arme genannt – seine Knöchel schien er im Staub neben sich herzuziehen –, folgte den Worten mit gespannter Aufmerksamkeit. Manchmal hatte er etwas zu sagen oder eine Frage zu stellen, und dann mühte er sich, die richtigen Worte zu finden und sie zu Sätzen zu ordnen. Der vierte, Butcher, hatte wie Tsotsi leichte Knochen und war wie er wendig, unterschied sich von ihm aber durch seine schmalen, bedrohlichen Augen und durch seine hängende Unterlippe. Er, Butcher, hörte auch zu, aber mit Ungeduld. Wozu all die Worte? Was er zu sagen hatte, war mit zehn oder noch weniger Worten getan. Aber ihm blieb nichts übrig, als eben zuzuhören.

Bostons Geschichten führten zu nichts. Zeit und Ort, wann und wo er etwas wie und mit wem gemacht hatte . . .

Ein Trödler schiebt seinen Karren draußen vorbei. Sie sehen den Schatten noch, als der Mann ihnen schon aus den Augen ist.

Oder die Zeit, zu der irgendwas und warum und wie es passierte und eine Menge anderer Dinge in Gang setzte, die sich in dem endlosen Gedröhn von Bostons eintöniger Stimme eins an das andere reihten.

Ein Fenster des Hauses jenseits der Straße, das sie

durch die offene Tür deutlich sehen, glüht flammend im widergespiegelten Licht der Sonne auf. Sie steht jetzt niedrig. Es kann nicht mehr lange hin sein.

Oder dieser Mann. Dieser merkwürdige Mann von vorhin, der dort ging und nicht zurückkam.

Die alte Frau im Hof schüttelt ihre mit Schimpfworten gefüllte Blechbüchse. Ein Kind weint.

Butcher fährt in einem plötzlichen Anfall von Ungeduld herum.

Warum? Warum? Die Aap stellt eine Frage. Boston lacht. »Weil...« Unterm Tisch her kommt eine weitere Flasche zum Vorschein. Sie schenken sich ein. »Weil –«, fährt Boston fort, »– wegen dieser Pflaume. Ja, Mann. In die Pfanne gehaun hat sie ihn.«

Jetzt trat die Pause ein, und mehr noch als eine Pause, denn dies war auch das Ende der Geschichte, und keiner wußte weiteres zu sagen, und alle saßen sie lange Zeit schweigend da, bis der jüngste der vier, den sie Tsotsi nannten, plötzlich die Hände zusammenlegte und die anderen drei ihn abwartend ansahn.

Boston lächelte, Butcher wand sich in einem Anfall von Ungeduld und Haß auf den schweigenden Mann, Die Aap wartete teilnahmslos ab.

Tsotsi sah das alles. Das Lächeln, das Angst verbarg, die Augen, die Haß verbargen, das Gesicht, das nichts verbarg. Dir kann ich traun, sagte er sich mit einem Blick auf Die Aap. Dir darf ich nie den Rücken kehren, und es war Butcher, den er ansah. Und du, Boston, du lächelst mich an, und hinter deinem Lächeln verbirgt sich Angst.

»Was also, Tsotsi?« fragte Boston. Er hielt Tsotsis Blick kurze Zeit stand, aber als diesem das Lächeln auf den Lippen erstarrte, sah er vor sich in sein leeres Glas.

»Ja. Was also, Mann?« fragte Butcher.

Die Aap schwieg.

»Heut ist Freitag«, sagte Tsotsi und sah durch die

Tür nach draußen. Die Schatten waren lang genug. Bald würde es dunkel sein.
»Der Zug«, sagte er. »Greifen wir uns einen im Zug.« Butcher reagierte als erster. Er lächelte und lachte dann, kalt und scharf wie eine Messerklinge. »Ja, Mann. Einen im Zug«, sagte er.
Aber es war Boston, den Tsotsi jetzt beobachtete, und Boston wußte es und hielt die Augen gesenkt, so daß er nicht einmal mehr das Glas in seiner Hand sah. Aber selbst so konnte Tsotsi noch seine Stirn sehen, und das genügte, denn ihm entging der leichte Schweiß nicht, der auf seiner Haut glänzte.
Die Aap brauchte Zeit. Er wiederholte, was Tsotsi gesagt hatte. »Der Zug. Greifen wir uns einen im Zug.« Er dachte darüber nach, suchte sich ein Bild zu machen und überlegte, welche Rolle ihm dabei zufiele. Es war einfach. Er wußte Bescheid. Er nickte. »Ja.« Das war alles, was er dazu zu sagen hatte.
Boston sah hoch. Alle drei beobachteten ihn jetzt.
»Warum?« fragte er und fingerte nervös an seinem Glas herum.
»Warum nicht?« Tsotsis Stimme klang kantig.
Boston zuckte die Schultern, er versuchte zu gähnen, was aber nicht klappte. Also seufzte er quasi gelangweilt. »Manchmal greift man sich einen, und es lohnt sich nicht.«
Tsotsi ließ sich Zeit mit der Antwort. »Ich irre mich nie.«
Die Aap nickte. »Das stimmt. Noch nie hat er sich geirrt.«
Butcher rekelte sich ungeduldig auf seinem Stuhl. Warum das Gerede? Ihm leuchtete das ein. »Das ist gut, Mann. Ja, Mann. Das ist gut.« Er stand auf. »Gehn wir.«
Aber Tsotsi ließ die Augen nicht von Boston, er beobachtete ihn: seinen ausweichenden Blick, seine trockenen Lippen, seine rosa Zunge, mit der er sie zu befeuchten versuchte. Boston fiel nichts ein, was er hätte einwenden

können, nichts, das sie begreifen und einsehen würden. »Okay«, sagte er, »okay«; und so standen sie alle auf, warteten, bis Tsotsi seine Jacke angezogen hatte, und folgten ihm auf die Straße. Die Aap als erster, dann Boston, der »Okay« sagte, immer wieder, während er seufzte und sich gähnend zu übertriebener Gleichgültigkeit zwang. Butcher folgte als letzter, weil er sich noch eine Fahrradspeiche aus einem Kasten in der Ecke holte. Das war der Grund, warum er der »Schlächter« hieß. Er hatte sein Ziel noch nie verfehlt.

Die Straße, die sie entlanggingen, war krumm und gebuckelt wie der Wellblechzaun, den sie hinter sich ließen, und Tsotsi führte sie auf einen Weg, der scharf war von Steinen und Augen und Hundegebissen. Staub lag jetzt am Ende des Tages in der Luft, aber es war noch hell. Es war heiß gewesen wie eben in dieser Zeit des Jahres, und auf dem Stadtbezirk lag, während sie sich vorbewegten, drückende Schwere, vermischt mit der Hoffnung auf dunkle Wolken und Nässe vom Osten her. Es war ein Moment des Aufschubs, eines langsamen Aufschubs zwischen dem langen Tag und dem Getanen und dem, was in der noch längeren Nacht zu tun war, und der Stadtbezirk trug diese Stunde, wie ein Bettler sein zerfetztes Zeug trägt, die abgelegten Reste aus besseren Zeiten, die zwar dankbar entgegengenommen worden waren, nun aber ohne Stolz getragen wurden. Kinder waren verzweifelt, weil es keine Spiele mehr zu spielen gab, geschäftige Frauen standen mit leeren Händen herum, Hunde streunten auf linkischen Beinen, und alte Männer, die in der Sonne gedöst hatten, entbehrten die Sonne jetzt und erwachten mit fröstelnden Gliedern. Es war die Zeit verzweifelter Gebärden, in der man den Staub, in dem man den ganzen Tag gespielt hatte, mit Füßen trat oder aufstand und hineinspuckte, nachdem man unter der Sonne in ihm geschlafen hatte. Und hatte man ihn mit Füßen getreten, dann stand man da, stand abwartend da wie die Frauen mit leeren Händen und versuchte die Augen vor sich selbst und seiner eigenen Nutzlosigkeit zu verschließen.

Aber mit dem Moment, in dem die vier die Straße zielstrebig entlanggingen, schwand auch jener Moment des Aufschubs, der mehr als das, der auch ein Moment des Nachrechnens gewesen war, in dem Nachbarn ihre Nachbarn vermißt hatten, weil der Aufräumtrupp in den Slums hier am Werk gewesen war und einige weitere Dächer und Mauern ohne Türen und Fenster niedergerissen hatte, die einem jetzt wie Schädel in dem verebbenden Licht entgegenglotzten, und noch sah man, wie der Staub sich im Inneren setzte, während man sich zugleich der ungläubigen, in ihrer Verbitterung ohnmächtigen und verwirrten Augen erinnerte, die den hoch mit zersplitterten Möbeln beladenen Karren folgten; ein Nachrechnen auch für den alten Mann, den das Schaudern in seinen kalten Gliedern veranlaßt hatte, die vergangenen Tage zu zählen und abzuwägen, was ihm an Hoffnung für morgen verblieb; ein Nachrechnen ebenso für die Frauen, die das wenige Geld, das ihre Männer nachhaus bringen würden, gegen all das von ihnen dringend Benötigte abwogen und sich dabei an eine magere Hoffnung auf ihre wohlbehaltene Rückkehr klammerten, denn es war Freitag, und die Nacht stand bevor, und die vier Männer, die vorüberkamen, waren Vorboten der Nacht, und mit ihnen war jener Moment vergangen, weil *sie* es waren, die vorüberkamen, und mit ihnen die Zimmer plötzlich grau und kalt wurden und die Mütter ihre Kinder von den Straßen hereinriefen, auf denen die Schatten den vier Fängern wie Ratten nachliefen.

Und Tsotsi wußte das alles. Für ihn war das eine Tatsache, nicht nur so groß wie der gute Mann, der beiseite trat, um ihn vorbeizulassen, und der Ladeninhaber, der sich beeilte, seine Fenster mit Brettern zu verschalen und seine Tür zu verriegeln, oder so klein wie vaterlose Kinder und das haßerfüllte Gezischel, das in den Straßen aufkam, er wußte auch, daß er zu all dem bestimmt war. Das Leben hatte ihn nichts anderes gelehrt. Daß er dies wußte, war für ihn nicht mit Triumph oder Freude verbunden. Es war einfach seine Art zu leben, er fühlte sich dabei so, wie andere sich fühlen, wenn sie morgens die Sonne sehen. Die großen Männer, und die anständigen auch, traten seinetwegen beiseite, er war es, vor dem man sich ängstigte, er war es, dem der Haß galt. Seinetwegen war alles so. Er wußte, daß er es war. Er war es, wußte er in diesem Moment, der die anderen zum Zug führte, um sich einen zu greifen.

Das war der Grund, weshalb die Männer wegsahen und die Frauen in den Staub weinten, als er auf der krummen Straße vorbeikam.

Sein Name war Gumboot Dhlamini, und auf ihn hatten sie es abgesehen. Aber er wußte davon erst, als es zu spät war. Auch hatte ihn keiner gewarnt.

Gumboot war ein Mann. An der ihm innewohnenden Hoffnung gemessen, war er groß, stand er in seinen Schuhen groß unter den anderen Männern da, aber selbst wenn er mit leerem Bauch und seinem volltönenden, breiten Lachen barfuß an einem der vergangenen Tage in die Stadt ging, so daß jene, die ihn hörten, hochsahen und über ihn lachten, selbst dann stand Gumboot aufrecht und hoch mit dem Kopf im Himmel.

»Maxulu«, hatte er tausend Meilen entfernt zu seiner Frau, mit der er am Straßenrand stand, gesagt, »Maxulu, ich komme zurück.« Der weiße Mann hatte auf der Straße zu Sabatas Haus den Weg zu der Goldenen Stadt gezeigt, und so machte er sich dorthin auf den Weg. Seine Frau sah ihm lange Zeit nach, und später, als sie, weil sie schwanger war, müde wurde, setzte sie sich ins Gras, und dort sah er sie noch, bis der Weg ihn über den Hügel führte, und so erinnerte er sich an sie bis zuletzt.

Er hatte den weißen Mann auch gefragt, wieviele Tage er brauchen würde, und der weiße Mann hatte gesagt, er brauche dazu in seinem Auto zwei Tage, was aber natürlich schneller geht als zu Fuß. Und so fing er an zu zählen, und als er bis zehn kam und nicht weiterzählen konnte, schnitt er eine Kerbe in seinen Stock. Danach schnitt er jedesmal, wenn er wiederum bis zehn gezählt hatte, eine Kerbe in seinen Stock. Es waren schon einige Kerben in seinem Stock, als er damit eine Schlange tötete und darauf den zerbrochenen Stock wegwarf. Von da an zählte er nicht mehr.

Es war warm gewesen, als er sich mit vollem Bauch von seiner Frau am Straßenrand verabschiedete, aber mit der Zeit wurden die Nächte kühler, seine eine Decke immer dünner, und es kamen Tage, an denen er hungerte. Er arbeitete etwas, und mit dem Geld, das er dadurch verdiente, kaufte er sich ein Paar Schuhe, das er in seine Decke wickelte. Er wanderte Tag um Tag durch die Stille, immer den Weg zwischen den endlosen Feldern entlang, die sich zu beiden Seiten in der Ferne verloren, wanderte durch die Staubwolken der vorbeifahrenden Wagen, immer schweigsam, immer alleine, aber nie ohne Hoffnung. Dann, an einem großen Tag der neuen Welt, in der er war, der braunen, flachen, unzerbrochenen Welt, in die er gewandert war, an so einem großen Tag sah er über eine Anhöhe hinweg in der rötlichen Ferne die Gebäude der Goldenen Stadt. Und sie waren groß, und an diesem Tag gewann Gumboot seine Stimme zurück und lachte und hoffte hoch hinaus und zog für diesen letzten Wandertag seine Schuhe an.

In der Stadt fand er Arbeit in den Minen und ein Zimmer in einem der Stadtbezirke, und ein Jahr lang fuhr er am frühen Morgen von dem einen Ort zum anderen, fuhr mit einer Menge anderer in den voll besetzten Zügen zur Arbeit und abends zurück, fuhr mit der gleichen Menge in den gleichen Zügen zum Schlafen. So reiste er ein Jahr lang sicher und wohlbehalten, weil er sich an die Ratschläge der anderen hielt, und in der gleichen Zeit arbeitete er hart und verdiente gut und trug die Schuhe, die er sich auf dem Weg gekauft hatte, ab, ließ sie flicken, trug sie wieder und nutzte sie ab und kaufte sich ein neues Paar.

Dieses Jahr war auf eine Weise kurz, auf andere Weise aber war es lang, besonders wenn er sich an Maxulu im Gras am Rande der Straße erinnerte, und so wandte er sich an einen Mann, der ihm Wörter für einen Brief nach Hause aufschreiben konnte. Und jetzt endlich war das Jahr fast vorbei. In einer Woche, in nur einer Woche der frühen dunstigen Stunden und der Arbeit unter Tage würde er mit dem Geld, das er gespart hatte, zurückfahren. Maxulu würde ihren Mann fast genauso zurückbekommen, wie er sie verlassen hatte, mit seinem Lachen, so groß wie schon immer, mit seinen Händen, die freigebig in den Gesten der Liebe waren, und sogar in Schuhen und nach wie vor voll hoher Hoffnung.

Aber Gumboot war ein Mann, und das hat noch eine andere Bedeutung. Es hat mit Tod zu tun und der Zerbrechlichkeit selbst jener irdenen Becher, die als Getränk herzhaftes Lachen enthalten, die zerbrochen werden können und das Leben eines Mannes in den Staub verschütten. Gumboot war dieser Mann, auch in diesem Sinne war er es, denn eine Woche vor seiner Heimkehr stand in diesem zum Stadtbezirk zurückfahrenden Freitagabend-Zug Butcher hinter ihm, Butcher, der unfehlbar genau wußte, wo das Herz saß.

Gumboot hatte drei Fehler gemacht. Erstens hatte er gelächelt. Es war wegen der langen Schlange am Bahnhofsschalter, weißt du, weil es nur noch eine Woche bis zur Heimfahrt war und vor ihm ein Wochenende ohne Arbeit lag und ein Mann zu ihm käme, um einen Brief an Maxulu zu schreiben, daß er zurückkommen würde – es war wegen der Leute, seiner Landsleute (und so viele von ihnen!): der Geruch all dieser Männer, von denen einige traurig, einige glücklich waren, die aber alle ungeduldig ihre Heimkehr erwarteten; wegen all dieser Dinge lächelte er, und Tsotsi bemerkte es, weil dieses Lächeln weiß war wie Licht.

Sein zweiter Fehler war der Schlips. Er war flammend

rot, mit silbern auf seiner Brust zuckenden Blitzstrahlen, wie jene, die er als Junge bei Sommergewittern gesehen hatte, wenn er nach einem Tag auf den Bergweiden auf dem langen Heimweg mit dem Vieh unter einem zerrissenen, brodelnden Himmel haltmachte, um seinen Jubel in die Welt hinauszurufen und das Echo in den langgestreckten Tälern widerhallen zu hören und loszurennen, wenn der Himmel antwortete und der Blitz tief in die Berge schlug. Er hatte den Schlips in der Mittagspause von dem indischen Trödler gekauft, der seinen Karren mit Schals und Perlen und allerlei glitzerndem Zeug jeden Freitag zur Mine schob, hatte ihn einfach deswegen gekauft, weil er nie einen besessen hatte und damit sicherlich Maxulu beeindrucken würde. Aber es war ein Schlips in leuchtenden Farben, der es Tsotsi erleichterte, ihn aus der Distanz im Auge zu behalten, während die Menge sich wie ein Tausendfüßler auf den Schalter zuschob.

Und dann der dritte Fehler. Er kaufte die Fahrkarte mit Geld aus seiner Lohntüte. In seinem Überschwang hatte er den wichtigsten Rat außer acht gelassen ... willst du im Freitagabend-Zug sicher nach Hause kommen, dann laß niemanden dein Geld sehen. Warum sollte er sich auch an diese alberne Warnung halten, wenn sich um ihn herum Tausende seiner Landsleute drängten, die wie er anständig und nur darauf aus waren, schnell und sicher nach Hause zu kommen? Ein Jahr lang hatte er nun in dem Zug 5 Uhr 49 (der sich immer zehn Minuten verspätete) keinerlei Ärger gehabt ... und so vergaß er, als er sein Geld bekam, ein paar Münzen beiseite und in die Tasche zu tun, und riß statt dessen in aller Eile die Lohntüte auf, weil die anderen hinter ihm es ebenfalls eilig hatten, weil sie lachten und fluchten, und suchte in der aufgerissenen Tüte zwischen den Scheinen nach Münzen.

Er hastete zum Bahnsteig und wartete dort. Was wollt ihr! Er war noch am Leben! Aber Tsotsi schob sich heran, und als der Zug, der 5.49er (immer zehn Minuten verspätet), einfuhr und die Menge sich zu den Türen drängte, nutzte er die Gelegenheit und machte sich an seinen Mann heran.

Und jetzt im Zug (noch am Leben!), eingepfercht zwischen so vielen, wie der Waggon fassen konnte, fuhr er im schweißigen Arbeitsgeruch und in Tabakrauch, die Ohren voll vom leisen Gewirr ermüdeter Stimmen, nach Hause, ungeduldig, weil der Briefschreiber um sechs Uhr dreißig kommen wollte und er vom Bahnhof noch eine halbe Stunde zu gehen hatte, und dachte zwischendrin an Maxulu, dann an seinen Schlips, der beim Einsteigen ganz zerknüllt worden war, und wollte ihn glattstreichen und merkte zu seiner Überraschung, daß er die Arme nicht bewegen konnte.

Er fand nicht erst Zeit, sich klarzumachen, was das zu bedeuten hatte. Er versuchte es ein zweites Mal, aber Die Aap war stark.

Tsotsi lächelte über die wachsende Verwirrung im Gesicht des großen Tölpels, wartete auf die explosiv in die Augen vorschießende Schwärze, während Butcher die Speiche ansetzte und ihm ins Herz bohrte. Als dies geschah, beugte sich Tsotsi dicht an den Sterbenden heran und flüsterte ihm ein obszönes, seiner Mutter geltendes Schimpfwort ins Ohr. Ein Moment des Hasses, hatte er gelernt, entstellte das Gesicht noch im Tod.

Die Aap hielt den Mann noch in Hüfthöhe umschlungen. Als er in sich zusammensackte, drängten sich die anderen drei heran und hielten den Mann durch den gemeinsamen Druck ihrer Körper aufrecht ... ein Vorgang, den keiner in dem vollbesetzten Waggon bemerkte. Boston, der dem Toten am nächsten und dem zugleich vom Hirn durchs Herz bis in die Magengrube übel war, was er mit aller Macht zu unterdrücken suchte, Boston war es, der ihrem Opfer die Hand in die Tasche schob und die Lohntüte herausholte.

Als der Zug in die Station einfuhr, drängte die Menge

sich wie jeden Abend zu den Türen, und die wenigen auf dem Bahnsteig, die weiter nach vorn wollten, erkämpften sich wie jeden Abend den Weg durch die anflutende Menge zu den Waggons, aber der 5.49er (immer zehn Minuten zu spät) fuhr wie sonst gelegentlich an den Freitagabenden nicht an, weil jene, die in dem Wagen zurückgeblieben und die wenigen, die hinzugekommen waren, Gumboot Dhlamini fanden und das herausstehende Ende der Speiche sahen.

2

»Okay, okay! Mir war übel. Was beweist das schon? Was bitte, hm?«

Butcher lachte. »Ja, Mann. Übel war dir. Kotzübel wie einem Köter.«

»Und was beweist das?« Boston stieß die Worte gewaltsam hervor, hob die Stimme, um das Gelächter zu übertönen. Es ging mit ihm durch. Speichel stand ihm in den Mundwinkeln, als risse es ihm die Lippen auf. Er wiederholte seine Frage, und dann hob die fünfte, hier im Zimmer anwesende Person den Kopf – eine Frau, die anscheinend im Stuhl in der Ecke geschlafen hatte.

Sie saßen in Soekie's Bude zum Trinken beisammen. Es gab im Stadtbezirk viele solcher Buden, in denen man trinken konnte; ihre Zahl und auch ihre Lage änderten sich von Tag zu Tag, weil die Polizei hier fast jede Nacht herumschnüffelte und sich jeden Tag irgendwer Flaschen besorgte und einen neuen Laden aufzog. Die Auswahl war groß. Man konnte mit Männern oder man konnte mit den Mädchen trinken. Man konnte allein trinken, wenn der Tag und die Welt danach waren, man konnte in der Ecke auf einem Stuhl sitzen und die ganze Nacht an einer Flasche lutschen, ohne daß sich jemand einen Dreck darum scherte, ob einem nun die Mutter gestorben oder die Frau davongelaufen war. Vor einem Bild an der Wand konnte man trinken oder vor einer Wand ohne Bild. In einem bequemen Sessel oder auf einer Holzbank konnte man trinken oder schließlich auch hinten auf dem Hof im Stehen.

In Soekie's Bude stand ein Tisch mit Stühlen drumherum und einigen an den kahlen Wänden. Auf dem Boden lag ein Stück Linoleum, aber das war ziemlich sinnlos, weil die Bretter verrottet waren. Das Licht hing nackt über dem Tisch, und in Nächten, in denen es wehte und der Wind durch die zerbrochene Fensterscheibe und unter der Tür hindurch hereinkam, schwang die Glühbirne langsam hin und her, und die Schatten, die sie warf, huschten in finsteren Mustern über die Wand. Eine Tür führte zur Straße, die andere ihr gegenüber zu dem Nebenraum, in dem Soekie wohnte und schlief, wo sie auch aß, ihr Grammophon spielte und ihre Flaschen versteckt hatte.

Tsotsi saß am Kopfende des Tisches und schaukelte auf den Hinterbeinen seines Stuhles. Die Aap saß rechts von ihm, Butcher ihm gegenüber. Der Stuhl links war leer. Boston hatte sich noch nicht gesetzt. Die Frau saß abseits in der Ecke. Dort war sie schon gewesen, als sie hereinkamen. Vielleicht hielt sie sich dort den ganzen Tag auf, mit vornüber gesenktem Kopf, ausgestreckten Beinen, mit Armen, die seitwärts herunterhingen, und hin und wieder babbelte sie sinnloses Zeug vor sich hin.

Boston, Speichel auf den Lippen, hatte die Augen weit aufgerissen.

»Was also beweist das?« fragte er.

Die Frau sah plötzlich hoch. »Komm her, Johnny«, rief sie. Sie war Mitte dreißig und sprach mit geschlossenen Augen. Ihre Gesichtszüge waren gedunsen wie gekneteter Teig. Keiner der vier warf ihr auch nur einen Blick zu.

Boston bewegte die Augen nervös von Butcher zu Die Aap, zu Tsotsi und dann wieder von einem zum andern, bewegte sie ruckend mit den vergehenden Sekunden, während das Lachen anwuchs und das schmierige Lächeln in den Gesichtern blieb, bewegte sich selbst wie ein in der Arena der Lächerlichkeit in die Enge getriebenes Tier, das nach einer Öffnung als Fluchtweg sucht.

»Sei nicht so hart, Johnny.« Das war wieder die Frau. »Komm und gib mir einen Kuß.«

Boston ging zu ihr. Sie wand sich im Stuhl. Bedachtsam schlug er ihr mit der flachen Hand ins Gesicht. Dann ein zweites Mal. Ihre Stimme verlor sich in einem weichen Gewimmer. Sie hielt die Augen geschlossen, aber ihre gerunzelten Brauen glätteten sich.

»Liebster, ah, Liebster! Nochmal, Johnny.«

Butcher lachte. »Nicht zuviel, du. Schlägt dir sonst auf den Magen.«

Die Aap stimmte in das Gelächter ein.»Das' gut, Butcher Boy, das' gut.«

Boston gab's auf. Er ging zum Tisch und leerte sein Glas, setzte sich aber nicht hin. Er schien plötzlich das Interesse an den dreien verloren zu haben. Er tappste ziellos in der Bude umher, machte ab und zu den Mund auf, als wollte er etwas sagen, aber es kam nichts, und so schüttelte er den Kopf und ging wieder umher.

Butchers Glas war leer. Er tippte mit dem Daumen auf den Tisch.»Soekie. Ich hab nichts mehr. Du bist langsam heut nacht. Soekie!«

Ihre Antwort kam aus dem Nebenraum.

Er zuckte die Schultern. Er hatte begonnen, zu der Frau in der Ecke hinzusehen, hatte sie flüchtig angestarrt, sich dann wieder dem Tisch zugewandt und an seinem Glas herumgefummelt, wobei seine Hände sichtlich nervöser wurden, nachdem er zum dritten Mal zu der Frau in der Ecke hingesehen hatte.

»Soekie!«

»Meine Güte, ich komm ja schon.«

Tsotsi schaukelte leicht auf seinem Stuhl vor sich hin. Er sah alles: Butcher und die Frau, Die Aap, der fast schlief, Boston, der den Raum durchstrich und in sich nach irgendwas suchte, nach einem Wort, das den Vorfall nach der Sache im Zug vertuschen oder erklären sollte, als er sich nämlich in der Gosse hinsetzte und sich erbrach, und mehr noch als sich erbrach, denn Tsotsi hörte auch das Schluchzen, das mit dem Brot und dem Bier ihres vor einer Stunde eingenommenen Essens aus ihm herausbrach.

Als Tsotsi zu Soekie ging, hatte er sich vorgenommen, genau das zu tun, was er immer tat. So einfach war das. Also schaukelte er auf seinem Stuhl, ließ seine Hände untätig auf den Knien liegen, trank zwei Gläser statt der vier, die sie tranken, beobachtete sie, hörte ihnen manchmal zu, verschloß sich dann aber ihrem Gerede und dachte an nichts, sagte sich nur wiederholt: Es ist genau wie immer.

Er hielt sich hartnäckig an diese Beteuerung und gab die Suche nach einer außen vorhandenen Realität nicht auf, die dieselbe wie immer war; und zwar deswegen, weil er sie seit einiger Zeit auf eine seltsame Weise nicht mehr als dieselbe *fühlte*. Das hatte mit Boston zu tun. Er haßte Boston. Deshalb hatte er die Sache mit dem Zug vorgeschlagen, wegen Boston. Boston war jetzt seit sechs Monaten mit ihnen zusammen. Vorher war alles prima gelaufen. Aber als Boston dazukam, hatte es begonnen, und Tsotsi wußte auch warum. Es war wegen der Fragen, die er stellte.

»Wie heißt du, Tsotsi?« hatte er gleich zu Anfang gefragt, »ich meine ... wie ist dein richtiger Name?«

Tsotsi gab ihm diesmal noch eine Chance, er sah zu Die Aap hin, bevor er ging. Die Aap wußte, warum Tsotsi ihn angesehen hatte, und so erzählte Die Aap Boston, als er gegangen war, wie sehr Tsotsi es haßte, über sich selbst befragt zu werden, und daß keiner etwas über ihn wußte. Sie wußten nur eins, daß nämlich er der härteste, schnellste und cleverste Bursche war, den man sich vorstellen konnte, und versuchte jemand, etwas über ihn ausfindig zu machen, dann war der schon so gut wie tot.

Also hörte Boston mit seinen Fragen auf, solange jedenfalls, wie er nüchtern war. Er trank viel, besonders nach so einem Job, aber auch dann noch war er ihm am Anfang nicht mit seinen Fragen gekommen. Aber die waren da, und Tsotsi sah sie hinter seinen blinzelnden Augen, die Brillengläser brauchten, Augen, denen es Mühe machte, ihn anzuvisieren, die ihn musterten, bis zu viel getrunken worden war, und sich dann ab- oder nach innen wandten oder sich schläfrig schlossen.

Sein Fehler war, daß er dies vorerst duldete. Ein größerer Fehler war, daß er sein Spiel mit Boston trieb, indem er Dinge vorschlug, die Boston nicht fertigbrachte oder die er haßte und bei denen ihm übel wurde. Denn als Tsotsi das tat und Boston es merkte und vor Tsotsi nicht verbarg, daß er es gemerkt hatte, wagte sich Boston versuchsweise aus seinem Schweigen heraus und ließ das eine oder andere Wort fallen. Bis zu diesem Punkt war die Sache an dem Abend bei Soekie gediehen, als Butcher mehr Alkohol wollte, Die Aap schon halbwegs schlief und Boston durch den Raum stelzte und Tsotsi, wie immer äußerlich ruhig, auf seinem Stuhl schaukelte, innerlich aber gereizt mit gesenkten Augen Bostons verzerrten Schatten verfolgte.

Soekie brachte eine Flasche zum Tisch. Sie war schwarz, vielleicht Mitte fünfzig, geboren war sie im besten Bett im größten Haus des besten Europäerviertels der Stadt, aber ihre Mutter liebte sie nicht, und so hauste sie jetzt hier in diesem Stadtbezirk. »Ich hab regelmäßig geschrieben«, sagte sie immer, wenn sie ihre Geschichte erzählte, »ich hab die Adresse, aber nie Antwort gekriegt.« Weswegen schreibst du denn? fragten sie Soekie. »Wegen mei'm Geburtstag«, sagte sie. »Ich will wissen, wann mein Geburtstag ist.«

Und so kam Soekie mit einer Flasche zum Tisch und ließ sich das Geld dafür geben, bevor sie in jedes der vier Gläser Schnaps goß. Sie zögerte einen Augenblick und dann fiel ihr ein, was sie sagen wollte. »Vergeßt nicht, das hier ist ein sauberer Laden.«

Als sie zurückging, blieb sie bei der Frau in der Ecke stehen. »Rosie, Rosie!« sagte sie. »Du mußt jetzt nach Hause, Mensch.«

Die Frau öffnete die Augen. »Soekie, meine Freundin. Die einzige Freundin, die ich hab...«

»Nee, Mensch«, fuhr Soekie sie an. »Du mußt gehn. Kriegst nichts mehr.«

Rosie fing an zu weinen, so ließ Soekie sie da sitzen und ging in ihr Zimmer.

Boston, der immer noch ziellos umherschlich, kam zum Tisch, stützte sich mit den Händen ab und stieß zischend das Wort »Anstand!« hervor.

»Was'n das?« Es war Butcher, der das krampfhaft mit den Schultern ruckend fragte, nachdem er lange Zeit zu der Frau hingesehen hatte. Er wandte sich ungeduldig Boston zu. Er hatte keine Zeit für ihn.
»Das ist es, weshalb mir übel wurde!«
»Kotzübel wie ein Köter, Mann.«
»Anstand.«
»Was zum Teufel ist das?«
»Alles, was du nicht hast.«
»Scheiße.«
»Ja, Scheiße«, brummte Die Aap im Echo; er war aus seinem Halbschlaf aufgefahren und fummelte jetzt nach seinem Glas.
Aber Boston war an ihnen nicht mehr interessiert. Endlich frei jetzt von ihrem höhnischen Lachen, besessen jetzt von der wahren Erklärung für seine Übelkeit, für seinen Zusammenbruch, wie ihn Tsotsi als Folge eines so simplen Freitagabend-Jobs (ein großer Tölpel, der zuviel lächelte) vorausgesehen hatte, besessen von dieser Erklärung und seinen Gefühlen, hielt er es nicht mehr für nötig, sich zu verteidigen, und ließ sich auf den Stuhl neben Tsotsi fallen, zu dem er hinsah.
»Aber du kennst das Wort, Tsotsi, hm?«
»Welches Wort?«
»Anstand.«
Tsotsi machte die Augen weit auf und sah seinerseits zu Boston. Ein Boston mit roten Augen war das. Ein sehr ernster Boston mit nassen Lippen, dem das Atmen den Unterkiefer herunterdrückte, so daß man hinter seinen Zähnen seinen rosa Gaumen und dazwischen seine noch hellere, rosa Zunge sah. Mit der macht er seine Worte, dachte Tsotsi, und gleich darauf: Er will mich kränken. Bücher und Wörter! Ich wisch mir den Hintern mit Büchern und Wörtern.
»Nee, kenn das Wort nicht«, sagte er laut.
»Wirklich nicht?«

»Sag's mir, Mann. Sag mir das Wort, Mann.«
»Anstand.«
»Ja. Das ist das Wort, Mann!«
»Deswegen ist mir übel geworden, Tsotsi.«
»Was ist das? Übel geworden?«
»Ja. Das ist es.« Und Boston schloß die Augen fest und lachte irgendwie unfroh. »Ich hatte ein bißchen davon, und so wurde mir übel, und dieser große Tölpel hatte eine Menge davon, und so ist er jetzt tot. Mann, war der tot!«
»Solltest zum Doktor gehn, Boston.«
»Soekie.« Dies war Butcher, der sein Glas mit einem Schluck leergetrunken hatte.
»Hör zu, Tsotsi. Ich meine es ernst.« Boston beugte sich vor, um seinen Worten Gewicht zu geben.
»Soekie.«
»Wir haben nie richtig miteinander gesprochen, Tsotsi.«
»Scher dich zum Teufel.«
»Nein, hör mich an . . .«
»Du redest zuviel, Mann.«
»Soekie!«
»Meine Güte, Butcher! Hol's dir doch selbst. Ich versuche, ernsthaft zu reden.«
»Kotzübel war dir wie einem Köter.«
»Das' gut, Butcher Boy, das' gut.«
»Sag mal, Tsotsi. Wie alt bist du?«
– Und hier trat eine Pause ein, und bedrohlich funkelten Tsotsis Augen, so daß er von Boston wegsah, zuerst oben zur Decke, als sähe er sie zum ersten Mal, dann zur Wand gegenüber und zu der Frau in der Ecke, dann sinnlos von Ding zu Ding, bis er zufällig wieder Bostons Gesicht vor sich hatte.

Tsotsi haßte die Fragen aus einem ebenso einfachen wie wesentlichen Grund. Er wußte darauf keine Antwort . . . wußte weder seinen Namen noch wie alt er war, noch überhaupt jene Antworten, aus denen sich eine Person zusammensetzt und die ihr eine lebensähnliche Gestalt geben. Seine Erinnerung reichte nur vage zurück zu einer Gruppe von Jungen, die den Stadtbezirk nach allerlei durchstöberten, was sie zum Leben brauchten. Davor noch ein paar undeutliche, eher gefühlte Erinnerungen an eine Polizeirazzia und an sein Alleinsein. Tsotsi wußte nichts, weil ihm nie etwas erzählt worden war, und hatte er irgend etwas gewußt, dann erinnerte er sich nicht mehr, und dieses Nichtwissen hatte eine tiefere Bedeutung als sein Name und sein Alter. Seine eigenen Augen waren vor einem Spiegel nicht imstande, die Augen, die Nase, den Mund und das Kinn so zusammenzusetzen, daß daraus eine sinnvolle Person entstand. Seine Gesichtszüge hatten in seinen Augen so wenig Sinn wie eine Handvoll von draußen auf der Straße gesammelten Steinen. Er gestattete sich keine Gedanken an sich selbst, er erinnerte sich keines Gestern, und das Morgen existierte für ihn nur, wenn es gegenwärtig und lebendig war wie der Moment, den er durchlebte. Er war so alt wie dieser Moment, und sein Name war auf eine Weise der Name von allen Menschen.

Er sah Boston und Boston sah ihn an, und Tsotsi empfand ein spürbares Regen im Magen und Leichtigkeit in seinem Herzen.

»Warum willst du das wissen, Boston?«

Und Boston, der betrunken und taub für den veränderten Ton von Tsotsis Stimme war, drückte bedenkenlos nach. »Ich bin älter als du, Tsotsi. Ja, Mann. Einige Jahre älter.«

»Und was geht mich das an?«

»Es ist der Grund, weswegen du mir zuhören solltest.«

»Ich dir?«

»Ja. Weißt du, was ich werden wollte, als ich so alt war wie du, Tsotsi?«

»Nein. Und ich will es auch nicht wissen.«

»Lehrer, Tsotsi. Ich hab studiert. Auf Lehrer, Tsotsi.

Ich trug einen Schlips. Ja, Mann, mit Punkten und Streifen wie dieser Mann heute abend. Darauf wollt ich hinaus. Auf diesen Mann heute abend. Es war wegen des Anstands.«
»Daß dir übel wurde?«
»Ja, das war der Grund.«
»Solltest ein' Dokter aufsuchen, Boston.«
»Himmel Herrgott!« . . . und Boston meinte es nicht blasphemisch, wenn er das sagte. Aber Soekie war wieder mit der Flasche da und schenkte ihnen ein und gab Butcher eine »Zigarette«, so daß genau im richtigen Moment der ätzende Rauch von dem Stoff die Bude durchzog und Bostons feuchte Augen unbemerkt blieben.

Soekie versuchte, Rosie ein zweites Mal aufzuscheuchen. »Rosie, Mensch. Mach dich auf die Socken.«
»Soekie, meine Freundin . . .«
»Hast genug, Mensch. Hau ab.« Sie schob ihre Hände unter Rosies Arme, als Butcher sich einmischte.
»Laß sie.«
»Warum denn, um Himmels willen?«
»Laß sie!«
»Du?« Sie sah von der Frau zu Butcher und dann wieder zu der Frau. »Sie *war* meine Freundin.« Aber sie zuckte die Schultern. »Das ist ein sauberer Laden hier. Keine Handgreiflichkeiten!«
»Laß sie!«
Soekie ging zurück in ihr Zimmer und ließ die vier am Tisch und die Frau in der Ecke allein.

Tsotsi schaukelte leicht auf seinem Stuhl. Boston stellte keine Fragen mehr, während die Lulle zwischen Butcher und Die Aap hin- und herging. Sie sogen das scharfe Zeugs tief ein und rauchten gierig, bis ihre Pupillen zu Knöpfen schrumpften und ihre Augen zu hellsichtigen Lupen wurden, durch die sie auf irgendwas außerhalb der Welt, in der sie sich befanden, stierten.

Als die Zigarette nur noch eine Kippe und sein Herz so leicht war, als läge es ihm im Mund, und die Nerven in

seinen Lenden vibrierten und seine Beine wässrig vor Begierde waren, stand Butcher auf und ging zu der Frau in der Ecke. Er stand lange neben ihr, und so stark war der Geruch, der ihm entströmte, daß die Frau unwillkürlich das Gesäß verschob und die Oberschenkel ein wenig spreizte. Butcher schob ihr die Hand unter den Rock.
»Komm, Liebster«, murmelte sie. Er schob die Hand noch etwas höher. Sie öffnete die Augen. »Nicht hier drinnen, bitte. Nicht hier.«
Er zog sie hoch und stieß sie zur Tür.
»Butcher Boy«, sagte Die Aap.
Butcher drehte sich um und sah zu ihm. Er zuckte gleichgültig die Schultern. »Komm«, sagte er, und so gingen die drei hinaus in die Nacht, ließen die zwei allein in dem verqualmten Raum, während irgendwo in der Ferne ein Hund jaulte und hinter der Wand, hinter der Soekie hauste, das Grammophon Fetzen von einem alten Song dudelte.

Sie blieben so wie sie waren, Boston tief in Gedanken an seinen Anstand, Tsotsi plötzlich von einem dumpf aufschießenden Impuls erfüllt, der sich irgendwohin verflüchtigte; dem hing er nach, während er, äußerlich wie immer unverändert, auf seinem Stuhl schaukelte. Beide verharrten sie so minutenlang, bis ein Schrei aus der Nacht, wo die anderen beiden die Frau genommen hatten, Boston aufschauen machte.

»Wo sind sie hin?« fragte Boston. Tsotsi gab keine Antwort, sondern starrte zu dem leeren Stuhl in der Ecke. Boston folgte seinem Blick mit den Augen.

»Verdammt«, sagte er und gleich darauf, als die Frau nochmal schrie: »Verdammt und zugenäht.«

»Was ist? Ist dir schon wieder übel?«

»Einmal reicht mir«, sagte Boston.

»Einmal, was?«

»Du weißt, was ich meine. Du warst es, der ihn ausgesucht hat.«

»Das ist ganz was andres.«

»Was ist daran anders?«
»Sie kommt dabei nicht um.«
Boston sah zu Tsotsi. Weil jetzt alles so quälend und öde und abgewetzt wie Soekies alter Song war, weil das so war, konnte er lange Zeit bloß gucken, ohne sich in Worten zu verhaspeln. Als er dann was sagte, tat er es langsam, als ob er die Worte nur mühsam zusammenkriegte: »Fühlst du gar nichts?«
»Fühlen? Wieso?«
»Der Mann heute abend?«
Tsotsi starrte blicklos zu Boston hin.
»Die arme Dirn' da draußen?«
Tsotsi schüttelte sich die Ungeduld von den Schultern.
»Was fühlen?« fragte er.
»Nichts!«
»Wie du's gesagt hast.« Als Bostons Augen sich ungläubig verengten, wurde Tsotsi ärgerlich. »Was meinst du mit ›fühlen‹?« fragte er.
Boston setzte sein Glas behutsam auf dem Tisch ab. Er zog seinen Stuhl dichter an den Tisch heran, legte seine Arme auf die Tischplatte und sah Tsotsi von unten her an, er blinzelte dabei angestrengt gegen seine Kurzsichtigkeit an und versuchte, den jungen Mann ihm gegenüber in den Blick zu bekommen.
»Hör zu, Tsotsi, ich möchte es wirklich gern wissen. Fühlen. Ja, wie soll ich das ausdrücken...« Er schob die Hand in die Tasche und holte ein Messer hervor. Er drückte mit dem Daumen auf den Schaft, so daß die Klinge vorsprang. Dann zog er, während er die Lippen mit der Zunge befeuchtete, sehr bedachtsam die Schneide leicht über den vor ihm auf dem Tisch liegenden Unterarm. Kein tiefer Schnitt, aber Sekunden darauf schwitzte der Arm seinen Schmerz in Blutstropfen aus.
Boston sah sich das lächelnd an und blickte dann zu Tsotsi. »Das fühle ich«, sagte er.

»Mir ginge es genauso.« Tsotsi hatte mit dem Schaukeln aufgehört. Kalt beobachtete er Boston.
»Ja... das ist es, Tsotsi. Ich habe in mir irgendwas, mit dem ist es genauso.« Er zeigte auf den Schnitt auf seinem Arm. »Als der Mann zwischen uns heute abend zusammensackte, war in mir etwas wie dieser Schnitt. Ich hab geblutet, Mann. Ich sage dir, ich hab geblutet.«
»Anstand.«
»Nenn's wie du willst...«
»So hast du es genannt.«
»Ja, hab ich. Das stimmt. Aber hör mich an, Tsotsi, wir stehn jetzt vor Größerem. Vorm Menschen, wenn du so willst. Antworte mir, Tsotsi. Kann es auch dir so gehen? Gibt es irgendwas, bei dem du so etwas fühlst?«

Tsotsi gab keine Antwort. Er dachte nicht einmal über die Frage nach. Was er wußte, war allein, daß er Boston jetzt mehr als bisher zu hassen begann, und daß dieser Haß sich in kurzer Zeit und mit dem Verklingen von Soekies altem Song tiefer eingegraben hatte und heftiger war als je zuvor. Es war ein kalter, erbarmungsloser Haß, und da er wußte, daß er aus diesem Haß heraus jetzt und sofort handeln würde, fiel es ihm nicht schwer, Bostons Blick, ohne auch nur mit der Wimper zu zucken, zu begegnen. Boston war zu weit gegangen, weiter, als er es bisher je gewagt hatte. Es ging nicht nur um seinen Namen, sein Alter oder seine Herkunft; jetzt ging es um sein Inneres, in das er sich mit seinem suchenden Blick vortastete, und das war ein Bereich, in den sich noch niemand, nicht einmal Tsotsi selbst, vorgewagt hatte.

»Eine Frau vielleicht, Tsotsi.« Boston sprach wieder, nachdem er lange Zeit abgewartet hatte. »Du hast vielleicht mal eine Frau gehabt. Ja, so kann es gewesen sein. Und als sie sich von dir abwandte, dich verließ, da hat dir das wehgetan. War es nicht so?« Wieder machte er eine Pause. »Eine Frau, oder nicht?« Boston rieb sich die Augen mit Daumen und Zeigefinger. Sie taten ihm weh. Er wischte den Schweiß auf seiner Oberlippe weg.»Deine Familie, Tsotsi. Deine Mutter ... oder dein Vater. Deine Schwester? Herrgott, oder vielleicht ein Hund?«

Mehr fiel ihm nicht ein, und so schwieg er. Regungslos saß er da, und Tsotsi seufzte und sah auf seine Hände.

So verharrten sie, bis auf der Straße ein Schreien begann, dann Gelächter, und dann dudelte Soekie wieder ihren Song; verharrten so, Boston am Tisch und Tsotsi, anscheinend derselbe wie immer, der eine ungläubig und fragend, der andere explosiv und unmittelbar vor der Tat, deren Vollzug Boston vorwegnahm, als er ihn flüsternd fragte:»Hast du keine Seele, Tsotsi? Du mußt eine haben. Jeder hat eine Seele. Jeder Mensch!«

Tsotsi stand auf, hob die Arme, als wollte er sie strekken, mit geraden Ellbogen, aber angewinkelten Handgelenken, die er drehte. Er öffnete den Mund, als wollte er gähnen, statt dessen jedoch brach ein Schrei aus ihm heraus, und weit schwingend holte er mit dem einen Arm aus und traf Boston mit der geballten Faust voll auf den halboffenen Mund.

Boston ging zu Boden, aber bevor er sich bewegen konnte, stürzte sich Tsotsi auf ihn und schlug, weil er ihn jetzt unter sich hatte, mit noch größerer Wucht zu. Er rammte die Faust zustoßend auf Nase und Ohr. Boston stöhnte leise. Tsotsi stand auf, trat einige Schritte zurück und stand dann mit geballten Fäusten fast flach an der leeren Wand. Boston rollte sich leise stöhnend auf den Bauch und stützte sich auf den Arm. Seine Worte waren vom Blut und den gebrochenen Zähnen verwischt.

»Eines Tages wirst du was fühlen. Ja, Tsotsi. Eines Tages wird es soweit sein. Und gnade dir Gott, wenn es dazu kommt, weil du dir dann nicht helfen kannst. Weil du dann nicht wissen wirst, was du mit diesem Gefühl anfangen sollst.«

Tsotsi fuhr herum und war mit einem Satz wieder neben Boston. Er trat Boston gegen den Ellbogen, so daß er auf dem Boden zusammensackte und aufschrie. Ein zweites, drittes und viertes Mal aufschrie, während Tsotsi ihn mit seinen in Schuhen steckenden Füßen bearbeitete, mit Hacken und Zehen, so daß sich sein Opfer vor Schmerzen krümmte.

Soekie kam durch die Tür herein und versuchte, Tsotsi zurückzuhalten. Aber das gelang erst, als Die Aap und Butcher erschienen und ihr zu Hilfe kamen und Tsotsi merkte, daß er nicht mehr an den Mann herankam und sich losmachte und in die Nacht hinausging.

Sie rollten Boston auf den Rücken und pfiffen betroffen durch die Zähne.

3

Er verließ die Bude und ging auf die Straße, wo endlich Sturmwolken den Himmel bedeckten und niedrig über dem Stadtbezirk und der Straße hingen, auf der sich Paare träge im Dunkel bewegten und Leute in der behutsamen Haltung herumstanden, in der man auf Regen wartet. Er hatte die Bude im Rücken und vor sich die Straße, die breit war wie ein Fluß und rege vom zähflüssigen Treiben an den Ecken, um die Laternenpfähle herum und auf dem Pflaster; er entfernte sich ohne einen Blick zurück zu der Bude, in der Butcher und Die Aap durch die Zähne pfiffen, und Soekie, während ihr Grammophon unbeachtet den letzten sinnlosen Satz auf der Platte wieder und wieder greinte, die beiden aufforderte, den bewußtlosen Mann aus ihrer Bude anderswohin zu schaffen. Er kam vorbei an der vorher von den beiden Männern genommenen Frau, die sich jetzt mit feuchten Schenkeln auf den Weg zu ihrem verdienten Drink machte, aber Tsotsi war in Gedanken weder bei ihr noch bei den anderen, er sah nur Boston vor sich und hörte nur dessen Worte.

Er sah Boston in dem Moment vor sich, wo er auf dem Boden hochgekommen war und gesprochen hatte. Er sah seinen blutverschmierten Mund und den eigentümlichen Blick in seinen Augen. Die anderen hatten ihn, wußte Tsotsi, weggezogen, bevor er mit dem Mann fertig war. Er war noch längst nicht mit Boston fertig gewesen, er hatte überhaupt erst begonnen. So hatte er sich von dem Haß, der in ihm wühlte, nicht freimachen können.

Er hörte ihn wieder und wieder, hörte seine Worte, ohne ihren Sinn zu begreifen. Aufgerührt, wie er war, als er sich über Boston hermachte, hatte er nur die Worte in sich aufgenommen und sie ziel- und sinnlos durcheinandergerüttelt, und jetzt hallten sie ihm wie Echo in den Ohren:

Eines Tages, eines Tages, da gnade dir Gott,
eines Tages, da wirst du nicht wissen, was tun.

Im Rhythmus seiner Schritte überkamen sie ihn:

Eines Tages, eines Tages, da wird's soweit sein
Gott gnade dir an diesem Tag, diesem Tag,
diesem Tag.

Mit den Händen über den Ohren, mit geschlossenen Augen blieb er stehn und rollte den Kopf von Seite zu Seite, aber das half ihm nicht, weil das, was er von sich hörte und sah, innen war, innen in ihm. Tsotsi blickte verzweifelt umher. Er war nicht weit von einem Laternenpfahl, unter dem sich im Kreis eine Gruppe von Männern drängte, die um Geld würfelten. Als sie ihn auf sich zukommen sahen, warfen sie einander Blicke zu, packten wortlos ihr Geld weg und zogen ab in die Nacht.

In einem Haus auf der anderen Seite der Straße war eine Party im Gange. Tsotsi blieb stehen und versuchte zu sehen, was es zu sehen gab. Den Lärm hörte er, die Musik und das Lachen und das summende Stimmengewirr der lauten und leisen Gespräche und des Liebesgeflüsters oder nur das Gebabbel eines Betrunkenen, und dies alles und das Licht und der Rauch ergossen sich aus den Fenstern und Türen, die weit aufgerissen waren, wie aus Angst, zwischen den Wänden wäre nicht genug Raum für das alles.

In diesem Augenblick kamen zwei Mädchen Hand in Hand lachend aus der Tür nach draußen gestürzt, wild von einem Mann mit einer Flasche in der Hand verfolgt, der, während er rannte, trank. Als es Tsotsi fast gelungen war, dies alles wahrzunehmen, rutschte der Mann aus und fiel auf die Straße und lag dort so platt, wie Boston vor ihm gelegen hatte, als er nach dem ersten Schlag zu Boden gegangen war. Die Mädchen lachten irgendwo, und der Mann stützte sich auf den Arm und rief hinter ihnen her, aber Tsotsi hörte ihn nicht, sah ihn auch nicht mehr, weil er in diesem Moment eher wie Boston war, als der durch Blut mit ihm geredet hatte. Das Bild stand ihm wieder vor

Augen, er hörte die Worte, und es war schlimmer als zuvor. Er schloß die Augen und ging mit geballten Fäusten die Straße hinunter, ohne achtzugeben auf die Leute, die er beiseite stieß, und auf die Flüche, die wie Hunde nach seinen Fersen schnappten; gerade noch rechtzeitig öffnete er die Augen, als seine beschleunigten Schritte ihn wie einen Schatten an anderen Türen, anderen Fenstern vorbeitrugen, aus denen Licht und Gemurmel und hin und wieder Gelächter in den Staub draußen fiel; vorüber an Wellblechzäunen mit ihren Parolen von einer besseren Welt, deren Farbe ausgelaufen war, so daß die Wörter wie zu Tränen verflossen; aber selbst seine Schritte oder die seines Herzens oder andere Schritte ringsum in der Nacht, das Bellen von Hunden, ihr Jaulen, das dünne Tönen einer billigen Flöte irgendwo in der Schwärze, das Weinen bei der Geburt eines Babys, ein Schrei, alles das verschwor sich und fand sich in der konspirativen Suche nach dem Rhythmus und der Bedeutung von Bostons Worten zusammen:

> Eines Tages, eines Tages wird es passieren, wirst
>   du was fühlen,
>   und Gott gnade dir an diesem Tag, an diesem
>   Tag, diesem Tag

so daß er an der Ecke, wo die Kirche demütig stand, deren Kreuz beteuerte, daß sich Gott in dieser Nacht unter den Menschen bewegte, den Kopf zurückwarf und losrannte. Er rannte wie ein Besessener, der mit seinen Füßen die Panik aus sich herauszustampfen versucht, und jene, die ihn auf ihrem Wege sahen, traten beiseite, und alle, die ihn sahen, hielten inne und blickten ihm nach. »Da!« sagten sie. »Ein Verrückter.« Es waren viele, aber keiner von ihnen war sonderlich überrascht. In wenigen Sekunden gelangte er an das Ende der Straße, und wie ein Bock sprang er durch den letzten Rest von Licht in die Dunkelheit, von der der Stadtbezirk eingekreist war, die seine Grenzen absteckte und den Beginn des Niemandslandes zwischen ihm und der Vorstadt der Weißen markierte. Hier endlich gelang es ihm, den Bann, in dem Boston und dessen Worte ihn hielten, zu brechen. Er trieb sich, trieb seine Beine und seine Lunge bis zum Äußersten an, bis ihm schwarz vor Augen wurde, und auch dann noch gab er nicht nach; er mußte noch lange Zeit durchgehalten haben, denn als er haltmachte und sich gegen einen Laternenpfahl lehnte, war er in einer ihm unbekannten Straße, an einem fremden Ort, und alles drehte sich um ihn, während das Blut ihm in den Ohren hämmerte. Dort blieb er, hielt sich mit geschlossenen Augen an dem Pfahl fest und sog verzweifelt keuchend die Luft ein. Bald fiel ihm das Atmen leichter, und das Hämmern in seinen Ohren ließ nach. Als die Zeit verrann und er weder Boston sah noch ihn hörte, wußte er, daß er in Sicherheit war. Er öffnete die Augen. Die Scheinwerfer eines weiter unten in die Straße einbiegenden Wagens kamen auf ihn zu. Tsotsi trat zurück und entwich in die Dunkelheit. Es konnte die Polizei sein. In den weißen Vorstädten, die an den Stadtbezirk grenzten, fuhren oft Streifen.

Erst sehr lange danach machte er wieder irgendwo in der Nacht halt, wo eine Uhr schlug, aber er zählte nicht mit, weil ihn nicht interessierte, wie spät oder früh es war. Schon bald, nachdem er seinen Ruheplatz an dem Laternenpfahl verlassen hatte, war Regen gefallen. Nicht viel. Der Regen hatte, vermutete er, den Stadtbezirk ausgelassen, wo sie dann seufzend und schwitzend zu Bett gegangen sein und sich gewundert haben mußten, daß er so nahe und dann eben doch nicht kam. Tsotsi hörte das warnend aufgrollende Donnern in der Ferne; er sah die Blitze über den Dächern, plötzlich und grell, wie eine Frau, die ihre Decken an der Hintertür ausschüttelt, und dann fiel er. Erst wenige Tropfen, die in den Blättern der Bäume, an denen er vorbeiging, raschelten, und dann folgte wie eine treibende Wolke die Kühle, leicht, als wäre es nur Nebel. Die

Straßenlampen schrumpften zu goldglühenden Klumpen, die in wenig tröstlichen Abständen die Straße säumten, und dann breitete sich ein glitzernder Streifen Schwärze zu beiden Seiten, wo das Gras wie pulverisiertes Glas lag. Er hob das Kinn und fühlte die Schwärze im Gesicht, und einen Moment überkam ihn vollkommener Friede.

Er durchstreifte die Straßen, bog impulsiv und ohne zu überlegen hier und da ein und fragte sich nicht einmal, warum er diesen und nicht einen anderen Weg gewählt hatte. Vorhänge vor Fenstern, Hunde an den Toren. Der treibende Regen schwebte kurze Zeit mit, und dann goß es, und einige Wolken lösten sich schweigend auf und machten Platz für den Mond. Dächer, vom Regen naß, glänzten hell unter dem Mond. Die Welt war plötzlich weiß, eine facettenreiche, polierte, glitzernde Welt aus weißen Flächen; die Straßen, die vom Mond überspülten Mauern und Dächer waren wie aus Eis. Er nahm dies auch mit den Ohren wahr. In den Momenten, die vom Regen troffen, schrumpften und sich sanft kräuselten, hatte Stille geherrscht. Aber jetzt, als der Regen nachließ, kamen, vom Mond aufgeputscht, die Grillen wieder durch. Es war ein hartes, springendes, kristallhelles Geräusch, das die kleineren Facetten des Moments absteckte. Sie machten sich unter den Hekken zu schaffen, unter den Steinen in den Gärten, in den Bäumen, und die in der Ferne schienen wie ein Echo derer um sie herum.

Irgendwo schlug eine Glocke, und es trat, während sie lauschten, Stille ein, und so blieb Tsotsi wiederum stehen und lauschte eine Weile diesem dumpfen, mißtönenden Geräusch, ohne sich die Mühe zu machen, die Schläge zu zählen. Vor ihm war ein Gehölz aus Eukalyptusbäumen, und weil er müde war, plötzlich sehr müde, wandte er sich dorthin, um sich auszuruhen.

Als er zu den Bäumen kam (es waren vielleicht zwanzig), schlich er sich zur Mitte und blieb dort einen Moment stehen, wobei er jetzt erst bemerkte, daß eine leichte Brise wehte. Ringsum lag wie in Pfützen das Mondlicht und überspülte quecksilbrig Wurzeln und trockenes Laub, während die Baumwipfel leise schwankten und ihr Schatten über den Erdboden huschte. Der Wind war wie ein Flüstern zwischen den Blättern, und das trockene Knirschen der Zweige klang wie ein Klagen. Tsotsi holte tief Luft. Die Luft war feucht und durchtränkt vom schweren Eukalyptusgeruch. In seinen weit offenen Augen spiegelte sich das rings in Katarakten niedergehende Licht. Er fühlte sich zufrieden und stand lange Zeit dort, bis die Schwäche in seinen Beinen ihn daran erinnerte, daß er müde war.

Er setzte sich mit dem Rücken gegen einen Baum, aber kaum hatte er es sich bequem gemacht, als er bedauerte, daß er sich hingesetzt hatte, denn sogleich stand wieder Bostons Bild vor ihm. Ich hätte hier nicht Rast machen sollen, dachte er. Ich hätte weitergehen sollen, bis ich nicht mehr kann.

So müde, daß er nicht wieder aufstehen konnte, war er nicht. Die Schmerzen in seinen Beinen waren nicht schlimmer als eine zehn Tage alte Messerwunde. Er hätte aufstehen, woanders hingehen und sich ein anderes Los wählen können, denn die Sterne waren in dieser Nacht rührig. Statt dessen blieb er, blieb, um den silbernen Faden des Zufalls aufzunehmen, der ihn auf seltsame Wege führen würde.

Und so betrachtete er jetzt, wo er seine Gewalttätigkeit abgetan hatte, Bostons Bild ohne jede Regung von Haß. Boston! Er, Tsotsi, war es gewesen, der Boston im Straßengewimmel des Stadtbezirks ausgewählt hatte. Ausgewählt hatte er ihn, weil Boston über eine gewisse Tugend verfügte, ebenso wie Die Aap, dessen Tugend in seiner Kraft, in seiner unmenschlichen Kraft, und wie Butcher, dessen Tugend in seiner Genauigkeit bestand, einer Genauigkeit, die ihm seinen Namen eingetragen hatte, und die so verläßlich war wie die Schneide eines guten Messers. Bostons Tugend bestand darin, daß er clever war. Er war noch vieles andere. Er war ein Feigling, er war schwach, er redete zuviel, er trank sogar noch mehr als er redete. Aber vor allem eben war er clever. Er konnte denken. Boston hatte sich schon hundertmal bewährt. Bei vielen ihrer Unternehmen hatte seine Gescheitheit den Erfolg gesichert. Die kleinen Fehler, die einem zum Verhängnis werden konnten, die hatte Boston vorausbedacht, in Angst und Panik, das stimmt, aber er hatte es eben vorausbedacht, und das allein zählte.

So einfach war das, und es wäre sicher lange Zeit gut gegangen, wenn es dabei geblieben wäre. Aber dann war es schiefgegangen. Wieso und warum? Weil Boston angefangen hatte, Fragen zu stellen, und das auch dann noch, als er gewarnt worden war. Und Tsotsi hatte auf diese Fragen keine Antwort gewußt.

Wenn Tsotsi über sich selbst nachdachte, darüber, wie es innen mit ihm bestellt war, dann sah er nichts als Dunkelheit. Innen in ihm war es dunkel, so wie um Mitternacht, nur noch etwas finsterer. Lag er nachts im Bett, dann war er draußen wie drinnen in Dunkel gehüllt, die Trennwand zwischen beidem war sein Fleisch. Schlaf war der Augenblick, in dem es ihn überkam, dann tauchte er ein, und alles um ihn war schwarz. Er träumte nie. Das verstörte ihn nicht, solange er nach einer Reihe von erprobten und stichhaltigen Regeln lebte. Er wußte nicht, woher er sie hatte, aber er hatte sie, und wenn er sich nicht nach ihnen richtete, dann fing der Ärger an.

Die erste Regel bestand darin, daß er den entscheidenden Moment nicht verpaßte. Der ergab sich immer wie ein Wunder, es war wie ein plötzlicher Ausbruch von Licht vor seinen geöffneten Augen, und auch die Geräusche gehörten dazu, das Fühlen und Riechen; als wäre er als Zwanzigjähriger geboren, mit dem Geruch des Schoßes in seinen Nüstern und dessen Dunkelheit hinter sich. Es war ein Moment äußerster Gefahr, denn der Anprall der Welt um ihn auf seine Sinne war wie eine Flut, die ihn aus der

Verankerung zu reißen und ihn ziellos so in den Tag zu schleudern drohte wie all die anderen, die in den willkürlichen Gezeiten der Straßen trieben. Es war dies der Moment, in dem seine erste Regel in Kraft trat. Es war einfach so, daß er sich vor allem anderen, vorm Essen, Waschen und Pissen vergewissern mußte, daß sein Messer zur Hand war. Es war ein Messer mit Scheide und einer zehn Zentimeter langen Klinge. Der Griff war aus Holz und mit zwei Kupfernieten befestigt, er trug es in der Gesäßtasche seiner Hose und legte es, wenn er schlief, unter seine zu einem Kissen zusammengerollte Jacke. Morgens holte er es hervor und betrachtete es. Er prüfte die Schneide mit dem Daumen, und wenn es ihm nicht gelang, einen dünnen Hautfetzen herunterzuschneiden, dann wußte er, daß es geschärft werden mußte. Dazu benutzte er einen Stein, den er bei sich im Zimmer hatte. Wie das gemacht wurde, hatte ihm jemand gezeigt – man spuckte auf den Stein und zog dann das Messer leicht auf dem Stein hin und her. War es nicht nötig, das Messer zu wetzen, dann spielte er nur so ein bißchen damit und freute sich über die Sicherheit, die er damit in der Hand hatte. Er kannte das Messer, es fühlte sich vertraut an, was er damit bezweckte, war klar, es gehörte ihm, und er wußte damit umzugehen. Diese Gedanken waren wie Ankerseile vor ihm ausgeworfen, die ihn fest an die Dinge banden, die er kannte. Was immer anliegen mochte – wenn er das Messer mit stumpf angelaufener oder scharf funkelnder Klinge an sich nahm, in die Tasche steckte und aufsah, dann gehörte der Tag ihm. Er, Tsotsi, wußte um sich und seine dunklen Ziele, und alles war bestens in Ordnung. Das Messer war nicht nur seine Waffe, es war auch ein Fetisch, ein Talisman, der böse Geister verscheuchte und ihm Sicherheit gab.

Seine zweite Regel, an die er sich Tag für Tag ununterbrochen hielt, bestand darin, daß er das Dunkel in sich niemals auch nur durch einen einzigen Gedanken über sich selbst zu erhellen oder sich in seine Erinnerung zurückzutasten versuchte. Ihm lag nicht nur nicht das geringste daran, etwas über sich selbst zu wissen, er wollte einfach überhaupt nichts wissen. Dies war eine instinktive Vorsichtsmaßnahme Tsotsis, die es zu respektieren galt. Es war auch die härteste seiner Regeln, einfach wegen seiner unabhängigen und unberechenbaren Art zu leben. Es gab nur einen begrenzten Bereich, den er total unter Kontrolle hatte. Was sich in den entlegeneren Bereichen tat, geschah ohne Beziehung zu ihm, lief seinen eigenen Zielen manchmal sogar zuwider. Manchmal störte ihn irgendeine Kleinigkeit auf, irgend etwas, das seine Vergangenheit vor ihm heraufbeschwor, der Geruch von nassem Zeitungspapier etwa, der dann Schmerz und irgendwelche mysteriösen Zusammenhänge in ihm auslöste und ihn irritierte. Einmal, als er sich, im Bett liegend, sicher fühlte, hatte er über sich an der Decke eine an ihrem Netz arbeitende Spinne gesehen und war vom Grauen gepackt worden und hatte, von der Spinne wie hypnotisiert und unfähig, sie zu töten, die Nacht ohne Schlaf verbracht. Und er hatte dabei nur gewußt, daß dieses Insekt ihn unerklärlicherweise in Panik versetzt und sich etwas sehr Kleines angstvoll in ihm geregt hatte.

Manchmal waren diese Vorfälle, in denen er seiner Vergangenheit begegnete, von handfesterer Art. Wie seinerzeit, als er und Die Aap und Butcher in der Nähe des Bahnhofs um Geld würfelten und Butcher ihn anstieß und sie alle drei hochsahen. Ein Polizist, der ein Fahrrad lenkte und mit der anderen Hand einen Mann mit Handschellen hinter sich herzog, kam auf dem Weg auf sie zu. Ein Polizist und ein Häftling in einer so gut wie leeren Straße. Butcher hatte gelächelt, Die Aap vielleicht gar gelacht, während Tsotsi Polizist und Gefangenen abwartend beobachtete. Der Polizist, als er sie sah, verlangsamte seinen Schritt, zog den Mann dichter an sich heran und näherte sich ihnen.

Der Verhaftete war jung, vielleicht in Tsotsis Alter, und so mager, wie der Hunger einen Menschen machen kann, und er hatte auch die großen glänzenden Augen, die der Hunger mit sich bringt. Er war geschlagen worden. Von der Nase lief eine Blutspur zum Kinn. Tsotsi betrachtete ihn, zuerst mit einem gewissen Unbehagen, fühlte sich dann aber gar nicht wohl in seiner Haut, als das Gesicht des Mannes sich erhellte, weil er ihn erkannt hatte; rasch sah der Mann zu dem Polizisten und lächelte plötzlich, von wilder Hoffnung erfaßt. Butcher stieß ihn an. »Okay?« fragte er.

Aber Tsotsi antwortete ihm nicht. Er erinnerte sich an das Gesicht, aber es war damals jünger und der Körper unter dem Gesicht war der eines Jungen gewesen, eines Kindes mit knubbeligen Knien und leeren Händen. Es war das die Erinnerung an eine Gruppe von Jungen, die den Stadtbezirk einst stöbernd durchstreiften. Weiter hatte er sich nicht in die Erinnerung zurückgewagt.

Als der Polizist und der Häftling ihnen gegenüberstanden, rührte er sich immer noch nicht und gab den anderen auch nicht das Stichwort, auf das sie warteten. Sie sahen ratlos zu ihm. Das Lächeln im Gesicht des Gefangenen erstarb, er starrte zu Tsotsi hin, und Hoffnung stand ihm in den Augen. Wieder stieß Butcher ihn an, und er hätte sich vom Fleck rühren können, aber der Gefangene blickte ihn, als er zögerte, verzweifelt an und rief ihm einen fremden Namen zu. David rief er. Tsotsi sah weg, nahm die Würfel auf und warf sie.

»David!« rief der Mann. »David!« Tsotsi sah weg. »Ich bin es, Petah. Hilf mir, David.« David, rief er auf dem ganzen Weg die Straße hinunter.

Aber Tsotsi hörte nicht hin. Er schloß die Ohren. Er vergaß auf der Stelle, was gewesen war. Es war eine Stimme aus seiner Vergangenheit, die er sich zu vergessen zwang. Unter den verworrenen Blicken von Butcher und Die Aap schüttelte er die Würfel im Becher und spielte weiter. Bis zu diesem Vorfall und den Erinnerungen, die er weckte – weiter als bis zu dieser Grenze hatte sich Tsotsi nie mit der Vergangenheit eingelassen.

Seine dritte und letzte Regel war eigentlich nur eine Erweiterung der zweiten. Es war die Regel, die Boston gebrochen hatte. Tsotsi duldete keine Fragen von anderen. Und zwar nicht nur, weil er darüber ertappt worden wäre, daß er keine Antwort wußte. Es ging tiefer. Solche Fragen machten die weiten Abgründe in ihm spürbar, machten die Dunkelheit in ihm zu einer fühlbaren Realität. Nichts über sich zu wissen, macht, daß man ständig von diesem Nichts bedroht wird, es sind das die Einöden des Nichtseins, über die ein Mensch wie auf einem Seil hintappt.

Tsotsi fürchtete das Nichts. Er fürchtete es, weil er daran glaubte. Mehr noch, er *wußte* und war zutiefst davon überzeugt, daß sich hinter der Fassade Leben nichts verbarg. Hinter den Gebeten von Menschen hatte er das tiefe Schweigen gehört, hinter der Schönheit die Gesichtslosigkeit und das Warten gesehen; im Menschen selbst war jenseits der lichten Hoffnungen und der Liebe nichts, herrschte Dunkel wie in einer weit gedehnten, endlosen Nacht, die einschoß, wenn das Feuer niedergebrannt und aus war und nur Asche als Grabschrift für die verflogene Wärme zurückblieb.

Sein Problem war es, sich zu behaupten, seine Existenz im Angesicht dieses Nichtsseins bestätigt zu finden. Dies gelang ihm durch Angst, Schmerz und Tod. Er wußte keinen anderen Weg. Als Gumboot starb, in jenen wenigen Sekunden, bevor der Tod die jungen Männer, die ihn gegriffen hatten, zuerst mit Haß und dann mit Angst angestarrt hatte, in diesem Moment hatte Tsotsi gespürt, daß er am Leben war. So einfach war das.

Dies waren die Gedanken oder Vorstellungen, denen Tsotsi, als er nach wie vor mit dem Rücken gegen den Baum dasaß, nachhing, die persönlichen Phantome vielleicht auch, die ihren Sinn in sich trugen, manche sichtbar, innen sichtbar wie das Gesicht seines ersten Mordopfers, andere nur gefühlt, wie der Nervenkitzel in seinen Lenden, als er die Bedeutung des Tötens geschmeckt hatte. Dies alles zog ihm durch den Kopf, und nun war er wirklich müde. Denken war nicht seine Stärke. Er stand auf, entschlossen, loszulaufen, weg von diesen Bäumen. Schon machte er die ersten Schritte, als er das Geräusch hörte, und so hielt er inne, entschlüpfte lautlos in den Schatten und wartete ab.

Was er gehört hatte, waren Schritte, immer etwa zehn auf einmal, die sich in regelmäßigen Abständen näherten, als käme jemand auf der Straße heran, überquerte die schweigenden Rasenstücke auf dem Pflaster und dann die Einfahrten zu den Garagen, auf deren Beton die Schuhe klackten. Es waren regelmäßige, aber schnelle Schritte im hastigen Rhythmus der Angst, es war fast ein Laufen. Als er sie ständig näherkommen hörte, schob sich Tsotsi an einen der Bäume am Rande des Gehölzes heran.

Es war eine junge Frau, eine Schwarze, die in der Nacht auf ihn zukam. Sie trug einen langen, nicht zugeknöpften Mantel, unter dem er etwas Weißes sah, das ihre Unterwäsche sein konnte. Sie trug ein kleines Paket unter dem Arm und sah ständig über die Schulter zurück.

Von dem Baum aus, unter dem er stand, erkannte Tsotsi auf Anhieb, daß es die Gesten der Angst waren. Nur sie brachte ein menschliches Wesen dazu, sich so zu bewegen. Er hatte das oft gesehen. Sie trug das Paket, als wäre es der letzte Halt, der sie mit dem Leben verband. Als sie näher herankam, sah er, daß das, was sie trug, ein Schuhkarton war. Angst, allein die Angst ließ einen in jedem Schatten die drohende Gefahr wittern, und so auch gab sie sich, während sie den Kopf ständig von einer Seite zur anderen drehte. Aber vor allem war es die Hast, zu der sie die Angst trieb. Sie war in einem ungünstigen, zwischen Gehen und Laufen wechselnden Rhythmus verfangen und stolperte fast über die eigenen Füße. Ein oder zweimal schien es, als wollte sie mit trippelnden Schritten zu laufen beginnen, aber sofort stockte sie wieder und fiel zurück in ihr strauchelndes Hoppeln.

Tsotsi beobachtete sie von den Bäumen her. Sein Herz begann, ohne daß er es merkte, schneller zu schlagen. Es war eine fast perfekte Situation. Die Frau kam in der Nacht hier auf ihn zu, er kannte sie nicht, Haß spürte er nicht, doch verstohlen schlich er sich von Baum zu Baum zu der Stelle vor, wo sie das Gehölz betreten würde. Er wußte nicht, was er tun würde, aber seine Finger krümmten sich. Seine Hände waren bereit.

Sie stand jetzt nicht weit von ihm, lehnte sich an eine Mauer und schüttelte den Kopf. Dann überquerte sie die Straße und trat in das Gehölz.

Er packte sie am Arm und riß sie in die Dunkelheit, wobei er mit der anderen Hand den Angstschrei stoppte, der ihr wie zersplitterndes Glas von den Lippen fiel.

Er drängte sie gegen einen Baum, preßte, während er ihr das Knie zwischen die Beine schob, seinen Körper gegen sie, hielt ihr den Mund nach wie vor zu und sah ihr in die Augen. Sie kämpfte gegen ihn an, aber er hielt sie fest. Sie umklammerte den Schuhkarton noch verzweifelter als zuvor.

Kurze Zeit regten sich beide nicht. Er musterte sie ruhig, ihre Augen, ihren Hals mit der unter der warmen Haut pulsierenden Arterie, und überlegte, während die Wärme ihres Körpers auf ihn überströmte und sich ihre vollen festen Brüste wild gegen ihn drückten, was er als nächstes mit ihr machen würde.

Unwillkürlich lockerte er den Griff. Mit einem Ruck drehte sie den Kopf weg, so daß ihr Mund freilag, und schrie ein zweites Mal, aber bevor er zugreifen konnte, wurde er durch den Schuhkarton, den sie trug, abgelenkt. Er ließ sie los und trat rasch zurück.

Sie hatte aufgehört zu schreien und starrte jetzt mit einem Grauen in den Augen, das stärker war als ihre Angst vor ihm, auf den Karton. Sie hob ihn mit beiden Händen hoch, und als sie merkte, daß nichts passierte, hielt sie ihm den Karton hin, und er wich ein zweites Mal vor ihm zurück. Mit einer plötzlichen Bewegung stieß sie ihm den Karton in die Hände, und linkisch stand er mit dem Ding da. Tsotsi hatte jetzt nur Augen, und Ohren auch, für den Karton, er sah weder noch hörte er, daß die Frau sich umwandte und leise seufzend davonlief, dorthin zurück, woher sie gekommen war, und tief in die weiße Nacht.

Der Deckel war bei dieser ihrer großzügigen Geste aufgeklappt, und Tsotsi gewahrte, daß er in ein Gesicht schaute, das klein war und schwarz und älter als alles, was er je im Leben gesehen hatte: Es war gefurcht und gerunzelt und von einem Alter, das sich nicht in Jahren bemessen ließ. Der Laut, der ihn gebannt und die Frau gerettet hatte, war der Schrei eines Babys.

4

Als er, den Eingang verdunkelnd, von der samstäglichen Straße in die würzig duftende Welt des Gemischtwarenhändlers Ramadoola trat und schweigend zwischen den Säcken mit Bohnen und Maismehl stand, war Cassim hoffnungsvoll damit befaßt, bunt bedruckten Kattun zu einem Schilling elf Pence den Meter an eine Frau zu verkaufen. »Blumen«, hatte er gesagt, »schöne Blumen«, und den Ballen mit dem farbenfreudigen Tuch aufgerollt.
»Wieviel?« hatte sie gefragt.
»Billig«, sagte er.
Sie fingerte daran herum.
»Fühlt sich doch wunderbar an«, sagte er. »Schöne Blumen und preiswert.« So ging das eine halbe Stunde mit einer Fülle von Fragen, natürlich. Sind die Farben waschecht? So waschecht, Mama, wie bei dem für zwei Schilling und Sixpence. Darf ich den für zwei Schilling Sixpence mal sehn? Also holte Cassim diesen Ballen herunter, aber am Ende zog der zu einem Schilling elf Pence wieder die Aufmerksamkeit auf sich. Eine halbe Stunde – das war ein gutes Zeichen, das ließ ihn hoffen. Dann war, den Eingang verdunkelnd, der junge Mann eingetreten, hatte nichts weiter von sich hergemacht und stand zwischen den Bohnen und dem Maismehl. Cassim sah rasch im Laden umher. Er selbst und die Frau, die er bediente, waren anwesend, dazu zwei Männer, die seine Frau am anderen Ende des Ladens bediente. In diesem Augenblick kam eine weitere Frau herein, an deren Rock sich zwei Kinder klammerten. Acht Leute im ganzen. Das waren genug.

»Schöne Blumen, Mama«, sagte er, blickte dabei aber zu dem jungen Mann. Er sah in ihm nicht den Mann, sondern die Type. Diese schlanken, kaltschnäuzigen Typen an den Straßenecken und bei Würfelspielen. Die Schnaps-Jungen. Faule Eier, die. Dieser Ausdruck gefiel ihm, weil ihm mit seinem empfindlichen, dünnhäutigen Geruchssinn nichts so zuwider war wie faule Eier.

»Zwei Meter«, sagte die Frau.

Cassim seufzte. Er hatte auf drei Meter gehofft. Er maß den Stoff an dem auf die Theke genagelten Meßstab aus. Er wickelte ihn in Packpapier ein. Sie zahlte. Er gab ihr das Wechselgeld. Er sah wieder hin, aber der junge Mann war gegangen.

»Hast du den da gesehen?« rief er seiner Frau tapfer zu und zeigte mit dem Kopf zu den Säcken mit Maismehl und Bohnen.

»Gott schütze uns«, sagte sie. Sie war eine ängstliche Person.

Das war um halb zehn. Um zehn kam er zurück, nahm wieder seinen Platz zwischen den Säcken ein und tat so, als wäre er gar nicht da. Diesmal aber hatte Cassim Angst. Im Laden war nur ein alter Mann, der Kautabak für drei Pence kaufen wollte. Er ging hastig zu seiner Frau, die den alten Mann bediente. Sie starrte ihren Mann erschrocken an.

»Gib ihm einen Priem extra«, sagte Cassim zu ihr auf tamulisch. »Sprich mit ihm.«

Seine Frau schnitt ein Extrastück ab und legte es neben den Priem auf die Theke. Der alte Mann schüttelte den Kopf und lächelte. »Nur für drei Pence«, sagte er. Er hatte einen Eselskarren, mit dem er auf den Feldern Feuerholz sammelte und dies dann im Stadtbezirk verkaufte. Manchmal fand er kein Holz.

»Das ist für Sie«, sagte Cassims Frau.

Der alte Mann hielt lächelnd die kleine Münze hoch und zeigte sie ihr. »Für drei Pence«, sagte er.

Cassim schob seine Frau beiseite. »Ein kleines Geschenk, alter Mann.«

»Für mich?«

»Ja.«

»Aber wieso?«

»Aus Respekt«, sagte Cassim. »Aus Respekt vor Ihnen, weil Sie ein alter Mann sind.« Cassim, da er nun einmal angefangen hatte, konnte nicht gleich aufhören. Er erklärte, er hätte eine alte Mutter in Indien, in der Neu

Delhi-Straße in Bombay. Er erzählte ihm von der Neu Delhi-Straße, von Indien, und gab ihm einen kleinen Abriß der Geschichte Indiens.

Der alte Mann hörte zu, ohne ihn zu unterbrechen. Er hörte geduldig zu, weil das seine Art war. Aber bei sich dachte er, der Inder müsse wohl übergeschnappt sein. Er redete ununterbrochen, und der Schweiß stand ihm auf der Stirn. Wovon redete er eigentlich? Und warum hörte er nicht auf?

Cassim hörte dann aber doch auf. Jemand kam in den Laden, und der junge Mann ging wieder. Er hatte sich die ganze Zeit zwischen den Säcken mit Maismehl und Bohnen nicht von der Stelle gerührt.

Mit einer Stimme, in der immer noch ein bißchen Tapferkeit durchklang, rief er seiner Frau zu: »Ich habe ihn rausgeekelt.«

»Gott schütze uns«, sagte seine Frau.

»Was er wohl wollte?« sagte Cassim. »Stand da immer bloß rum.« Seine Frau sprach von Durban, wohin sie zurückwollte. Dort war sie geboren. Sie sprach immer von Durban, wenn die Zeiten schlecht waren oder sie Ärger hatten.

»Weißt du was?« sagte Cassim. »Ich glaube, der ist verrückt.« Er lachte. Es war der Versuch, Mut zu zeigen. Das war um elf.

Um halb zwölf tauchte er wieder auf, und diesmal war Cassim wehrlos. Sie waren allein im Laden.

Seine Frau verschwand im Hinterzimmer, wo sie, hörte er, die Kinder zusammenrief. Darauf klirrten Schlüssel, und es schlugen Türen – sie zogen sich in die hinteren Räume des Hauses zurück. Cassim blieb am Ladentisch. Er holte tief Luft und wartete ab. Ich kann immer noch schreien, dachte er. Der junge Mann kam zum Ladentisch, hinter dem Cassim mit abgewandtem Blick stand.

»Ja?« fragte er und schützte Ruhe und Kaltblütigkeit vor. Machen Sie keinen Unsinn, junger Mann, würde er,

wenn es drauf ankam, sagen, aber die Zunge stockte ihm, als wäre sie aufgeblasen, und das hatte zum Ergebnis, daß er volle fünf Sekunden lang immer nur Ja sagte. Er hörte damit auf, als er sich furzen hörte.
»Das sind die Blähungen«, sagte er sonst immer.
»Wind im Darm.« In diesem Augenblick jedoch wußte er sich weder zu helfen, noch fiel ihm etwas zur Erklärung ein. Der junge Mann sah ihm voll ins Gesicht, und unter Gebeten und Tränen hinter den Augen wartete Cassim auf die Drohungen die kommen mußten.
»Jajajajajajaja...«
»Milch.«
Cassim wollte lachen. Er brach fast zusammen, so hysterisch wühlte in ihm der Wunsch zu lachen. Was klingt so ähnlich wie Milch? dachte er. Ich habe nicht richtig gehört. Milch, Knilch, bilch, kilch, schrilch, wilch...
»Milch«, wiederholte er klar, laut und unmißverständlich.
Cassim blickte auf. »Milch?«
Später am Tag merkte er, daß er nicht in der Lage war, sich an das Gesicht oder auch nur an das Zeug zu erinnern, das der junge Mann getragen hatte, weil sich seine Augen, wenn er sich zu entsinnen versuchte, vor Schreck und blinder Angst so schnell von Einzelheit zu Einzelheit bewegten, daß er überhaupt nichts sah.
»Ja, Milch!« Und diesmal waren so viel Ärger und Ungeduld unüberhörbar in der Stimme, daß Cassim sich mühsam zusammenriß und einen Satz zusammenbrachte.
»Aber was für eine Sorte Milch?«
»Babymilch.«
»Ja, ja, ja... ich versteh... Babymilch.« Und noch einmal furzend, riß sich Cassim vom Ladentisch los und verschwand, lief durch alle Zimmer und Türen zur letzten, die verschlossen war, und hinter der seine Frau mit den Kindern zusammenhockte. Cassim ging auf die Knie nieder und flüsterte heiser: »Babymilch!« Seine Frau aber, die

glaubte, daß Cassim mit einem Messer verwundet worden war, fing gemeinsam mit den Kindern an zu schreien. Ohne es zu wissen, brachten sie die Sache damit ins Lot, denn Cassim, als er sie hörte, besann sich, wischte sich die Tränen ab und lief zurück in den Laden.

»Sie meinen Kondensmilch«, brachte Cassim vor. Er sah, wie der junge Mann zögerte und die Brauen runzelte. Ich hab ihn, dachte er. Bei Gott, ich habe ihn kleingekriegt.

»Ja ja, Sie wollen Kondensmilch«, und bevor der Mann überlegen und antworten konnte, holte Cassim die Dose vom Regal und stellte sie auf die Theke.

»Ein Schilling, vier Pence«, sagte Cassim und sprach das sehr deutlich aus, als müßte den anderen der Preis interessieren.

Der junge Mann zögerte noch und machte den Fehler, die Dose hochzunehmen und das Etikett zu mustern. Er konnte nicht lesen, was Cassim sehr wohl bemerkte.

»Sehr gute Babymilch.«

Er bezahlte, und Cassim händigte ihm sehr korrekt und sehr sorgfältig das Wechselgeld aus, worauf er den Laden verließ.

Tsotsi blieb draußen vor dem Laden stehen. Er tat das wohlüberlegt, zwang sich dazu und betrachtete die Dose mit Kondensmilch, die er in der Hand hin- und herrollte. Ich sehe mir das Ding an, sagte er vor sich hin. Diese Dose, die ich eben gekauft habe. Einen Dreck schert mich der Kerl, alle scheren sie mich einen Dreck. Aber er sah nichts. Er spürte, was hinter ihm vor sich ging, spürte die Augen Cassims, die auf ihn gerichtet waren. Aus diesem Grunde hatte er auch weder Cassim noch seine Frau noch irgend etwas anderes in dem Laden gesehen. Babymilch hatte er verlangt – das hatte nicht gerade überzeugend geklungen. Noch nie hatte er jemand sowas sagen hören. Als er lange genug dagestanden und so bewiesen hatte, daß ihn das alles einen Dreck scherte, wandte er sich nach links und ging weg, ohne noch einmal zurückzusehen. Er wäre am liebsten gelaufen, um so schnell wie möglich von dem Laden und den zwei Stunden, die er vergeblich gewartet hatte, wegzukommen. Zweimal hatte er versucht, einfach reinzugehen und zu fragen. Aber jedesmal hatte er es nur bis zu den Säcken geschafft und war stehengeblieben. Babymilch kaufen! Das klang einfach komisch. Zwei Stunden, bis schließlich der Laden leer war. Er wollte laufen, aber wieder zwang er sich, nur einfach zu gehen.

Zuerst sah er auch die Straße nicht. Aber C. Ramadoola und sein Laden waren weit weg von seiner Bude (deshalb hatte er sich diesen Laden ausgesucht), und bald schon, nachdem er den Laden hinter sich hatte, fühlte er sich wohler. Niemand beobachtete ihn. Keiner lachte. Keiner zeigte auf ihn und rief: »Das ist der Mann, der Babymilch gekauft hat!« Er sah um sich und suchte, sich über die Gegend und über die Zeit klarzuwerden.

Es war die Samstag-Straße. Die Straße hatte so viele Namen, wie es Tage in der Woche gab, so viele, wie es Stunden am Tag gab. Aber Samstag war der wichtigste von allen. Da war man über den Freitag hinweg und noch am Leben. Aber er bedeutete noch anderes. Man hatte sein Geld in der Tasche, und morgen war Sonntag, ein Tag ohne Arbeit. Man konnte heute lange aufbleiben und morgen ausschlafen. So zog man sich sein bestes Zeug an, klirrte mit den Münzen in der Tasche und lungerte an den Ecken herum und sah sich die Mädchen an, die Arm in Arm mit schwingenden Röcken die Straße hinunterkamen. Das war die Samstag-Straße. Eine Menge Leute, die heute gekommen waren, morgen wieder gingen, alle hitzig und auf die Geisterstunde um Mitternacht aus, wenn die Samstagnacht ihren Höhepunkt erreichte.

Tsotsi sah das alles mit einem Blick und verschloß die Augen davor. Er hatte es schon oft gesehen. Er war jetzt frei von der Verlegenheit und der Demütigung, die er beim Kauf der Milch empfunden hatte, er konnte jetzt frei umhergehen, ohne dabei seine Selbstachtung einzubüßen. Er steckte die Dose in seine Jackentasche und drängte sich durch die Menge. Die Leute fühlten sich jetzt am hellichten Tag sicher, und das erschwerte es einem, durch die Menge auf der Straße voranzukommen. Freitags traten sie beiseite und machten Platz für ihn.

Als er zu seiner Bude kam, schwitzte er am ganzen Körper. Er schloß die Tür hinter sich und stellte einen Stuhl dagegen, damit keiner überraschend hereinkommen könnte. Das Fenster oder eher das glaslose Loch in der Wand deckte er mit der Holzplatte ab, die er verwendete, wenn es kalt war oder regnete, oder wenn Wind war. Erst jetzt, als er sich vor beobachtenden Blicken oder Unterbrechungen sicher fühlte, holte er den Schuhkarton aus seinem Versteck unter dem Bett hervor. Er stellte ihn behutsam auf den Tisch, zog einen Stuhl heran, setzte sich und nahm den Deckel ab, um hineinzusehen.

Das Baby lebte noch und schien zu schlafen. Ein fader, säuerlicher Geruch schlug ihm entgegen, aber er bemerkte das in diesem Moment nicht, weil ihn das, was er sah, ehrfürchtig stimmte. Ein Mensch. Dieses kleine, fast uralte, nutzlose und verlassene Ding war der Beginn, der Beginn eines Menschen. Es hatte Arme und Beine, einen Kopf und einen Körper, aber wenn er das auch zugab, so entdeckte er doch nichts, aus dem er hätte erkennen können, wie sich dieses Wesen einmal strecken und die Gestalt eines ganzen Menschen annehmen würde. Auch jetzt, als es schlief, war das Gesicht von Kummer und Beschwerden gerunzelt. Der Kopf war mißgestaltet. Er sah eher wie ein Ei aus. Der Körper war an einigen Stellen mit fusseligem Haar bedeckt.

Als er sich von seiner Überraschung erholt hatte, bemerkte Tsotsi den Geruch. Er erhob sich, um eine alte Jacke, die an einem Nagel an der Tür hing, zu holen, und faltete sie zusammen, bevor er sie hinlegte. Dann nahm er das Baby sehr vorsichtig aus dem Karton und legte es auf die Jacke. Er war stolz darauf, daß ihm das mit der Jacke eingefallen war. Das Baby machte sich darauf besser, als wenn es auf der leeren, von Getränkeresten verklebten Tischplatte läge. Als er in sich ein Gefühl des Stolzes entdeckte, runzelte er die Stirn, spitzte die Lippen und machte dann weiter. In dem Karton war zwar ein Fleck, aber sonst war er nicht weiter beschmutzt, der Geruch mußte also von dem Baby selbst kommen. Er untersuchte es. Was roch, waren die Zeugfetzen, in die es eingewickelt war.

Tsotsi stockte. Er setzte sich und wischte den Schweiß von der Oberlippe, der sich da wie ein dünner Schnurrbart gebildet hatte. Es war alles nicht so einfach. Er hatte so etwas noch nie gemacht und wußte auch nicht, wie er es machen sollte. Bei allem, was er tat, mußte er zuerst eine Pause machen und überlegen. Jetzt kam es darauf an, die schmutzigen Zeugfetzen zu entfernen und den Geruch zu beseitigen. Es mußte dem Baby anderes angezogen werden. Aber was und wie? Er würde dazu eins seiner Hemden benutzen. Ja, das mußte gehen.

Er fand eins in dem Karton, in dem er allerlei Krimskrams aufbewahrte. Er wickelte die Fetzen ab, in die das Baby gehüllt war. Sie bestanden aus einem zerrissenen Unterrock und einer alten blauen Unterhose. Jetzt fühlte sich Tsotsi doch zum ersten Mal abgestoßen. Es war der Geruch, der ihm wie eine fast anfaßbare Wolke ins Gesicht trieb. Dann wurde er ungeduldig, und der Schweiß brach ihm aus, als das Baby durch all die Unruhe aufwachte und zu schreien begann. Es war ein schrilles, entnervendes Geräusch, so daß er in seinen Bewegungen unsicher wurde. Schließlich aber staunte er, er hielt mit der Arbeit inne und betrachtete überrascht das Baby. Es war ein Junge! Das winzige Glied lag wie ein kleiner Finger auf den Hoden, und alles zusammen war nicht größer als eine Walnuß. Der Nabel stand hervor wie ein eingerollter Fleischknopf. Tsotsi hob das Baby hoch und entdeckte, woher der Geruch kam. Eigelber, verkrusteter Kot hatte sich in den Zeugfetzen festgesetzt. Krümel davon klebten an dem kleinen Gesäß, das er mit einem Zipfel des Unterrocks sauberwischte.

Als er damit fertig war, wickelte er das Baby in sein Hemd, legte es wieder in den Karton, den er aufs Bett stellte, und wandte sich ab. Es war noch eine Menge zu tun. Er holte die Dose mit Kondensmilch aus der Tasche, setzte sich an den Tisch und sah sie sich an. Tsotsi hatte solche und ähnliche Dosen schon oft gesehen, doch jetzt, als sie ihm in der Hand lag, schien sie ihm mit ihrem Etikett und den Buchstaben darauf ohne Sinn wie ein in fremder Sprache geschriebenes Buch, die er weder lesen konnte noch sprach.

Babys brauchten Milch, das wußte sogar er. Als er am frühen Morgen mit dem Schuhkarton in sein Zimmer gekommen war, hatte er versucht, ihm mit Wasser getränktes Brot in den Mund zu stecken, aber es hatte das säbernd ausgespuckt. Es wußte, was es wollte. Milch! Und nach seinem Geschrei zu urteilen, brauchte es sie dringend. Also war er zu dem Laden gegangen, war dabei aber so unsicher gewesen, daß er zwei Stunden brauchte, um den Mut zu finden, im richtigen Augenblick hineinzugehen und zu fragen. Als der Inder ihm kondensierte Milch gab, hatte er sich mit ihm anlegen wollen. Kondensmilch! Er hatte sein Leben lang nichts als diese verfluchte Kondensmilch getrunken. Aber der Inder hatte gesagt, es wäre Babymilch, und auf all die Wörter auf dem Etikett gezeigt. Als er sie jetzt studierte, fand Tsotsi sie gänzlich sinnlos, und außer den Wörtern war darauf nur das Markenzeichen zu sehen – zwei Vögel und ein Nest mit Eiern darin – das ihm auch nicht weiterhalf.

Er sah zu dem Baby. Es schrie wieder, gellend und hart; es war ein Geräusch, das ihn verwirrte und zur Verzweiflung brachte. Er ging zum Bett, beugte sich über den aufgedunsenen Kopf und rief: »Tula!« und dann noch einmal, noch lauter, wobei er die Matratze packte und schüttelte. Das Baby hörte nicht auf zu schreien. Wenn doch bloß Boston... Nein. Das war sinnlos und zu spät. Tsotsi betrachtete wieder die Dose, nicht die Schrift, sondern nur die Dose, wog sie in der Hand ab, während das Baby ihm mit seinem Geschrei in den Ohren lag, und dann faßte er einen Entschluß.

»Na gut«, sagte er laut, »jetzt nimmst du sie so, wie ich's auch immer getan hab.«

Dieser Entschluß brachte ihn wieder auf die Beine, und das, zusammen mit seinen lauten Worten, bewirkte, daß er sich wohler fühlte. Er bohrte mit seinem Messer zwei Löcher in den Deckel der Dose, nahm selbst einen Schluck von der zähflüssigen, klebrigen Milch und wartete dann geduldig, bis die weiße, milchige Flüssigkeit in einen Löffel geflossen war. Das Baby akzeptierte sie und hörte auf mit Schreien. Als es den Löffel leergenuckelt hatte, gab er ihm noch einen und dann noch mehr, bis es mit gierigen Lippen wohl zehn Löffel leergeschlabbert hatte.

Danach war das Baby still, und Tsotsi ruhte sich aus. Er trat an das Fensterloch, aus dem er das Brett herausnahm und die Ellbogen nach draußen durchschob. Es war Nachmittag jetzt. Er wußte, daß die anderen, Butcher und Die Aap, wenn sie gemeinsam mit ihm etwas unternehmen wollten, bald kommen würden, und so mußte er sich etwas ausdenken, damit sie ihn hier nicht mit dem Baby erwischten. Er blickte auf die Straße hinaus. Es war genau die richtige Zeit zum Handeln: Samstagnachmittag, und die Straße war verödet; die meisten Leute waren jetzt in ihren Häusern und schliefen oder dösten in den heißen Stunden vor sich hin, bis die Schatten lang genug wären und der aufkommende Abend das Blut wieder beschleunigte. Sein Problem war das Baby in dem Karton, in seinem Zimmer, wo es nicht bleiben durfte.

Zwei Männer, einer mit einer Gitarre, auf der er, während sie miteinander sprachen, mit müßiger Hand sanfte Akkorde zupfte, kamen an seinem Fenster vorbei. Tsotsi

hatte jetzt den ersten Schritt zur Lösung seines Problems getan und fühlte sich wohler. Das Baby, war ihm klar, mußte woanders hin. Dann wäre alles gut. Er war zufrieden, daß er die Dinge wenigstens so weit geklärt hatte. Aber wohin? Wo konnte er den Schuhkarton unterbringen? Bei Soekie? Scheiße, nein! Sie würde ihm mit ihren Fragen kommen.
»Wo, Mann?«
»Unter den Eukalyptusbäumen.«
»Bei den Eukalyptusbäumen?«
»Ja, Mensch.«
»Aber wieso, Mann?« – und was sollte er darauf antworten? Ja, wieso eigentlich? fragte er sich jetzt selbst. Warum? Er drehte sich um und sah zu dem Baby.
Viel Zeit blieb ihm nicht. Die Frage war: wohin? Wohin mit dem Baby?

Noch stand Tsotsi am Fenster, dachte nach und merkte, daß ihm das schwerfiel, als eine Gruppe von lachenden, barfüßigen und verstaubten Männern in Khakizeug um die Ecke kam und in die Straße einbog. Es war einer der Aufräumtrupps, die jetzt tagtäglich zugange waren, Fenster und Türen herausbrachen und die Dächer von weiteren Häusern niederrissen, damit nicht noch mehr Leute in den Stadtbezirk zogen. Sie wurden in Lastwagen woanders hingekarrt, so daß der Stadtbezirk eines Tages gänzlich verödet sein würde. Als er den Aufräumtrupp sah, fiel Tsotsi die Lösung ein.

Die Ruinen – er würde das Baby irgendwo in den Ruinen verstecken. Davon gab es überall im Stadtbezirk genug. Sie waren von Kindern geplündert worden, jetzt aber kümmerte sich keiner mehr um sie, die häßlich wie Geschwüre an einem hinfälligen Körper waren. Ja, eine Ruine mußte er sich heraussuchen. Die beste, weil sie die größte war, lag nicht weit von seiner Bude an der Grenze zu dem hochmütigen Viertel der Weißen.

Tsotsi dichtete die Löcher in der Dose mit Papierpfropfen ab, steckte sie zusammen mit dem Löffel in die Tasche und machte sich an das Baby. Er klappte den Dekkel zu und nahm den Karton vorsichtig hoch, um das Baby nicht im Schlaf zu stören. Er machte die Tür auf, sah nach allen Seiten und trat dann auf die Straße, die abgesehen von dem Staub der barfüßigen Männer, einem Kind, das nicht spielte, und einem von Flöhen geplagten Hund leer war.

Zwischen den Mauertrümmern stellte er sich keine Fragen. Weder, warum sie niedergerissen noch wohin die Leute gezogen waren, auch nicht, ob es richtig oder falsch war, was sie getan hatten, so daß es hierzu hatte kommen müssen. Das war nicht nötig, die Fragen waren alle schon gestellt worden. An jenem unbestimmten Tag, der vergessen war, weil es so viele davon gab, als die Trupps mit Vorschlaghammern und Brecheisen bei Tagesanbruch gekommen waren und die Leute übermüdet und verwirrt auf dem Pflaster gesessen hatten, waren sie von verbitterten Stimmen oder nur innerlich, wortlos gestellt und unbeantwortet verworfen worden, nicht viel anders als man den Schutt ihrer Häuser nach kurzem, gewalttätigem Einsatz aus dem Wege geräumt hatte.

Tsotsi ging die Torwege ab und stieg dabei leichtfüßig über die Mauern, die dalagen, wie sie im Moment ihrer Unterwerfung gefallen waren. Die noch standen, waren mit ihren leeren Höhlen in eine dumpfe, taubstumme Idiotie geschockt worden. Durch sie hindurch waren andere Ruinen zu sehen und durch sie wiederum verlief die aus Stümpfen und Geröll gebildete Perspektive, die in den Raum selbst überzugehen schien, in jenes unfaßbare, von vier Wänden und einem Dach abgesteckte Etwas, das zertrümmert und zu Höhlenresten zermalmt worden war. Darüber erstreckte sich straff wie eine blaue Persenning der Himmel.

Das war ein guter Platz, um das Baby zu verstecken.

Ein verlassener Ort, wo sich nur wenige Eidechsen ungestört zwischen den Steinen ergingen. Die Menschen, die hier gewohnt hatten, hier geboren worden waren, hatten sich ebenso wie jene verzogen, die hier gestorben waren. Zurückgekommen waren vorübergehend nur die Kinder der anderen Familien des Stadtbezirks. Sie waren auf kurze Zeit gekommen, als die Aufräumtrupps die Gegend verlassen hatten, waren gekommen, um zwischen den Steinen herumzustöbern, und abends mit dem Holz von Tür- und Fensterrahmen nach Hause zurückgekehrt, wo man damit in anderen Höfen einfache Mahlzeiten gekocht hatte. Waren dann noch einmal, vielleicht am Tage darauf, und dann noch am übernächsten, wiedergekommen, um dort zu spielen und sich aus den Brocken kleine Traumhäuser mit Blumen in einer Flasche und einer einbeinigen Puppe zu bauen. Aber auch sie vergaßen eines Tages die Trümmer, weil es andere Spiele in anderen Ruinen zu spielen gab und diese hier leergeklaubt worden waren. Also verblichen die Mauern unter der Sonne, der Staub machte sich breit, und der Wind wehte das, was noch nach Leben roch, davon. Sie, zwischen denen Tsotsi sich eine Stelle suchte, waren geruchlos.

    Er wählte die Ecke, an der MaRhabatse einst mit ihrer Nichte gewohnt, lange gewohnt hatte, weil das Bier, das in ihrem Hinterhaus gebraut wurde, berühmt war. MaRhabatse hatte es zu einem hohen Alter gebracht, denn als die Zeit kam, zu der sie ihr Zimmer hätte verlassen und den von ihr gemieteten Lastwagen besteigen sollen, um anderswohin gebracht zu werden, stellte man fest, daß die Tür zu eng für die Frau war, die ihr Zimmer wegen ihrer geschwollenen Knöchel zehn Jahre lang nicht verlassen hatte. Der Aufräumtrupp war gezwungen, die Tür und Teile der Mauer niederzureißen, damit die große Seele unter lautem Jubel und vielen Tränen herausgebracht werden konnte. Ihr Zug durch die Straße weit fort in die Ferne, wobei sie wie eine Statue in ihrem Sessel auf dem Lastwagen saß, machte das Gerücht zur Wahrheit, daß der Stadtbezirk eines Tages ganz sterben werde.

Tsotsi wählte diese Ruine, weil an einer Ecke Wellblech, das einmal ihr Dach gewesen war, überhing, und er auf Schatten bedacht war. Das Baby war nach wie vor still, so sehr, daß er den Deckel öffnete und sich erst zufriedengab, als er es mit den Beinen strampeln sah. Er versteckte es zusammen mit der Kondensmilch und dem Löffel in der Ecke und setzte sich dann mit dem Rücken gegen die Mauer, um zu überlegen.

Eins wußte Tsotsi genau. Seit gestern nacht und vielleicht schon vorher, schien ihm, während er ruhig und dem jüngst Vergangenen aufgeschlossen dasaß, hatte er, ja, schon vor dem Vorfall unter den Eukalyptusbäumen und ganz gleich, wann oder wo es gewesen war, hatte er etwas begonnen, das mit dem, was er plante, nicht übereinging. Daran war kein Zweifel. Der Plan, nach dem er sich richtete, war zu einfach, zu klar, war eigenhändig von ihm mit seinem Messer zurechtgeschnitten, das er dazu benutzte, den roten, von anderen ähnlich düsteren Farben durchsetzten Faden des Todes zu einem Muster zu weben. Das Baby gehörte da nicht hinein und ganz gewiß die Handlungen auch nicht, zu denen er durch seine Anwesenheit gezwungen worden war, wie das Kaufen von Babymilch, das Füttern und Säubern oder diese Suche nach einem Versteck, wobei er listiger und verstohlener vorgegangen war als andere Leute, wenn sie Dinge, die sie von ihm hatten, versteckten.

Es war ganz und gar unwahrscheinlich, was da so unerwartet in sein Leben eingebrochen war. Dabei war es im Grunde so belanglos, war zugleich aber zerstörerisch, indem es die einfache, handgemachte Behausung, in der seine Existenz Unterschlupf gefunden hatte, niederriß, so daß andere Belanglosigkeiten kalt auf ihn eindrangen. Warum also hatte er das Baby an sich genommen? – das war die Frage, auf die er jetzt eine Antwort finden mußte. Sein Tod wäre die logische Folge gewesen, er aber hatte es gerettet. Warum? War diesem Wesen ein anderer, besonderer Tod bestimmt? Er hätte das gern geglaubt, denn der Eifer, mit dem er schwerfällig und ungeschickt für das Baby zu sorgen versuchte, erfüllte ihn gleichzeitig mit Unmut. Tsotsi wand sich verärgert unter dem noch so gelinden Druck, den es auf ihn ausübte. Trotzdem machte er weiter, stolperte von einer Unzulänglichkeit in die andere, unterdrückte seinen Stolz, hielt seine Ungeduld in Schach, machte weiter, einfach weil er wußte, daß er dies auf sich genommen hatte. Es war wie ein Würfelspiel, das er nie zu spielen gewagt hätte, und das Baby, das waren sozusagen die Würfel.

Aus Überraschung war er vor kaum vierundzwanzig Stunden vor der Frau zurückgewichen, als er sie unter dem Baum in seiner Gewalt gehabt hatte. Er hatte früher schon Babys schreien hören, aber immer weit entfernt, und ohne darauf zu achten, hatte das für eine Art Zwitterton unter den lauteren, deftigeren Geräuschen des Lebens gehalten. Aber dieser Ton, dieses dissonante Plärren, das wie fauliger Rauch aus den in den Deckel des Schuhkartons gebohrten Löchern drang, kam so unerwartet, hatte so gar nichts mit dem, was er bezweckte, zu tun und war in diesem Moment so sinnlos, daß es ihn aufstörte. Alles war in der Schwebe. Es schien fast wie eine für diese Nacht ausgeheckte Verschwörung, von der Frau dem geplanten Ziel einen Schritt näher gebracht, als sie ihm den Karton aufzwang. Das Baby hatte auch sein Teil daran, denn hätte es aufgehört zu schreien, dann würde er die in die Nacht fliehenden Schritte gehört, und das Geräusch würde ihn aufgeschreckt haben wie eine Katze beim Spiel. Statt dessen stand er da mit dem Karton in der Hand, hörte nur das Baby, das sich darin bewegte, und spürte in sich eine seltsame, unerklärliche Angst. Das Attentat führte am Ende zum Erfolg, als der Deckel aufklappte und er nun sah, was darunter war, die sich regenden Hände, die in der eingeschachtelten Welt wie Anemonen in einem toten See trieben, der Mund, offen wie ein schwarzes Loch in der häßlichen, dem Leben geschnittenen Grimasse, die Beine, heimlich stoßend und strampelnd, als fühlten sie sich noch vom Mutterschoß eingeengt. In diesem Moment war die Nacht nicht mehr aufhebbar. Und plötzlich, scharf und schmerzhafter als er es je erlebt hatte, zersprengte Licht die Dunkelheit in ihm, und er erinnerte sich.

Was er vor sich sah, war eine Hündin, eine Hündin mit gelbem Fell, und er entsann sich, daß sie auf ihn zugekrochen kam, in großen Schmerzen vermutlich, aber jedenfalls kroch sie. Er hörte auch, während sie langsam herankroch, ein Wimmern, vor großen Schmerzen, wie er annahm, und so nahe kroch sie an ihn heran, daß er ihre Augen sah und in ihnen das, was er für Schmerz hielt. Und dann, in dem Moment, in dem mit Sicherheit irgend etwas passieren mußte, trübte sich das Bild, verflüchtete sich, und die Dunkelheit schoß wieder ein.

Eine Hündin mit gelbem Fell, die vor Schmerz kroch ... so weit erinnerte er sich, und das so deutlich, daß selbst nach den vielen Malen, die er dies nach dem Treffen unter den Bäumen heraufbeschworen hatte, nicht die geringste Einzelheit verwischt oder entstellt war. Eine Hündin mit gelbem Fell, die vor Schmerz kroch ... nichts hatte je so heftig auf ihn gewirkt, kein Schmerz, keine Freude, kein Ereignis in den Jahren, seit denen er sich am Leben gefühlt und in sich dieses Dunkel wahrgenommen hatte, das anhielt bis zu den Eukalyptusbäumen, wo aus der Vergangenheit, von der er nichts wußte und nichts wissen wollte, eine Hündin mit gelbem Fell in großen Schmerzen angekrochen gekommen war ...

Tsotsi sah aus seiner Erinnerung auf und fand sich auf den Knien und vor sich auf dem Boden, wohin er ihm aus den Händen gefallen sein mußte, den Schuhkarton mit dem Baby darin. Es war jetzt schon viel später. Der Mond war ihm im Rücken höher gestiegen, so daß er für ihn außer Sicht war. Die Bäume waren still, weil der Wind sich gelegt hatte, und selbst die Grillen stießen ihr dreisilbiges Gezirpe nur in weiten Abständen aus. Es war, als er ging, noch später, weil sich Tsotsi vorerst noch zurücksetzte, um sich Klarheit zu verschaffen. Irgend etwas hatte sich ereignet, wogegen er sich lange Zeit abgeschirmt hatte. Er hatte sich erinnert. Es war eigentümlich, was ihm sein Gedächtnis erschlossen hatte. Es war auch sehr alt, ging es doch weiter zurück, als die Zeit selbst, wie er meinte, zurückgehen könnte. Das Baby hatte es gebracht. Auch das war offensichtlich und einfach. In dem Augenblick, in dem er es gesehen hatte, hatte er sich erinnert. Zwischen beiden, zwischen dem Baby und der Hündin, gab es irgendwie eine Verbindung.

Der nächste Gedanke brauchte lange, bis er ihm bewußt wurde, und als er es war, erschreckte er ihn. Er war neugierig. Das war auf seine Weise sogar noch seltsamer als die Tatsache, daß er sich erinnerte, denn diese, die Erinnerung, hatte auf eine halbbrüderliche Weise Vorgänger gehabt, wie der Mann, der als seinen Namen Petah angab, wie seine Angst vor Spinnen und die Nostalgie, die der Geruch von nassem Zeitungspapier in ihm weckte. Keine dieser Erinnerungen waren so lebhaft, so erschreckend gewesen wie die an die Hündin, aber sie hatten mit der Vergangenheit zu tun. Neugierig aber war er nie gewesen. Jetzt war er es. Er wußte, daß diese Neugier durch die vergeblichen Fragen bewirkt war, die ihm auf die Lippen kamen. Er wollte die Antworten darauf, wollte sie dringend, aber er hatte sie nicht. Das war es, weswegen er sich für das Baby entschied. Er nahm es als eine Art Prüfstein und als Talisman. Der hatte einmal seine Wirkung getan, und das mit überwältigendem Erfolg. Vielleicht wirkte er auch weiterhin. Er würde schon dafür sorgen, er würde warten, bis er wieder wirkte. Seine Entschlossenheit geriet in den Schatten der Angst. Irgendwie drängte es ihn, das Baby zu töten, um sich von ihm freizumachen, war es doch wie eine Warnung vor einem Spiel, an das er sich noch nie herangewagt hatte. Aber Tsotsi war jetzt besessen. Er war wie ein auf Gewinn setzender Narr, der gewürfelt und tatsächlich seinen ersten Gewinn gemacht hatte und nun den Rest setzte, weil er noch mehr wollte. Tsotsi wollte alles wissen.

Also trug er das Baby durch die weiten Straßen in der Dämmerung und unter dem ersten Gezwitscher der Vögel zurück und erreichte den Stadtbezirk zugleich mit der Sonne. Das Baby mußte am Leben bleiben, damit der von ihm ausgehende Zauber weiterhin wirkte. Aus diesem Grunde fütterte er es und machte es sauber und versteckte es an einer Stelle, zu der er, wenn er Zeit und Muße hatte, zurückkehren und die Hündin mit dem gelben Fell aus der Vergangenheit vorlocken konnte. Als er die Ruinen verließ, entschloß er sich, am nächsten Tag zurückzukehren, um es dann wieder zu füttern.

5

In der Zeit, in der Tsotsi nachdenklich zwischen den Ruinen saß, ereigneten sich zwei Dinge im Stadtbezirk, von denen eines so unwichtig war und so wenig Beachtung fand wie das andere. Gumboot Dhlamini wurde beigesetzt und Boston kam zu sich.

Der Friedhof war ein übervölkertes, sandiges Ackergelände. Er war umzäunt, aber die Termiten hatten sich an die Pfähle herangemacht und sie unten zerfressen. So hingen die meisten frei über dem Boden und einige waren umgefallen und hatten die Drähte mit herabgezogen. Der Friedhof war durch reinen Zufall entstanden. Die Bevölkerung mußte ihre Toten begraben, und als sich die Behörden der Sache annahmen, existierte der Friedhof schon. Er wurde rasch offiziell zum Friedhof erklärt, und weil die Behörden eine merkwürdige Ehrfurcht vor Leichen haben, schickten sie eine Gruppe von Arbeitern hin, die einen Zaun errichten und ringsum in bestimmten Abständen Bäume pflanzen mußten.

Das mit den Bäumen ging schief. Es sollten Zypressen sein, aber irgend jemand in der Baumschule hatte einen Fehler gemacht. Dreiviertel von ihnen gingen ein, und die übrigen wuchsen so krumm und gewunden auf, daß sie den Bäumen, als die sie gedacht waren, nicht im geringsten ähnelten. Es war eine Art von holzigen Schlinggewächsen mit dichtem, schwarzgrünem Laub. Wenn man sich mit seinem Kummer in ihren Schatten begab, war man bald über und über von den zähen, harzigen Absonderungen auf Zweigen und Ästen bedeckt.

Für Gumboot war ein Platz nicht weit von der Mitte vorgesehen. Beigesetzt wurde er durch Hochwürden Henry Ransome von der Kirche Christ der Erlöser im Stadtbezirk. Der Geistliche war bei der Ausübung seines Amtes unsicher. Er war irritiert und wußte dies, was die Sache noch schlimmer machte. Wenn er nur den Namen des Mannes gewußt hätte, den er begrub. Dieser Mann, oh Herr! Welcher Mann ist das? Dieser hier, dieser, der nach deinem

Bilde geschaffen wurde. Es ist doch gleichgültig, wie er heißt. Dieser hier. Dieser Mann. Er hatte das Gesicht kurz gesehen, als die Polizei ihn zu sich bestellt hatte. Es war der Haß, die haßverzerrte Grimasse, an die er sich erinnerte. Dieser hier, o Herr! Dieser hier, o Herr! Dieser Mann, der nach deinem Bilde geschaffen wurde!

Die Person neben ihm am Grab war Big Jacob, der Totengräber. Er hatte die Mütze respektvoll abgenommen und stützte sich auf seinen Spaten. Während der Geistliche predigte, betrachtete Big Jacob seinen Kopf. Es war das sehr weiße und fusselige Haar, das ihn faszinierte. Es ähnelte den Pollen eines bestimmten Unkrauts, das an dünnen silbrigen Fäden wie an Schirmen dahintrieb. Es wehte, der Wind wühlte in dem gebauschten Haar, und er dachte, wenn er lange genug wartete, würde er es davonfliegen sehen. Hochwürden Henry Ransome bekreuzigte sich und blickte mit gerunzelter Stirn zum Himmel.

Big Jacob senkte die Augen und fingerte am Rand seiner Mütze herum.»Wer ist er?« fragte er.

Der Geistliche warf ihm flüchtig einen Blick zu und sah dann wieder zum Himmel. Er zuckte niedergeschlagen die Schultern.»Ich weiß nicht«, sagte er.

Big Jacob kratzte sich am Kopf, bevor er die Mütze wieder aufsetzte.

»Freitagnacht«, sagte er.»So können wir sagen, wir haben Freitagnacht am Samstagnachmittag begraben.« Big Jacob begann den Sand mit den Füßen in das Grab zu stoßen. Weil es Sand war, brauchte er keine Schaufel dazu.

Der Geistliche wandte sich ab und machte sich auf den Weg zu seiner Kirche. Er war ernstlich bekümmert.

Als Boston aufwachte, sah er als erstes einen kleinen, sehr still vor ihm stehenden Jungen, der ihn über die Fahrradfelge hinweg, die er als Reifen benutzte, betrachtete.

Genau genommen, war dies nicht das erste Mal, daß er die Augen öffnete, nachdem Die Aap und Butcher ihn aus Soekie's Bude weggetragen und ihn hier auf den Nebenweg gelegt hatten, wo er sich dann liegen fand. Einmal am frühen Morgen und gegen Mittag hatten seine Augenlider gezuckt und sich geöffnet, und er hatte versucht hochzukommen. Aber die Schmerzen in seinem ganzen Körper hatten ihn die wenigen Zentimeter, die er geschafft hatte, zurückgezwungen, und er war wieder in Ohnmacht gefallen. Jetzt versuchte er es noch einmal.

Alles drehte sich in roten Nebeln vor seinen Augen, und er wimmerte vor Schmerz, aber es gelang ihm, sich hochzusetzen. Das Kind beobachtete ihn ausdruckslos, aber gespannt. Boston sah verdutzt auf seine Beine. Irgend etwas stimmte da nicht. Es dauerte Minuten, bis ihm aufging, was es war. Irgendwer hatte seine Hose gestohlen, seine graue Flanellhose, höchstwahrscheinlich während seiner Bewußtlosigkeit. Eine zerrissene Khakihose lag nicht weit von ihm. Das Kind hatte das Kinn auf den Reifen gelegt und starrte ihn an. Boston öffnete den Mund, merkte aber, daß er keine verständlichen Laute zusammenbrachte. Er zeigte zu der Hose, aber der kleine Junge rannte auf seinen kurzen Beinen hastig hoppelnd davon und trieb dabei seinen Reifen mit einem Stock vor sich her.

Es blieb Boston nichts übrig, als Millimeter um Millimeter zu der Hose zu kriechen. Als er sie erreichte, stützte er sich auf und weinte vor sich hin. Jeder Bewegung war in Wellen Schmerzen gefolgt. Er setzte sich auf und machte sich an die noch schwierigere, qualvolle Aufgabe, die Hose überzuziehen. Während er dabei war, kam der kleine Junge mit seinem Reifen zurück, blieb in sicherem Abstand von ihm stehen und beobachtete ihn mit der gleichen ausdruckslosen Gespanntheit.

Boston humpelte den Weg entlang. Wohin gehe ich? fragte er sich. Egal, dachte er. Alles ist jetzt egal. Alles. Er hatte seinen Körper gesehen und sein Gesicht befühlt. Er erinnerte sich an Tsotsi. Nichts mehr, es ist alles vorbei. Endlich vorbei. Schluß, aus mit allem. Er hatte das Gefühl, er müßte sich von der Erde, vom Himmel und von der Sonne verabschieden. Wäre ein Baum in der Nähe gewesen, er hätte ihm die Hand geschüttelt. Er war fest davon überzeugt, daß jetzt alles endgültig vorbei sei.

»Er kommt nicht«, sagte Butcher, während er Steine aufsammelte und einen Laternenpfahl damit bewarf.
»Doch, er kommt bestimmt«, sagte Die Aap. Sie lungerten auf der Straße vor Tsotsis Bude herum.
»Na ja, ist mir auch gleich«, fügte Butcher hinzu.
»Mir auch«, sagte Die Aap.
Hierüber redeten sie nun schon die ganze Zeit. Beide wußten sie nicht, was sie von der Schlägerei gestern abend bei Soekie halten sollten, und ob sie mitgemeint waren, als Tsotsi über Boston herfiel. Hatte das zu bedeuten, daß nun Schluß war mit der Bande, oder war damit nur Boston ausgebootet? Das war er bestimmt. Tsotsi hatte ihn so fertiggemacht, wie sie das in dieser Härte noch nie von ihm erlebt hatten, er hatte ihn fast totgeschlagen. Auch Soekie hatte nicht helfen können.

»Ich habe zuerst überhaupt nichts gehört, sage ich euch. Und dann plötzlich schrie Boston.«
»Was hat Tsotsi denn mit ihm gemacht?
»Ihn getreten.«
»Und was hat er gesagt?«
»Wer?«
»Tsotsi!«
»Nichts.«
»Und Boston?«
»Er schrie, Mann. Hab ich doch gesagt.«
Sie hatten sich zuerst nichts weiter draus gemacht, weil der Tag rum war, sie ihren Job hinter sich gebracht, viel getrunken und sich eine Frau hergenommen hatten. Nicht mehr lange, dann würden sie alle schlafen. Richtig klar wurde ihnen die Sache erst, als sie am nächsten Tag aufwachten. Wie immer, stellte sich ihnen die Frage: Was

machen wir heute? Der einzige Ausweg aus diesem Dilemma war die Tatsache, daß sie als Bande einen Führer hatten, der entscheiden würde, was an diesem Tag zu geschehen hätte. So ging das, und seit langem hatten sie sich daran gewöhnt, Tsotsi einfach zu folgen. Die Aussicht, einen ganzen Tag ohne ihn zuzubringen, beunruhigte sie. Sie setzten sich in die Sonne und besprachen die Sache.

»Also, was meinst du?« fragte Butcher.
»Er hat nichts zu uns gesagt«, antwortete Die Aap.
»Was also?«
»Ich weiß nicht«, sagte Die Aap.
»Er war fix und fertig.«
»Wer?«
»Boston, Mann!«
»Ja, das war er.«
»Meinst du, er hat was mit uns vor?« Butcher machte eine Pause. »Los, Mann, sag was!«
»Ich weiß nicht«, sagte Die Aap unschlüssig, »wirklich nicht, Mann.«

Unter solchem Gerede suchten sie den Tag herumzukriegen, gammelten in den Straßen herum, tranken hier und da was, machten beim Würfelspiel mit, aßen etwas und folgten, wie der Schwerkraft selbst, ihren eingefahrenen Gewohnheiten, bis sie in ihrer Ziellosigkeit mitten am Nachmittag eher zufällig wieder vor Tsotsis Bude landeten. Wartend hingen sie dort auf der Straße lange Zeit herum.

»Er kommt nicht«, hatte Butcher gesagt.
»Doch, er kommt bestimmt.«
»Ist mir auch gleich.«
»Mir auch.«

Butcher bewarf den Laternenpfahl mit Steinen. Jeder vierte etwa traf mit einem dumpfen, metallischen Klacken sein Ziel.

»Wenn er nicht bald kommt, hau ich hier ab« ... Bäng! – krachte der Stein gegen den Eisenpfahl.
»Es gibt Lokale und Leute genug, wo ich hingehn

kann.« Bäng, bäng! Die Aap schmiß jetzt auch mit Steinen nach dem Laternenpfahl. »Und du?« fragte Butcher. »Ich auch«, sagte Die Aap. Bäng! Butcher wischte sich den Schmutz von den Händen. Er hatte jetzt genug vom Werfen mit Steinen. »Er denkt, wir können nicht ohne ihn, aber ich geh jetzt.« Bäng! Die Aap warf immer noch. »Komm, gehn wir«, sagte Butcher. »Okay.« Die Aap zielte und warf. Bäng! Butcher hatte seine Mütze so tief über die Augen gezogen, daß er, als Die Aap ihn anstieß, den Kopf heben mußte, um Tsotsi zu sehen, der nicht weit weg in die Straße eingebogen war und auf sie zukam. Sie waren beide froh, weil die Sache jetzt so oder so geregelt würde.

Tsotsi ging, ohne ein Wort zu sagen, in seine Bude. Er beachtete sie einfach deswegen nicht, weil er selbst nicht wußte, was er wollte. Butcher und Die Aap waren irgendwie weit außerhalb der Wirklichkeit, in der er sich bewegte. Es fiel ihm schwer, einen Gedanken an sie zu wenden und zu entscheiden, ob er sie brauchte oder nicht. Was also sollte er tun? Sie standen da draußen und warteten auf ein Wort oder auf einen Blick von ihm. Nichts würde er tun; sollten die Dinge sich von selbst regeln. Irgend etwas würde sicherlich passieren und anderes nach sich ziehen, und so wäre dann das Problem auf die eine oder andere Weise gelöst.

So standen also Butcher und Die Aap draußen und sahen einander an, und Tsotsi setzte sich im Zimmer aufs Bett.

Was dann geschah, war dies. Eine junge hübsche Frau, die in der Decke auf ihrem Rücken ein Baby trug, kam auf der Straße vorbei. Das Baby weinte, und Butcher hob den Kopf und sah sie. »Gib ihm zu trinken, Schwester«, rief er. »Komm, hier neben mir.«

Die Frau, als sie ihn und das Flimmern in seinen Augen sah, spuckte in den Staub und ging weiter.

Tsotsi erschien in der Tür. Er hatte Butcher rufen und

das Baby weinen gehört. Durch Tsotsis Interesse ermutigt, löste sich Butcher von der Mauer und rief der Frau nach: »Wenn du keine Milch hast, Schwester, dann laß ihn bei mir saugen!« Er wandte sich Tsotsi zu, lächelte und sagte »Nyama«, was Fleisch heißt.

Tsotsi blickte der Frau nach. Er hatte einen Gedanken, einen großen Gedanken.

Butcher zog seine Mütze noch weiter herunter und ging zu Tsotsi. »Suchen wir uns einen und spielen?« fragte er.

Tsotsi schüttelte den Kopf. »Später«, sagte er und dachte dabei an das, worauf ihn Butchers Worte gebracht hatten. Aber das Eis war jetzt gebrochen. Er hatte jetzt wieder Kontakt mit ihnen und so sagte er: »Kommt«, und ging nach drinnen. Butcher und Die Aap folgten ihm erleichtert.

Als sie sich an den Tisch gesetzt hatten, krauste Butcher die Nase und blickte umher. »Herrgott, wie riecht das hier!« sagte er.

Tsotsi sagte nichts, aber ging zur Ecke, wickelte die stinkenden Windeln dort zusammen und warf sie auf den Hof, wo sich ein Schwarm Fliegen über sie hermachte und sie später ein Hund gierig zur Ecke zog.

Ihnen fehlte Boston an diesem Nachmittag. Boston mit seiner Redseligkeit fehlte ihnen. Butcher tat sein Bestes, aber mit jeder seiner vier Geschichten war er schon nach wenigen Worten zu Ende.

»Einmal machte ich mich an einen Mann im Zug ran, und der hatte hundert Pfund bei sich.« Was gab es da noch mehr zu sagen? »Hundert Pfund.« Vielleicht noch, wie er sich aus dem Staub machte. »Wir brachten ihn in dem Kwela-Wagen um. Wir sprangen auf ihn.« Boston würde endlos weitererzählt haben, mit Sätzen wie: »Alle vier sprangen wir auf ihn und traten ihn mit den Füßen.«

Als die beiden erzählt waren, blieben nur noch die von Morgan »Blackjack« Mogotso, mit dem er sich an die weiße Frau, die allein im Haus war, herangemacht hatte. Das war alles, mehr gab es nicht zu erzählen. Schweigend saßen sie da, und das einzige Geräusch war dieses seltsame Nuckeln von Die Aap, wenn er die Bierflasche an den Mund setzte.

Sie waren überrascht, als Tsotsi sie dann fragte:»Wo ist Boston?« Die Aap blinzelte, und Butcher öffnete den Mund, ohne daß er ein Wort zustande brachte. Nicht der Gedanke an Boston war es, was sie überraschte. An ihn dachten sie, ohne davon zu sprechen, schon den ganzen Nachmittag. Überrascht waren sie, weil Tsotsi nach ihm fragte. Er sah Butcher an und wartete auf Antwort.

»Ich weiß nicht«, sagte Butcher.

Tsotsi schloß die Augen und sah dann auf die Straße. Butcher ruckte auf seinem Stuhl hin und her. An die Erwähnung von Boston, meinte er, müßte sich so etwas wie ein Gespräch anschließen lassen. Aber wie?»Vielleicht bei Soekie«, sagte er. Und dann später:»Wir haben ihn da gelassen, da hinten.« Wieder machte ihm das Schweigen zu schaffen.»Ihm geht's dreckig. Verdammt dreckig«, und er sah zu Die Aap, der seine Lippen von der Flasche löste und »Ja, dreckig« sagte und wieder trank.

Dann gab Butcher es auf. Das bißchen Interesse an Boston erlosch. Tsotsi beendete das Thema, indem er es ebenso abrupt fallen ließ wie er die Rede darauf gebracht hatte, und das nur deshalb, weil er an Kondensmilch dachte. Als er die Ruinen verließ, hatte er sich entschlossen, das alles zu vergessen. Ich habe es gefüttert, ich habe es versteckt und in Sicherheit gebracht, ich werde morgen wieder hingehen, hatte er sich gesagt. Inzwischen mache ich weiter wie immer. Aber das hatte nicht geklappt. Der Gedanke an den Schuhkarton und das Baby darin, die rätselhafte Erinnerung an die Hündin, beides hatte sich wieder und wieder in sein Bewußtsein eingeschlichen, so entschlossen er es kurz zuvor abgetan hatte.

Die einfachsten Dinge zogen dies nach sich. Butcher

hatte eine Frau gehänselt, und ehe sich's Tsotsi versah, stand er an der Tür und dachte an das Baby. Kurz darauf hatte Butcher die Zeugfetzen gerochen, und schon stand es ihm wieder vor Augen. Das Baby, der Schuhkarton, die Eukalyptusbäume, die Hündin – wieder und wieder kreiste dies vor ihm und brachte ihm manchmal auch Einzelheiten wie die Kondensmilch ins Gedächtnis zurück – was dann der Grund war, weswegen er nach Boston gefragt hatte.

Hinzu kam etwas anderes, das zu begreifen Tsotsi noch schwerer fiel. Es war am Anfang nichts als die Tatsache, daß Butcher und Die Aap da waren und seine Aufmerksamkeit auf sich zogen. Sie waren da. Er hatte sich gefragt, ob sie kommen würden, und sie waren gekommen. Er selbst hatte sie hereingelassen, sich eingelassen mit ihnen. Warum nun sah er in gewissen Momenten so irritiert, so ungeduldig zu ihnen? Ihre Anwesenheit hatte Gewicht, war wie etwas, das auf ihm lastete. Es war etwas, das er undeutlich als ein Eindringen empfand, fast als Belästigung. Nie zuvor war er sich ihrer so eingehend bewußt geworden. Tatsächlich kam es nur selten vor, daß er sie überhaupt wahrnahm, als Männer nämlich, mit denen er zusammen war und die er anführte. Mit Boston war das anders. Boston hatte sich Tsotsi einfach durch seine Art, sachgerecht zu handeln, bewußt als Person eingeprägt. Und das gleiche war nun mit Butcher und Die Aap passiert, ohne daß sie ihrerseits etwas dazu getan hatten.

Aus diesem vagen Auf und Ab von Gedanken und Gefühlen – die beiden Männer am Tisch, in deren Anwesenheit sich die Vorstellung von dem Baby, dem Karton und der Hündin mischte – ergab sich ein anderes Problem, das aber nicht so nebelhaft und verschwommen, sondern handfest und sehr konkret war. Es war an der Zeit und wurde von ihm erwartet, daß er ihnen das für diese Nacht geplante Vorhaben bekanntgab, und er wußte es selbst nicht.

Wie war das sonst immer gelaufen? Boston redete,

und sie tranken und hörten halb zu, trieben mit geschlossenen Augen mit im Strom und Klang der Worte und öffneten sie nur halb, wenn sie sich unter dem Tisch eine Flasche hervorholten oder sich Gedanken über die Schatten draußen machten und sich überlegten, wie lange es von jetzt an noch bis zum Eintritt der Dunkelheit dauern würde; Boston erzählte dabei seine nicht endenwollende Geschichte, bis plötzlich irgendwie, irgend etwas, irgendwas Winziges wie ein Gedanke, ein Schatten, ein Gefühl oder auch nur ein Wort auf ihn übersprang und in ihm, in seiner inneren Dunkelheit einen ebenso genauen wie mörderischen Plan weckte. Damit fing es an, und dieser Plan wuchs dann und konkretisierte sich zu dem Ziel, das er ihnen schließlich verkündete, und sie aus dem Zimmer in die Nacht hinausführte.

So hatte sich das abgespielt. Aber jetzt war es anders, und es geschah überhaupt nichts, und nicht etwa, weil Boston nicht dabei war. Was von ihm erwartet wurde, was die beiden von ihm erwarteten, war eine Entscheidung, und das war ebenfalls etwas, dessen Tsotsi sich bisher nicht bewußt geworden war. Er hatte zu entscheiden. War es wiedermal der Zug oder ein Taxifahrer oder ein einsames Haus im Weißenviertel? Diese verschiedenen Dinge gehörten zu seinem Repertoire, und sie, Die Aap und Butcher warteten jetzt gespannt und voller Ungeduld auf seine Entscheidung.

Es war das mögliche Entweder-Oder, das Tsotsi beunruhigte und seinen Willen zu lähmen schien. Bis jetzt hatte er sich gedankenlos damit abgefunden, Opfer seiner dunklen Impulse zu sein. Sie waren einfach da, bestimmten sein Handeln, wann immer er sie als Triebkraft brauchte. Woher sie kamen, wußte er nicht, und auch über die Ursache hatte er sich nie Gedanken gemacht. Und jetzt entdeckte er, daß irgend etwas diesen sein Leben beherrschenden Mechanismus zum Stocken gebracht, ihn außer Betrieb gesetzt hatte.

Tsotsi rammte die Faust in die Handfläche seiner Linken, und die beiden, die dachten, er hätte jetzt eine Entscheidung getroffen, sahen erwartungsvoll zu ihm hin. Er stand auf und stakste auf unsicheren Beinen zur Tür.
»Was machen wir, Tsotsi?« fragte Butcher. »Nun sag's schon, Mann.«
Er schloß die Augen und sagte, was ihm gerade einfiel: »Wir gehen zur Stadt.«
Das war so gut wie keine Antwort, denn die Stadt war groß, und dort durch die Straßen zu gehen, konnte bedeuten, daß sie sich an ein Taxi, ein dunkles Haus oder an einen Betrunkenen in der Nähe der Abfallhalden der Minen heranmachten. Es war zu unbestimmt und eher eine Ausrede, aber das war Tsotsi egal, denn immerhin reagierten die beiden mit Erleichterung und erhoben sich und folgten ihm auf die Straße.
Butcher sah über die Schulter zurück in das Zimmer. »Hast du das gerochen, Mann?« fragte er Die Aap. »Stinkt dadrinnen wie Scheiße.«

6

Tsotsi meinte mit »Stadt« den offenen Platz in der Nähe der Gaswerke, in den zwei Straßenzüge mündeten. Er hieß offiziell Terminal Place, aber die Bevölkerung nannte ihn einfach »das Einkaufszentrum«, weil es dort in den kleinen, schwach beleuchteten Läden in den Straßen und auf den Trödlerkarren am Straßenrand alles und jedes zu kaufen gab, oder sie nannten ihn wegen seiner Beziehung zur übrigen, von Weißen bewohnten Stadt den »Hinterhof«. Ein Witzbold hatte ihn die »Zastermühle« getauft. Manche sprachen auch einfach von dem »Ende« oder dem »Anfang«, je nachdem, ob sie hier abfuhren oder ankamen, denn hier karrten die Busse die Massen ihrer durchgeschüttelten Fahrgäste hin oder nahmen hier ihre endlose Fahrt durch die Straßen zwischen der Stadt und den Randbezirken auf.

Ging man mit dem Rücken zu den massigen, kalt abweisenden Turmbauten der Gaswerke einige Häuserblocks weiter, dann kam man zu der »richtigen« Stadt, zu den hell beleuchteten, schimmernden Arkaden in der Welt der Weißen, die sich ebenso gut auf der anderen Seite des Erdballs befinden könnte. Das Leben auf dem Terminal Place, im Einkaufszentrum, im Hinterhof, am Anfang oder am Ende, dieses Leben setzte ein oder stockte, zögerte oder explodierte aus Gründen, die nur mit ihm selbst zu tun hatten.

Es beginnt früh am Morgen, im Winter so früh, daß die erste Stunde noch ein Teil der Nacht ist. Die ersten Busse treffen mit blendenden Scheinwerfern ein, ihre Fahrgäste blinzeln verstört durch die Spinnweben des Schlafes in diese Welt. Dies sind die Arbeiter im kalten dunstigen Morgen; den dampfenden Atem vorm Mund, gehn sie mit Händen in den Taschen in die Stadt, ihre Kragen sind hochgeklappt, und die Schultern haben sie fast bis zu den Ohren gezogen. Einige bleiben stehen und kaufen sich bei der alten Frau an der Ecke einen Becher mit heißem Kaffee und ein Stück Kuchen. Sie stehen herum, trinken versonnen und reißen mit den Zähnen Stücke von dem klumpigen

Kuchen. Sie sprechen gedämpft, die Worte sind noch von Schlaf getränkt und kommen tief aus der Kehle. Bevor sie fertig sind, brandet eine zweite Welle von Bussen heran, und wieder ergießt sich eine Flut von Schwarzen auf die Straßen, die zu ihren Arbeitsstellen hasten. Wird es hell, dann herrscht reger Betrieb auf dem Terminal Place. Die Läden haben geöffnet, die Trödler ihre Karren aufgefahren und die Waren ausgepackt, auf den Bürgersteigen ergehen sich Frauen stolz inmitten ihrer Nachkommenschaft, Männer, die ausgemergelt von Armut, aber umso hartnäckiger sind, und Jugendliche, die sich hänseln und zu Streichen aufgelegt sind. Sie stoßen und drängen sich, feilschen und kaufen, sie treffen sich und gehn auseinander, Freunde sehen sich seit Jahren zum ersten Mal wieder und trennen sich auf ebenso viele Jahre, während man vielen ansieht, daß sie die Hoffnung, einen vermißten Bruder, Ehemann oder Vater je wiederzusehen, aufgegeben haben. Und mitten in diesem Treiben kommen und gehen die Busse. Sie fahren hastig, schwunghaft, immerfort rüttelnd und unermüdlich auf den wie Fühler verzweigten Routen und landen schließlich fern von dem Massenbetrieb an den Endhaltestellen auf den verstaubten, aufgerissenen Straßen der Stadtbezirke.

Das Treiben auf dem Platz nimmt allmählich am Spätnachmittag ab, wenn die Fenster hoch in den entfernteren Häuserblocks im Widerschein der untergehenden Sonne golden leuchten. Die Nacht steht bevor, die Zeit der Unsicherheit und Angst. Das Leben auf den Straßen verlangsamt sich, verdickt sich wie zu lange auf dem Feuer gelassener Brei. Die Fensterläden und Türen werden geschlossen, die Schlangen an den Bushaltestellen hängen durch wie an den Laternenpfählen befestigte Seile. Die Leute gehen nach Hause. Wenn die Straßen schließlich leer sind, und es spät und schon dunkel ist, kommen die Straßenfeger und summen ihr Lied zum sanften Rhythmus der Besen.

Um halb sieben verwandelte der restliche Tag jene

hochgelegenen Fenster in böse Augen, und um diese Zeit kamen Tsotsi und die beiden anderen in dem scheppernden, fauchenden Bus auf dem Terminal Place an, der um sechs Uhr zehn im Stadtbezirk abgefahren war.

Er stieg aus, stieg alleine aus, weil er die beiden in der Menge aus den Augen verloren hatte. Ihm war es recht so. Er hatte sich sein Opfer gewählt und das Gefühl, er sollte sich dieser Sache besser alleine annehmen.

Morris Tshabalala war sein Name, und auch er war ein Mann. Wenn auch nicht seiner Körpergröße und seiner Manneskraft nach, denn er war seit dem Unfall geschrumpft, und was von ihm noch übriggeblieben war, das zog er auf Knien durch die Straßen und benutzte dabei seine Arme als Ruder; auch seiner Hoffnung nach war er nicht groß, denn von ihr war ihm noch weniger geblieben. Wie also gab er sich überhaupt als Mann zu erkennen? ... denn er benutzte dieses Wort und schleuderte es den Kindern entgegen, wenn sie über ihn, und sei es auch mitleidig, lächelten, er brüllte es einmal auch einer Hure ins Gesicht, die über sein Geld und seine Verzweiflung gelacht hatte. Frag ihn, und er wird es dir sagen. Beuge dich zu ihm hinab, wo er auf dem Pflaster sitzt und das Gewimmel von Beinen an ihm vorbeistapft; besser noch, du hockst dich neben ihm hin, so daß er dir, in gleicher Höhe mit dir, ins Auge sehn kann. Lächle nicht, auch nicht vor Mitgefühl, und versuche ihn auch nicht mit einem Penny zu bestechen, denn nur dann wird er sich dir als Mann zeigen.

»Ich sage zu jedem – zu *jedem*, sag ich – gehn Sie zum Teufel, Mister! Zum Teufel, daß er Sie in Ihren Sünden wie im eigenen Saft brät!«

Was immer man über Morris Tshabalala sagen oder mit ihm erleben mochte – Angst hatte er nicht. Das ist der Grund, warum er, als der Fuß sich auf dem Pflaster des Terminal Place auf seine Hand setzte, wütend und ohne zu zögern sagte: »Bastard, Wurf einer gelben Hündin, du!«

Nicht wegen des Schmerzes tat er das. Seine Hände waren jetzt hart wie Leder, seine Finger hatten ihren Abscheu vor schleimiger Spucke oder Hundepisse vergessen, weil er sie nicht mehr an der Haut spürte. Was ihn an dem Fuß empörte, war die ihm angetane Kränkung. So etwas bedeutete, daß er gesehen worden war, und nichts als gerade dies überfiel ihn so hart und so bitter mit der Wahrheit über sich selbst. Keiner empfand einen halben Mann wie ihn als so sinnlos wie Morris Tshabalala sich selbst.

»Bastard, du!« brüllte er, als der Fuß ihn auf die Hand trat. »Kannst du nicht hinsehn, wo du gehst!«

Meistens schüttelten sie die Köpfe und gingen beiseite. Manche, die ihn bedauerten, nannten ihn sogar Kleiner Vater. »Kleiner Vater«, sagten sie, »verzeih mir – ich habe dich nicht gesehen.« Was die Sache nur noch schlimmer machte.

Aber diesmal war es anders. Der Mann sagte nichts und rührte sich nicht vom Fleck, er lächelte nicht und runzelte auch nicht die Stirn. Er blieb einfach auf dem Pflaster vor dem Krüppel stehen. Da er ihm den Weg versperrte, warf Morris Tshabalala den Kopf zurück, um zu fluchen. Aber er fluchte nicht. Irgendwas mahnte ihn zur Vorsicht. Irgend etwas in den Augen über ihm, die fern waren wie ein Berggipfel und auch so kalt und bedrohlich, brachte ihn zum Schweigen. Er gab sich mit einem Grunzen zufrieden und schwang sich nach links herüber und setzte seinen Weg fort.

Es war nicht Angst. Gab Morris Tshabalala auch zu, daß er einmal wirklich Angst gehabt hatte, alles aber, was diesem grauenvollen Vorfall nicht gleichkam, zählte nicht oder war doch was andres. Es war der Tag, an dem der Stollen in der Mine zusammenbrach. Tag? Sonne gab es da unten nicht, und Nacht war es auch nicht, denn am Mond fehlte es ebenfalls. Es war eine andere Welt, wo die Dauer der Arbeit, Schicht genannt, die Zeit bestimmte, und obwohl die Männer wechselten, in behelmten Gruppen kamen und gingen, hörte die Arbeit nie auf und immer war Licht, das unverwandt die dünstenden, tropfenden Stollenwände und die schweißnassen, glänzenden Körper beschien, so daß es einem vorkam, als setzte sich alles aus derselben elementaren Masse zusammen. Ein Mann war nicht mehr als ein Erdbrocken, der sich losgerissen hatte, um ununterbrochen mit Hämmern und Hacken auf den Leib seiner Mutter einzuschlagen.

> Maulwürfe sind wir – sangen sie.
> Wir werden zu Ratten.
> Eulen sind meine Brüder.
> Die Sonne ist mir fremd
> Und kennt mich nicht.
> Der Mond ist ein Mädchen,
> Das scheu sein Gesicht verbarg.
> Die unzufriedene Frau
> Hat mein Bett verlassen.

Sie hörten das schweigend an, weil das Licht plötzlich ausgegangen war, und sie hatten aufgehört zu singen und zu arbeiten und standen nur da. Sie wußten, was es war. Über Tag hatten sie oft davon gesprochen, und jene, die es kannten, sagten, es wäre ein Geräusch wie das Rummeln im Bauch eines Elefantenbullen.

»Großer Gott!« stieß einer flüsternd hervor. »Jetzt ist es soweit!« Und dann waren sie gerannt. Es war wie im Irrenhaus, als sie in Panik und Hysterie durch die Finsternis strauchelten, um bloß hier wegzukommen. Wäre Licht gewesen, hätten vielleicht einige mehr überlebt. Er hätte vielleicht unversehrt entkommen können, denn als sie ihn später fanden und den schweren Balken weghoben, der ihm auf die Beine gefallen war, befand er sich nur wenige Meter von der Stelle, wo er gearbeitet hatte.

Werde ich alt? dachte er jetzt. Wird ein halber Mann rascher alt als ein ganzer? Bin ich schon so alt, daß die

Augen eines Kindes mich zum Schweigen bringen können? »Tsotsi«, sagte er laut und spuckte aufs Pflaster. »Tsotsi du, Scheißkerl! Drecksköter, du! Bastard, ausgeschissen von einer gelben Hündin!«

Morris Tshabalala war auf dem Wege zu dem Eßlokal, wo er abends immer aß. Er schob sich langsam durch die Menge. Er bewegte sich immer nur langsam, aber eine Menge Leute gab es, die machten es ihm schwer. Manchmal mußte er Minuten warten, bis Platz für ihn war und er sich weiter durchhanteln konnte. Er stützte dabei die Hände flach vor sich auf und zog den Körper dann zwischen den Armen vor. Seine Sicht war dadurch auf das Stück Pflaster unter und ein wenig seitwärts von ihm begrenzt, weil er den Kopf etwas nach links und rechts drehen konnte. Wollte er mehr sehen, dann mußte er anhalten und sich auf den vorstehenden Beinstümpfen hochsetzen.

Er war froh, als er endlich den Terminal Place hinter sich hatte und in eine verlassene Straße einbiegen konnte. Die Pflastersteine unter seinen schwieligen Händen waren noch warm. Auf dieser Straßenseite lag vom Mittag bis vor wenigen Minuten, als sie in dem die Stadt umlagernden Smog verschwand, die Sonne.

Ihr warmen Steine, dachte er, ich fühle euch und fühle euch gern. Alles, was warm ist, fühle ich gern, weil meine Beine erkaltet sind und ich weiß, daß es Kälte ist, mit der uns der Tod berührt. Warme Steine, wie lange werde ich euch noch fühlen? Meine Hände sterben ab, weil es zu mühsam ist, mich mit ihnen durch die Straßen zu ziehen. Sechs Jahre lang haben sie das jetzt geschafft. Ja, sechs Jahre lang, und jetzt sind sie hart wie die Hufe von Ochsen und fühlen kaum noch was. Damals im Sommer, in dem Jahr, in dem ich am ersten Tag des Sommers als halber Mann aus dem Krankenhaus kam, konnte ich noch alles mit meinen Händen fühlen. Oh, da fühlten sie die Steine und den heißen Teer und die warmen Deckel der Kanalisation, und in jener Nacht, als ich den Dreck und den Sott aus den Schrammen und Rissen puhlte, da schrie ich auf und fragte mich, ob es nicht besser gewesen wäre, wenn sich die Kälte über meine Hüfte hinaus im Herzen und meinem Kopf eingenistet hätte und das, was von mir blieb, begraben worden wäre. Aber dann fand ich heraus, daß Butter meine Hände wieder weich machte und es mir leichter wurde; und dann kam der nächste Tag und verging und jetzt, nach vielen, vielen Tagen bin ich hier und meine Hände sind hart, so daß sie nur noch an manchen Stellen die Wärme in den Steinen fühlen. Ich hatte vor langer Zeit eine Frau, und als ich ihre Brüste streichelte, fühlte ich darin die Wärme des Lebens.

Als er die Straße halb hinter sich hatte, hielt er an, um sich auszuruhen. Er untersuchte seine Hände, rieb sie aneinander und kratzte mit den geschwärzten Nägeln an ihnen herum; es war wie ein Raspeln auf den überanstrengten Schwielen, die ohne Gefühl waren. Die Stille hier tat ihm gut, sie war wie schmelzende Butter, die seine quälenden Gedanken beschwichtigte. Von der Vergangenheit waren keine Reste geblieben, und Spiegel, in denen er die Gegenwart hätte sehen können, waren nicht da. Er blickte zurück auf den Weg, den er gekommen war.

Nicht weit vor ihm saß ein Mann auf der Stufe zu einem Laden und kratzte mit einem Streichholz abwesend auf dem Pflaster vor sich herum. Hinter ihm fand das Chaos auf dem Terminal Place allmählich zur Ruhe. Die Menge war im Begriff, sich zu verlaufen. Jetzt war zwischen den Füßen der Leute Platz genug für das aufwirbelnde, fettige Zeitungspapier, in das die Kartoffelstäbchen eingewickelt gewesen waren. Der Wind dort wehte auch hin und wieder in Böen hier die Gosse herauf. Kleine graue Wolken stäubten auf und legten sich dann, als hätte dieser Aufwand sie zu sehr angestrengt. Leere Streichholzschachteln und zerknülltes Papier flogen plötzlich ohne Grund auf, trudelten über die halbe Straße und blieben dann unschlüssig liegen, bis ein nächster Impuls sie in einer Art Tangente zu der Stelle zurücktrug, wo sie aufgeflogen waren. Es war ein warmer Wind, in den Morris Tshabalala jedesmal, wenn er den Staub hochtrieb, das Gesicht drehte. Er wischte den Sand weg, der sich in den Augenwinkeln festsetzte, und machte sich wieder auf den Weg, wobei sein Gesicht den stechenden Staubwolken noch mehr ausgesetzt war, so daß er die Augen schloß und nur gelegentlich hinsah, um den Weg nicht zu verfehlen.

Warum bewege ich mich hier durch die Straße? fragte er sich. Ich bin nicht viel mehr als ein Hund, und langsamer noch. Warum also? Es war dies eine Frage, die er sich wieder und wieder und immer auf andere Weise stellte. Mit jeder dieser Fragen suchte er vorzudringen in den Nebel aus Bitterkeit und Zweifeln, der wie eine Trennwand zwischen ihm und den anderen Menschen war und ihn weiter und weiter in die Einsamkeit trieb. Ist das alles, was von mir übrig ist? hatte er sich im Krankenhaus gefragt. Es kam ihm so wenig vor, daß es ihm nicht schwerfiel, sich vorzustellen, seine Beine sprängen irgendwoanders unter dem Namen Morris Tshabalala herum. Und manchmal fragte er sich auch: Wozu lebe ich jetzt noch? Der Balken, der ihm auf die Beine gefallen war, war auch wie eine Guillotine auf sein Leben herabgekommen, hatte ihn abgetrennt von allen Plänen und Zielen und Orten, die er als ganzer Mann gekannt hatte. Das war jetzt alles dahin. Was sich nicht von selbst von ihm ablöste, dem hatte er an jenem Tag den Rücken gekehrt, an dem er aus dem Krankenhaus entlassen worden war. Er hielt es auch jetzt so, wenn er jemanden sah, den er kannte oder an den er sich erinnerte; er wandte sich dann ab und versteckte sich, bis die Person außer Sicht war.

Warum stirbt mein Herz nicht aus Schmach über das Leben, das ich führe? Wenn wir früher Hühnern den Kopf abschlugen, dann rannten sie noch eine Weile durch die Gegend. So ist es jetzt mit mir, nur daß es meine Beine sind, die abgeschlagen wurden.

Kurz vorm Ende der Straße machte er wieder halt. Er ruhte sich aus wie ein Bootsmann, der sich auf seine Ruder stützt. Nicht weit von ihm fuhr der Wind in Wirbeln über das Pflaster der Hauptstraße. Viel war passiert, seit er das letzte Mal Rast gemacht hatte. Der Wind schien abgetrieben, verloren gegangen zu sein. Der Tag war zu Ende. Das Pflaster um ihn herum, die Straße selbst, die Mauern und der Himmel vermengten sich zu einer aschgrauen Masse. Hinter ihm zogen sich die eingeschalteten Straßenlampen zum Terminal Place zurück. Er lag jetzt verlassen da. Ab und zu wirbelten noch Staub und Abfall auf, drehten sich in einer Art Tanz und sanken dann, wie die erschöpften Teilnehmer an einer Orgie, zu Boden. Es war ein betriebsamer Tag gewesen.

Nicht sehr weit von Morris Tshabalala entfernt saß auf der Stufe zu einem Laden der Mann, der dort vorhin gesessen und mit einem Streichholz abwesend auf dem Pflaster herumgekratzt hatte. Das tat er auch jetzt noch, ohne dabei den Krüppel zu beachten. Dann merkte Morris, daß es mit diesem Mann irgend etwas Seltsames auf sich hatte. Zuerst war ihm das entgangen, aber dann kam er darauf. Der Mann, der dort auf der Stufe saß und abwesend auf dem Pflaster herumkratzte, war jetzt so weit von ihm entfernt, wie er es vorhin vor vier Häuserblocks gewesen war. Er musterte ihn mit plötzlich aufkommendem Interesse. Irgend etwas fiel ihm an dem Mann auf, und bald darauf wußte er auch, was es war. Dies war der Mann, der ihn auf dem Terminal Place auf die Hand getreten hatte.

Beide, der Krüppel und der junge Mann, verharrten so eine Weile, und in dieser Zeit nahm Morris Tshabalala so mancherlei an ihm wahr, ihm fiel auf, daß er schlank war und in seiner Haltung etwas Arrogantes hatte, die weichen, müßigen Hände fielen ihm auf und die Augen, mit denen er nichts zu sehen schien, und die ihn doch die ganze Zeit beobachteten. Noch anderes ging ihm durch den Kopf, zum Beispiel: Warum hat er es auf mich abgesehen? und: dieser

Scheißkerl, dieser Tsotsi! war er den ganzen Tag hinter mir her, um herauszubekommen, was ich an Geld bei mir habe? Dann schleppte er sich so schnell er konnte zu der belebten und hell beleuchteten Hauptstraße der Stadt.

Das Geld, dachte er. Das Geld! Ich hatte recht mit meiner Verachtung des Geldes, denn darauf ist er aus, und wenn ich nicht vorsichtig bin, bringt er mich wegen des Geldes um.

Das Geld! Aber wie soll ich mir sonst Brot zum Essen und Butter für meine Hände kaufen? Hab ich's nicht schon versucht?

Ja, du hast es versucht, Morris Tshabalala. Damals, vor sechs Jahren, am ersten Tag des Sommers hast du es versucht und gesagt: Missus, bitte. Und wenn ich nur das Unkraut in Ihrem Garten jäte. Aber dann merktest du, daß sie dich gar nicht ansahn. Sie taten so, als müßten sie vor sich auf der Erde irgend etwas sehr genau betrachten, dich aber sahen sie nicht an, und du wußtest, was das zu bedeuten hatte.

Als es Abend wurde und du den Schmutz aus deinen Schrammen kratztest, warst du immer noch ohne Arbeit. Da du nichts Bessres zu tun hattest, zähltest du die Pennys und die wenigen Dreipence-Münzen, die dir zugekommen waren, und stelltest fest, daß es fünf Schilling waren. Angefangen hatte es mit der alten weißhaarigen Frau mit dem fetten Hund; fünf Schilling alles in allem, und wer war es noch gewesen? Du hattest nicht einmal hochgesehen und die letzten Pennys wie die anderen weggeworfen.

Die alte weißhaarige Frau mit dem fetten Hund: »Ah, Johnny, du armer Junge!«

»Morris, Madam.«

»Johnny, du armer Junge, wie ist denn das mit deinen Beinen passiert?«

»Morris, Madam. Morris Tshabalala.«

»Hast du große Schmerzen?«

»Morris Tshabalala, Madam, sucht Arbeit.«

»Hör jetzt auf, Biggles.«
»Arbeit, Madam.«
»Willst du wohl, Biggles! Komm jetzt her.«
»Ganz gleich, was, Madam.«
»Oh, diese Hunde!«
»In Ihrem Garten, Madam.«
»Ja, der ist sehr schön.«
»Unkraut jäten, Madam.«
»Aber, hör mal! In meinem Garten ist kein Unkraut.« Dann war sie gegangen, um den Penny zu holen, den sie ihm gab, und dann schloß sie die Tür, und Morris Tshabalala hatte den Penny, weil er Arbeit wollte, weggeworfen.

Nicht von allen hatte er Geld in dieser Weise bekommen, manche hatten sich gebückt, um es ihm in die von Blasen geschwollene Hand zu legen. Die meisten Geldstücke waren einfach mit hartem, metallischem Klang wie aus dem Himmel neben ihm hingefallen, wie erste, Erleichterung verheißende Tropfen, die dann ihr Versprechen brachen und verwehten, und er seinerseits hatte sie alle weggeworfen, weil Morris Tshabalala statt dessen Arbeit wollte. Fünf Schilling waren es, die er am Ende des Tages verbittert, aber bedachtsam zählte, weil ihm das half, die Zeit herumzubringen. Am Tage darauf waren es drei Schilling und fünf Pence. Und so ging es auch in den folgenden Tagen weiter, und er kam einmal sogar auf knapp zehn Schilling, weil er geweint hatte und kein Busch in der Nähe war, in dem er sich hätte verkriechen und seine Tränen verbergen können. Da kamen die Pennys wie in Schauern herunter, und zum ersten Mal behielt er das Geld. Dies hatte sich so zugetragen:

Voller Kummer und mit Tränen im Gesicht, war er an einer Straßenecke sitzen geblieben. Seine Hände waren zu rissig, als daß sie ihn hätten weiterziehen können, sein Herz zu schwer, als daß er die zwecklose Suche nach Arbeit noch in anderen Straßen hätte fortsetzen können. Der Wille zum

Überleben, den er beim Verlassen des Krankenhauses gehabt hatte, war ebenso wie seine Hoffnung vergangen. Er hatte nicht einmal mehr den Wunsch zu leben. Er hielt an der Ecke an, zog sich in den Eingang eines leeren Ladens, um aus dem Gewirr der vorbeihastenden Füße herauszukommen, und zum ersten Mal seit vielen Jahren standen ihm, soweit er sich erinnerte, Tränen in den Augen. Ohne sich weiter um sie zu scheren, hatte er sich einfach hingesetzt und sie sich übers Gesicht rinnen lassen, während gleichzeitig die Pennys fielen. Er machte sich nicht einmal die Mühe, sie wegzuwerfen, weil er dazu im Herzen einfach zu müde war. Stunden später, viele Stunden später in der Zeit zwischen Tag und Nacht, als die Straßen still und leer waren und nur noch der Wind wehte und die Stadt auf das Aufblinken der Straßenlampen wartete, hatte Morris Tshabalala vor sich hingeschaut und das Geld betrachtet.

Er war hungrig und hatte sein letztes Geld ausgegeben. Nicht mal einen Penny hatte er, um sich einen Kanten Brot zu kaufen. Auch Arbeit hatte er nicht und würde keine bekommen. Aber er verachtete das vor ihm liegende Geld. Er verachtete es, weil er auf diese Weise dazu gekommen war und nicht dafür gearbeitet hatte, und auch weil Morris Tshabalala anders war als die Leute, die Geld bekommen, ohne dafür gearbeitet zu haben.

Fast zehn Schilling waren es, in Pennys und einigen Dreipence- und Sixpence-Stücken. Es waren, genau gesagt, neun Schilling und Sixpence, denn als er, der er von Natur aus ordentlich war, alles ausgezählt hatte, stapelten sich vor ihm sieben Schilling in Pennys, zwei Häufchen mit je vier Dreipence-Stücken und daneben lag ein Sixpence-Stück. Er hielt es für einen Fehler, daß er das Geld sich so hatte ansammeln lassen. Es war schwer, Geld loszuwerden, wenn es so viel war. Warf er jetzt die Pennys und die anderen Münzen, darunter sogar ein Sixpence-Stück, auf die Straße, dann würde er damit selbst um diese Zeit Aufsehen erregen. Man würde ihn für verrückt halten oder ihn abführen und etwas anderes Schreckliches mit ihm machen. Was sollte er also tun? Es liegenlassen? Ja, richtig. Es einfach liegenlassen und ohne einen Blick zurück weggehen. Gut. Irgendwohin gehen. Aber wohin? Nicht zu dem Eßlokal, weil er kein Geld für Brot, und für Butter für seine Hände schon gar nicht hatte. Neun Schilling und Sixpence in Pennys, Dreipence-Stücken und einmal Sixpence. Er kämpfte kurze Zeit mit sich. Etwa eine halbe Stunde später – länger hatte es nicht gedauert – brach er in der hellen, belebten Straße auf, quälte sich mit dem Gewicht des Geldes ab und verachtete sich, weil er es mitgenommen hatte.

Nachdem dieser Kampf einmal verloren worden war, ließ er sich nie wieder auf ihn ein. Am nächsten Tag stellte er sich wieder an jener Ecke ein, an den Tagen darauf an anderen, wobei es an einigen gut, an manchen weniger gut ging; er tat das so lange, bis er sie alle kannte. Jede Stelle hatte, fand er heraus, ihre Besonderheit, und auch in den Zeiten waren sie untereinander verschieden. An einer Ecke trieb er sich bis spät in der Nacht herum, um das Publikum aus den Kinos abzufangen. Diese Ecke war am Tage unergiebig, während sich die am Marktplatz besonders für die frühen Stunden eignete. Er brachte darüber hinaus auch noch anderes in Erfahrung – daß man zum Beispiel an manchen Stellen auch dann bleiben mußte, wenn das Geschäft zuerst schlecht lief. Im Anfang hatte er sich damit abgequält, eine Stelle nach der anderen auszuprobieren, um am Ende mit kaputten Händen und wenig Geld dazustehen.

Als er genug Erfahrung gesammelt hatte, litt Morris Tshabalala nie wieder Hunger und hatte stets Geld für Butter, bis er sie für seine Hände nicht mehr brauchte und alles für Brot ausgeben konnte. Aber eines in ihm litt bei alledem Hunger, bis es zugrundeging, und das war sein Stolz. »Mann« war zwar weiterhin das Wort, das ihm Kraft gab und an das er sich klammerte, aber er glaubte jetzt selbst

nicht mehr daran, er setzte Zweifel darein, und dieser
Zweifel, so langsam er sich in den Jahren, in sechs langen
Jahren vorfraß, zeugte Bitterkeit in ihm. Das Maß seiner
Leiden war voll.
»Ich sage jedem – *jedermann*, sage ich – geh zum
Teufel, Mister, sag ich. Geh zum Teufel, daß er dich in
deinen Sünden wie im eigenen Saft brät.«
Aber jetzt gab es niemanden mehr, zu dem er das
hätte sagen können. Selbst wenn er den Kopf zurückwarf
und ihnen das zubrüllte – sie waren zu weit weg, um es
hören zu können. Sie lächelten nur und nannten ihn
manchmal Kleiner Vater, Little Baba, wie das in seiner
Sprache hieß. Selbst die Kinder, die kleinsten Kinder,
standen mit ihren Beinen, wenn sie sie zu benutzen gelernt hatten, größer als Morris Tshabalala da.

Als er zwei Häuserblocks der Hauptstraße hinter
sich gebracht hatte, machte er an einer Ecke halt, an der
ein schlaksiger junger Mann mit trauriger Stimme Zeitungen verkaufte. Sie hatten zwar nie miteinander gesprochen, nickten einander aber, wenn sie sich begegneten, zu. Der Zeitungsverkäufer stand fast jeden Abend
all die Jahre an der Ecke, in denen sich Morris Tshabalala durch die geschäftige Straße zum Bantu-Eßlokal geschleppt hatte, um da sein Abendessen einzunehmen.
Spää-taus-gaa-e, rief er. Kurz zuvor hatte ein Lastwagen
neue Zeitungsbündel bei ihm abgeladen. *Staad-taus-gaa-e,
letz-te Spoo-rter-gämnisse.* Das Geschäft ging gut. Wie
mutterlose Seelen von seinen Rufen angezogen, lösten
sich Weiße aus der Menge, kauften sich eine Zeitung und
wurden, noch während sie die Schlagzeilen überflogen,
von der Masse der vorbeidrängenden Passanten weitergeschoben.

Einige Minuten glaubte Morris Tshabalala erleichtert, seine Furcht sei unbegründet. Sein Verfolger war
nirgends zu sehen. Angestrengt starrte er in das Gewühl
der ziellos voranhastenden Menge, aber er entdeckte ihn

nirgends; er hatte ihn entweder aus den Augen verloren oder er war die Sache leid und war umgekehrt.

»*Spää-taus-gaa-e*«, rief hoch über ihm mit klagender Stimme der schlaksige junge Mann. Mit noch traurigerer Stimme sagte er auf tamil zu dem Krüppel: »Sie ha'm wahrhaftig'n Gotts ein Loch in den Mond geschossen, hab ich geles'n. Ein Loch in den alt'n Mond. *Spää-taus-gaa-e* –« Er verkaufte noch einige Zeitungen. »Was scheint von jetz' an in der Nacht?« fragte er allgemein die Welt um sich herum.

Während einer Verkaufspause kniete er sich hin und zerschnitt die Bänder eines Zeitungsbündels.

»Was steht noch drin?« fragte ihn Morris.

»Irish Fancy hat um eine Länge gesiegt, sieben zu zwei. Hat die ganze Strecke geführt.« Er stand auf. »*Spää-taus-gaa-e. Spoo-rt-er-gämnisse.*«

Die Leute kauften wieder. Es war kein Ende abzusehen – alle schienen sie das über den Mond und den Sieger Irish Fancy lesen zu wollen. Morris Tshabalala sah teilnahmslos zu ihnen hin. Das Gefühl, daß der Mann ihn verfolgte, hatte ihn, erschöpft wie er war, zusätzlich wie ein bleiernes Gewicht beschwert. Die Tatsache, daß er verschwunden war, hatte ihn nur vorübergehend erleichtert. Daß er frei von Angst war, hatte ihm seine Gebrechlichkeit und den Abgrund, der ihn von der übrigen unbekümmerten Menschheit trennte, nur umso bewußter gemacht. Wäre er ein Mann gewesen, dann hätte er diesen Bastard mit Knüppeln zusammengeschlagen. Statt dessen blieb ihm nichts, als sich wie ein geängstigter Hund mit dem Schwanz zwischen den Beinen davonzuschleichen. Er sah auf die Straße, sah die großen Wagen mit den Weißen darin, die es warm hatten und sich wie Geschenkpuppen in großen, hellen Kartons ausnahmen, sah die sorgenfreie, häßliche Menge auf den Bürgersteigen, und Haß erfüllte ihn.

Nach Gold für euch hatte ich zu graben. Das war es,

was mich zerstört hat. Ihr geht auf gestohlenen Beinen. Ihr alle. Aber auch das brachte ihm keine Befriedigung. Als könnten sie seine Gedanken lesen, verzogen sich ihre dünnen, unansehnlichen Lippen zu einem noch breiteren Lächeln, während die groben Laute ihrer Sprache und ihr Gelächter noch lauter schienen. Einige wenige ließen, nachdem sie eine Zeitung gekauft hatten, ein paar Pennys vor ihm fallen. Er blickte, wenn er sie einsteckte, weg.

Dann sah er rein zufällig wieder den Mann. Jemand hatte ihm einen Penny hingeworfen, und er tat so, als betrachtete er irgend etwas auf der anderen Straßenseite, während er mit der Hand nach der Münze tastete.

Der Mann stand in einem Ladeneingang und beobachtete den Krüppel jetzt ganz offen und interessiert.

»Du Scheißkerl«, murmelte Morris. »Du stinkendes, dreckiges Miststück.« Morris Tshabalala war ein Mann, auch jetzt, wo er nur noch ein halber ist, ist er für dich immer noch Manns genug. Die Nacht ist lang, und du wirst schon Geduld haben müssen, du Hund! Er ließ sich auf seine Hände nieder und ruderte davon.

Der Zeitungsverkäufer mit der traurigen Stimme rief ihm nach: »Dein Geld, Kleiner Vater.«

Zum Teufel mit dir, dachte Morris.

»Kleiner Vater – dein Penny!« Er warf das Geldstück vor Morris hin, der es in die Gosse rollen ließ.

Hier bin ich in Sicherheit, dachte er. Wo Licht ist und Leute sind, bin ich in Sicherheit. Hier in der Gegend brennt lange Licht, und hier sind auch noch spät Leute. Vielleicht verliert er ja doch die Geduld oder trifft Freunde. Oder ein Polizist hält ihn an und fragt nach seinen Ausweisen. Bitte, Gott, sorge dafür, daß ein Polizist ihn anhält und nach seinem Ausweis fragt.

Als Morris jetzt auf der anderen Seite war, konnte er ihn beobachten, ohne anhalten zu müssen. Zum ersten Mal seit sechs Jahren gewahrte der Krüppel nicht, wie lang die

Straße war und wieviel Zeit er brauchte, bis er an der Ecke einbiegen konnte. Vieles ging ihm durch den Kopf, aber das meiste davon war sinnlos. Ob seine Hände weich seien, fragte er sich und schüttelte dann verzweifelt den Kopf über die Sinnlosigkeit dieser Frage. Aber kaum hatte er mit dem Fragen aufgehört, als ihm die nächste Frage kam. Hat er eine Mutter? Diese Frage hielt sich hartnäckig. Oder hat er keine Mutter? Hat sie ihn nicht geliebt? Hat sie ihm keine Lieder vorgesungen? Er fragte sich, wie Menschen zu dem werden, was sie sind. Soweit er wußte, stellten sich andere diese Frage über ihn. Es gab Zeiten, in denen fühlte er sich nicht als Mensch. Er wußte, daß er nicht wie ein Mensch aussah.

Die kleine Seitenstraße, die zu seinem Eßlokal führte, stellte ihn vor ein unvorhergesehenes Problem. Sie war leer und schlecht beleuchtet. Daß sie so kurz war, bedeutete für ihn Gefahr, weil Leute, die in sie einbogen, sie schnell hinter sich brachten, und dann war sie wieder für längere Zeit leer. Selbst wenn er jemandem folgte, würde er bald wieder allein sein. Er wußte aus Erfahrung, daß selbst langsame Fußgänger für ihn zu schnell waren. Und obendrein hatte er Hunger und war durstig. Ohne es zu merken, hatte er sich mehr als sonst angestrengt, und jetzt stand ihm der Schweiß in den Achselhöhlen und durchtränkte seine alte Jacke. Schweißtropfen glänzten wie Juwelen an seinen Handgelenken und am Hals. Tsotsi war weiterhin auf der gegenüberliegenden Seite und beobachtete sein Opfer durch die Lücken im Verkehr. Morris wußte, daß es, wenn er in dieser Straße geschnappt wurde, aus mit ihm war. Es gab nur einen Ausweg. Das Geld unter einem Laternenpfahl zurücklassen, wo es gesehen werden konnte. Dieser Gedanke widerte ihn an, ebenso wie er es von sich selbst widerlich fand, daß er seinerzeit damit begonnen hatte, das Geld an sich zu nehmen.

Rettung brachte ihm ein schrilles, ungeduldiges Hupen, das ein alter verkommener Wagen verursachte, der

etwas weiter unten in der belebten Straße festsaß. Er war verstaubt, hoch mit Gepäck beladen und voll besetzt, hauptsächlich wohl von Frauen, denn nur zwei Männer stiegen aus, um ihn anzuschieben. Sie kamen, sehr viel langsamer noch als Morris Tshabalala, zur Ecke, und da versuchten sie unter Flüchen und Fäusteschütteln und unter dem Gelächter der sich versteckenden Frauen den Wagen in die Nebenstraße zu schieben. In den anderen Wagen, die so ungeduldig gehupt hatten, wurde geschaltet, sie fuhren an und preschten, das alte Auto hinter sich lassend, unter Gebrüll davon. Die beiden Männer zogen ihre Jakken aus und sahen die Straße hinunter.
»Verdammt, Piet!«
»Ja verdammt, Stefanus.«
»Das'n Ding, Mann.«
»Ausgerechnet!«
»Ja, Mann.«
»Was machen wir?«
»Schieben. Es ist nicht weit.«
Aber zunächst setzten sie sich auf die hintere Stoßstange, um eine Zigarette zu rauchen. Der mit Namen Stefanus klopfte an das hintere Fenster. »Ihr habt gut lachen«, sagte er, »lacht nur. Ihr werdet schon sehen«, worauf die Frauen sich ausschütten wollten vor Lachen. Die Männer, die Zigaretten zwischen den Lippen, krempelten die Ärmel hoch.
»Weißt du, was ich glaube?«
»Was denn?«
»Liegt am Verteiler.«
»Kann sein.«
»Diese wildgewordenen Fahrer, hm. Komische Gegend hier, Piet. Guck dir den armen Kaffer da an. Ein Jammer, sowas.«
»Weiß Gott, Stefanus.«
»Also los, Mann. Ran an die Arbeit.«
»Ja.«
Wieder schoben sie, fluchten keuchend und pausier-

ten zwischendrin, während die Frauen erneut losgickerten und Morris Tshabalala sich vorschwang und ihnen langsam folgte.

Die Nebenstraße führte zu einer breiten, die Hauptstraße kreuzenden Durchfahrtsstraße, die fast ebenso belebt, aber schlechter beleuchtet war. Ging man sie hinunter, dann kam man in einen Randbezirk mit vernachlässigten, in ihrer Bauart häßlichen, meist zweistöckigen Häusern, deren Eingänge auf dunkle Korridore und auf grau zementierte Hinterhöfe führten. Vor ihnen in Parterrehöhe wimmelte es von kleinen unbeschreiblichen Verkaufsständen, die von Weißen, Indern und gelegentlich auch von Schwarzen betrieben wurden, die sich alle wie Parasiten vom plumpen, teilnahmslosen Leib Afrikas nährten. In den Räumen selbst hausten alle möglichen Personen, von heruntergekommenen Weißen, die sich auf ihren Betten rekelten und blicklos zur Decke starrten, bis zu Winkeladvokaten und falsche Pässe ausstellenden Geschäftemachern. In den Nebenstraßen waren Fabrikwerkstätten und Kaufhäuser. Auch einige von den großen Herbergen für unverheiratete Afrikaner fanden sich in der Nachbarschaft. Tagsüber wimmelte es hier von Tausenden von Arbeitern, die um die Mittagszeit auf den Bürgersteigen herumsaßen und sich über Sport, Politik oder Lotteriespiele unterhielten. Wenn die Dampfpfeifen ertönten, gingen sie bis fünf Uhr wieder an die Arbeit, um dann wie Ameisen, die über einen chaotischen Trümmerhaufen hasteten, nach Hause aufzubrechen.

Im Bantu-Eßlokal klopfte Morris gegen die Vorderseite der Theke und bestellte.»Einen Teller Suppe für einen Extrapenny« – was bedeutete, daß in der Suppe ein Stück Fleisch schwamm –»und sechs Scheiben Brot mit Butter.« Der Inhaber Marcus da Souza, den die Kunden Susa nannten, brachte die Suppe und das Brot zu einem Stuhl in der Ecke, den Morris als Tisch benutzte. Manchmal hänselte er dann den Krüppel.

»Wie gehn die Geschäfte? Hast du heute tüchtig was eingenommen?«
»Die Weißen, dieses dreckige Mistvolk. Hier ist dein Geld und hau ab.«
»Du bist reich, ich kenn dich doch. Reicher als ich.«
»Laß mich in Ruhe, hab ich gesagt. Stör mich nicht beim Essen.«
Susa war an diesem Abend müde, und Morris nahm kaum Notiz von ihm, als er für sein Essen zahlte.

Es war ein trostloser Raum, ein Abbild der Armut von Leuten, die ihre Bedürfnisse und Ausschweifungen mit der kleinsten Geldeinheit der Weißen befriedigten. Alles, was in diesem Lokal verkauft wurde, war nach bescheidenen Pennys berechnet. Brot gab es für zwei Pence die Scheibe, Puddingkuchen für drei, Kaffee für vier Pence den Becher, kalte, ölige Fischhappen für fünf, Fleischklöße für sechs und Suppe für sieben Pence. Diese Preise waren von Sam, dem Küchenjungen, mit Kreide an die Tür des Bantu-Eßlokals geschrieben. Er hatte die Pennyzeichen hinter den Zahlen weggelassen. Er hielt sie für überflüssig.

In dem Raum standen lange Tische und davor Holzbänke ohne Lehnen zum Sitzen. An der Rückseite befand sich die Theke mit zwei Tabletts, auf denen sich der Puddingkuchen in schweren schwarzen Scheiben und das geschnittene Brot häuften. Gewöhnlich befanden sich dort vier Tabletts, aber Fisch und Fleischklöße waren ausverkauft. Die düsteren Wände waren dunkelgrün, und von der Decke hingen von toten Fliegen verkrustete Fliegenfänger herab. Der einzige Schmuck bestand in einem Kalender mit einer Reklame für Haarwasser, das krauses Haar glatt machte, und einem Schild mit einer in schlechtem Shangaan verfaßten Aufschrift. Es war aus Pappe und schwarz in der ungelenken Handschrift des Küchenjungen beschrieben. Die Aufschrift lautete: »Hier gibt es keinen Kredit.«

Morris nahm sein Essen schweigend zu sich. Als er fertig war, bestellte er noch zwei Scheiben Brot. Als er sie gegessen hatte, hantelte er sich zur Tür und sah auf die Straße. Er sah viele Leute, die dem ihn verfolgenden Tsotsi ähnelten, aber niemand von ihnen schien auf etwas zu warten oder das Eßlokal zu beobachten. Er ging zurück in seine Ecke und bestellte einen Becher Kaffee. Es war neun Uhr, und er fühlte sich hier in Sicherheit. Das Bantu-Eßlokal schloß samstagnachts um halb elf.

Am Tisch saßen drei Männer, die leise miteinander sprachen. Von Zeit zu Zeit kam jemand von draußen rein, holte sich was zu essen oder zu trinken und ging wieder.

Morris gestand sich schließlich ein, daß er Angst gehabt hatte. Er richtete seine Worte an seine Stirn, die sich gekraust vor ihm im Kaffee spiegelte. Er war heiß, und er blies auf den Kaffee, bevor er daran nippte. Du hattest Angst. Sein Spiegelbild nickte ihm übereinstimmend zu. Du dachtest, du hättest keine Angst. Aber heute nacht war sie da, wie ein Wurm in deinen Eingeweiden. Eine kleine Angst vorm Tod.

Der nächste Gedanke, der ihm durch den Kopf ging, war so groß, daß er den Becher auf den Stuhl setzte und den Kopf so gegen die Wand lehnte, als starrte er zum Fliegenfänger. Er sah nichts. Ich will leben. Ich wußte es nicht. Ich will morgen wieder auf die Straße. Ich will auch morgen den ganzen Tag an einer Ecke sitzen. Ich will morgen abend wieder herkommen und hier essen. Was von mir übrig ist, will leben.

»Freund«, hörte er die Stimme sagen. »Du hast mich nicht gehört.«

»Ich dachte gerade über etwas nach«, sagte Morris.

»Nicht jetzt, meine ich. Vorhin an der Ecke.« Es war der magere Mann mit der traurigen Stimme. Er legte einen Penny auf den Stuhl neben Morris' Kaffee. Er setzte sich an den Tisch, aber so, daß er den Krüppel im Auge hatte.

»Du hast ihn liegenlassen. Ich rief dir nach, aber du hast mich nicht gehört. Ich warf dir das Geldstück hin, aber es rollte in die Gosse.« Gierig steckte er sich ein Stück Brot

in den Mund, nachdem er es in die Suppe getunkt hatte.
»Für einen Penny bekommst du eine Schachtel Streichhölzer. Für einen Penny kannst du die Welt in Brand setzen.« Von den Schlagzeilen der Zeitungen hatte er gelernt, wie man sich kühn und aufregend ausdrückt.

Morris nahm das Geldstück in die Hand und betrachtete es.

Der Zeitungsverkäufer beobachtete ihn, und als er seinen Bissen hinuntergeschluckt hatte, sagte er: »Es gibt Leute, die für einen Penny morden würden«, und dann, als wollte er seine Bemerkung unterstreichen: »Manche sind zu allem fähig.«

Morris steckte den Penny in den Tabaksbeutel, in dem er sein Geld hatte, und erzählte ihm dann von dem Tsotsi, der ihn verfolgt hatte.

Der magere junge Mann warf seine letzte Scheibe Brot auf den Tisch, zündete sich eine Zigarette an und hörte schweigend zu. Er hatte große, bekümmerte Augen. Unter ihnen waren Falten wie durch das Gewicht der Augäpfel.

»Hunde sind das«, sagte er, als Morris zu Ende erzählt hatte, »tollwütige Hunde, die über ihre eigenen Landsleute herfallen.«

»Hätte ich einen Knüppel«, sagte Morris, »und wäre ich ein Mann, ich hätte ihn totgeschlagen.«

Der Zeitungsverkäufer schüttelte den Kopf. »Das wäre sinnlos. Ein Mann stirbt bei Überfall auf der Straße. Einer wird verhaftet. Sie würden dich aufhängen. So geht es immer. Sie hängen immer irgendwen auf.«

»Was tun also?« fragte Morris.

Der junge Mann drückte die Zigarette aus. »Geh nach Hause«, sagte er. »Geh nach Hause und bete auf dem Weg und danke Gott, wenn du gut hinkommst, und sag, du hast nichts gesehen. Da war mal so eine Geschichte. Ich hatte nichts damit zu tun. Keiner übernimmt die Verantwortung. Immer sind wir's.« Er sagte Gute Nacht und ging.

Morris trank den letzten Schluck Kaffee und ging zur

Tür. Die Straße war fast leer. Der Tsotsi war nirgends zu sehen. Da Souza kam zu ihm, sah über seinen Kopf nach draußen. Er gähnte und reckte sich. »Morgen«, brummte er. »Morgen und gestern. Immer dasselbe, verdammt!« Er schneuzte sich in sein Taschentuch. »Schluß jetzt. Für heute ist Schluß. Ich schließe jetzt.«
Morris zuckte zusammen, als die Tür hinter ihm zuschlug und er hörte, wie der Riegel vorgeschoben wurde. Dadrin war er in Sicherheit gewesen. Jetzt war er wieder auf der Straße. Aber auch jetzt sah er den Mann nirgends. Er mußte, wie es der Zeitungsverkäufer gesagt hatte, nach Hause gehn. Andres blieb ihm nicht übrig, und so setzte er sich in Bewegung. Seit Monaten hauste er in einer verkommenen Bahnwärterbude neben den Gleisen der Eisenbahn, die vor Jahren Frachtgut von und zu den Fabriken in dieser Gegend befördert hatte. Sie war jetzt außer Betrieb, und die Anlagen würden eines schönen Tages abgerissen werden. Morris wußte das, ohne daß er sich darüber allzu große Sorgen machte. Schon in den ersten Monaten in der Stadt hatte er in Erfahrung gebracht, daß es überall irgendwelche Schlafstätten gab, und war wohl schon ein halbes dutzend Mal von einer zu anderen gezogen.

Um sein gegenwärtiges »Heim« zu erreichen, mußte er in eine Seitenstraße einbiegen und sich von da an den Laderampen einer Fabrik entlangbewegen. Die Gegend war schlecht und nur in großen Abständen beleuchtet, und hier nun mußte er feststellen, daß der Tsotsi wieder hinter ihm her war. Er hörte Schritte, und als er sich umsah, entdeckte er ihn als Silhouette vor einer der Lampen.

Um zur nächsten Lampe zu kommen, mußte Morris Tshabalala durch einen breiten dunklen Streifen kriechen. Die Strecke kam ihm endlos lang vor. Er sah wiederholt über die Schulter zurück und war darauf gefaßt, daß er das Huschen der Füße jeden Augenblick ganz in seiner Nähe hören müßte. Es dauerte so lange und die Anstrengung und die Schmerzen in seinen blutig aufgerissenen Händen setzten ihm dermaßen zu, daß er sich, als er ins Licht kam, die Tränen vom Gesicht wischte und anhielt, um Luft zu schöpfen. Er suchte sich dann die hellste Stelle aus, holte sein Geld hervor, hob es hoch, damit der andere es sähe, und legte es vor sich hin. Es lag wie ein kleiner silbern schimmernder Schatz im Staub.

Bei der nächsten Lampe blickte er zurück, um zu sehen, was passieren würde, und was er sah, war schlimmer als alles, worauf er sich gefaßt gemacht hatte. Der junge Mann ging zu den aufgehäuften Münzen, sah auf sie herab und stieß sie dann mit dem Fuß in die Dunkelheit. Dann näherte er sich dem Krüppel, der ihn mit Steinen bewarf. Um ihn herum lagen viele Steine, von denen manche faustgroß waren. Morris Tshabalala hatte als ganzer Mann kräftige Arme gehabt. In den sechs Jahren, in denen er sich durch die Straßen zog, hatten sich seine Kräfte verdoppelt. Er warf hart und genau und veränderte nach jedem Wurf seine Stellung. Es war eine gute Idee, aus verschiedenen Schußwinkeln zu werfen, und träfe er den jungen Mann nur einmal richtig, dann wäre das sein Ende. Er sprang auch ein oder zweimal zur Seite und duckte sich weg, wenn die Steine auf seinen Kopf gezielt waren, die dann harmlos hinter ihm über den Boden rollten und im Dunkel verschwanden.

Als Morris Tshabalala sich nach mehreren Würfen davonschleppte und zurücksah, entdeckte er ihn nirgends. Der junge Mann hielt sich jetzt also im Schatten, und Morris wußte, daß er jetzt bald dran war.

Sehe ich ihn auch nicht, hören kann er mich – es war dieser Gedanke, der ihn darauf brachte zu fluchen. Wütend brüllte er seine obszönen Flüche in die Nacht, stieß sie wild zwischen Tränen hervor und schleuderte ihm die Worte mit noch größerer Wucht als die Steine entgegen. Er brüllte so lange, bis seine Stimme versagte und er nur noch ein heiseres Flüstern hervorbrachte. Nur noch wenige Minuten, nur noch wenige Schritte, und da war es ihm gelungen, das endgültige Dunkel hinter dem letzten Licht zu erreichen, und er wußte, daß jetzt die Zeit gekommen und er an dem Ort war, an dem ihn der junge Mann schon die ganze Nacht mit großer Geduld hatte haben wollen.

7

Tsotsi war sich nach dieser Nacht über eines im klaren. Es war ein Fehler gewesen zuzulassen, daß der Krüppel die Hauptstraße erreichte. Er hätte sich an ihn heranmachen sollen, als er den Terminal Place verließ. Da hätte er Zeit und Chancen genug gehabt. Er hätte dann vor allem auch den Vorteil gehabt, daß der Krüppel überrascht worden wäre, denn daß er verfolgt wurde, merkte er erst, als er die leere Straße hinter sich hatte. Statt dessen ließ er ihn aus Gründen, die er erst nach den Vorfällen dieser Nacht zu ahnen begann, in die helle, belebte Straße entkommen, wo er vorerst in Sicherheit war. Daß er dies zuließ, hatte irgendwie mit der Begegnung unter den Eukalyptusbäumen zu tun. Dies zog vieles nach sich.

Daß sie aufeinander trafen, geschah in einer Schrecksekunde. Es war reiner Zufall, daß Tsotsi ihm auf die Hand trat. Zufall war es auch oder eine merkwürdige Koinzidenz, daß er sich unmittelbar davor in Gedanken mit dem Baby, dem Vorfall unter den Eukalyptusbäumen und der Hündin beschäftigt hatte. Diese mysteriösen Dinge zwangen sich ihm so ausschließlich auf, daß er Butcher und Die Aap vergessen hatte und auch weder wußte, wo, noch warum er dort war. Die drei hatten vereinbart, sich getrennt voneinander mit offenen Augen und Ohren in der Menge umzusehen. Wieder fragte sich Tsotsi, warum die Hündin nur bis zu einer bestimmten Stelle und nicht ganz zu ihm gekrochen war, und warum er dumpf Angst in sich gespürt hatte, als er sie sah, und in diesem Moment hatte ihn jenes »Bastard, Wurf einer gelben Hündin!« aufgeschreckt und war wild und chaotisch in ihn eingebrochen. Als Morris Tshabalala fast gleichzeitig mit seinem Gefluche den Fuß weggestoßen hatte, war es Tsotsi, als hätte die Hündin ihn jetzt erreicht und machte sich mit ihren gelben Zähnen über seine Beine her.

Dies alles dauerte nur den Bruchteil einer Sekunde. Als er unter sich aufs Pflaster sah, war dieser Gedanke schon verflogen, und nur das verstörende Echo seines Entsetzens blieb in ihm zurück. Völlige Leere wäre diesem Einbruch gefolgt, hätte ihn nun nicht glühender Haß auf den Krüppel zu seinen Füßen gepackt, der so heftig in ihm wühlte, daß er ihn fast getreten hätte. Ihm fiel gerade noch ein, daß er auf dem Terminal Place war, und daß die Menge wütend für einen Bettler Partei ergreifen würde, den ein Mann mit Füßen trat. Aber darüber vergaß er weder die Stunde, zu der sich das abspielte, noch sein Ziel. Was folgte, lief so selbstverständlich ab, wie es bei anderen Leuten das Wachsein und Schlafen ist. Dich greife ich mir, du Hund, dachte er. Noch heute nacht bist du dran. Sein Plan stand fest.

Was den möglichen Gewinn anging, war, gemessen an dem Leben, das hierbei ausgelöscht werden würde, ohne Belang. Dieses Bettlergesindel brachte nie so viel zusammen, daß es sich gelohnt hätte, einen von ihnen in die Zange zu nehmen; war es doch ebenso einfach, zusammen mit der Bande ein Taxi zu nehmen und sich irgendwo in einer abseitigen Straße des Stadtbezirks den Fahrer vorzuknöpfen. Sich an so einen heranzumachen, war ergiebiger, wenn man es nach den ersten Jahren satt hatte, in Läden einzubrechen, und anfing, größere, waghalsigere Unternehmungen ins Auge zu fassen. Typisch war für Tsotsi, daß er dabei gelegentlich die harten und eigentlich unumstößlichen Regeln außer acht ließ, nach denen er sich gewöhnlich richtete. Es entsprach seiner widersprüchlichen Natur, daß er am Abend zuvor ausgerechnet den Mann im Zug für Boston ausgewählt und sich jetzt selbst für diesen Krüppel entschieden hatte.

Es waren seine Mißgestalt, seine langsam vorkriechenden, häßlichen Bewegungen, die Tsotsi anzogen. Er beobachtete ihn fasziniert. In der Menge auf dem Terminal Place konnte er ihm unauffällig folgen und so nahe an ihn herangehen, daß er das schweinsartige Grunzen hörte, das der Krüppel beim Vorschwingen seiner langen Arme ausstieß. Er schnappte auch Fetzen von seinen irren Selbstgesprächen auf. Einmal kam er so nahe heran, daß er die drei tiefen Falten sah, die sich ihm durch das mühsame Hochhalten des Kopfes in den Nacken eingegraben hatten. Der Bettler war darauf angewiesen, weil er nur so den Weg vor sich sah, und Tsotsi entdeckte, daß sich die Haut wie zwei Schläuche aufgefaltet und gewölbt hatte; wie ein Hund kam er ihm vor, der durch das heftige Anreißen der Leine kurzgehalten wurde. Seine Hände mit den blau verfärbten, schwärzlichen Nägeln waren grau und leblos wie das Pflaster.

Als der Mann vom Terminal Place wegkroch, mußte Tsotsi zurückbleiben, weil er sonst Verdacht geschöpft hätte. Dadurch ließ aber sein krankhaftes Interesse nicht nach, es verstärkte sich eher, weil er im Abstand von einigen Metern erst Einzelheiten entdeckte, die ihm bisher entgangen waren. Aus dieser Entfernung sah er im Ansatz schon den Buckel, den er, wenn er lange genug lebte, eines Tages wie einen Berg mit sich herumschleppen würde. Ja, und dann seine Bewegungen. Sie waren ganz auf die Arme beschränkt. Von den Schultern abwärts war er nicht viel mehr als ein Sack Kartoffeln, als den er sich selbst mitschleppte. Tsotsi fühlte sich dadurch an irgend etwas erinnert. An was, wußte er zuerst nicht genau, aber dann kam er darauf. Erregt stellte er fest, daß der Krüppel sich wie die Hündin bewegte, deren Bild ihm immer wieder vor Augen stand. Dieser Vergleich offenbarte ihm gleichzeitig etwas über die Hündin, das ihm bisher entgangen war. Auch sie zog ihre nutzlosen Hinterbeine nach. Wie er benutzte auch sie nur die vorderen Gliedmaßen.

Hiernach steigerte sich Tsotsis Interesse an seinem Opfer zu gespannter Besessenheit, und so verpaßte er den richtigen Zeitpunkt und die Gelegenheit, die am günstigsten gewesen wären. Diesen Mann, diesen halben Mann, diesen unansehnlichen Rest eines Menschen erkannte Tsotsi mit der ganzen Gewißheit der von ihm gelebten Jahre als das wahre Abbild des Lebens selbst. Dies traf auf ihn deswegen so genau zu, weil er zerbrochen, gebeugt und so ohne Sinn war, daß ihn die Menschen verlassen hatten. Dies war das Leben in seiner letztgültigen Wirklichkeit. Alles andere war nur Schminke auf einem häßlichen Gesicht. Ein Lächeln oder das Lachen veränderten nichts, ebensowenig wie ein neues Paar Hosen dem Krüppel die Beine wiedergegeben haben würde. Tsotsi war hiervon fest überzeugt. Diese Überzeugung war ein Teil seiner selbst, seines Lebens und seiner Art zu leben. Sie war in ihm wie das Blut in seinen Adern, wie der Schlag seines Herzens. Wie er dazu gekommen war, wußte er nicht. Dieses Wissen um die absurde Verzerrtheit des Lebens war einfach zuinnerst in ihm vorhanden.

So klar war ihm dies bisher allerdings nicht gewesen. Bisher hatte er es immer nur als einen faden Nachgeschmack nach jenen Momenten empfunden, in denen es ihn unwiderstehlich bis an den Rand gewisser Erinnerungen getrieben hatte. So war es ihm nach der Begegnung mit dem Polizisten und dem Häftling ergangen, der Tsotsi erkannt und ihn David genannt hatte. Noch Tage danach hatte Tsotsi grübelnd über diesen Vorfall nachgedacht, nicht aber über den Mann, der »Ich bin es, Petah« gerufen hatte. Es war besser, wußte er, diesen Mann zu vergessen, und das war ihm auch prompt gelungen.

Tsotsi hatte gegrübelt, weil er, als das Würfelspiel mit Butcher und Die Aap beendet und das hoffnungslose Rufen des Mannes nicht mehr zu hören war, aufstehend die Wahrheit so deutlich vor sich gesehen hatte, daß er sich fragte, warum er eigentlich fortwährend versuchte, sie, diese Wahrheit, zu vergessen. Die Welt war häßlich. Es war die Häßlichkeit der verzerrten, entstellten Dinge, die ihr jeden Sinn genommen hatte. Diese Deformierung begann bei den Häusern, die in ihrer Bauweise nicht den von ihnen beherbergten Menschen entsprachen, die zu klein oder zu zugig oder rissig und regendurchlässig waren und wie auf schrundige Felsen gelegte Eier dastanden. Dann die Körper dieser Menschen selbst. In der grausamen Enge, in der sie lebten, waren sie mißgestaltet herangewachsen. Jede Lebensregung war mit Schmerzen verbunden. Man hörte es Nacht um Nacht, wenn die Ohren durch den Abscheu genügend geschärft waren. Das Schlafen ringsum war ein einziges mühevolles Röcheln und Schnaufen. Auch in Butchers Händen verkörperte sich diese grobschlächtige Realität, ebenso wie in dem toten Gesicht von Gumboot Dhlamini, an den sie sich im Zug herangemacht hatten. Es galt für alles, das lebte. Die einzigen Bäume im Stadtbezirk, jene um den Friedhof herum, drückten dies in ihrem verkrüppelten Wuchs aus, machten es in ihren vor dem windigen Himmel stehenden, mißgestalteten Silhouetten ansichtig.

Es gab natürlich Tage, lange, kaum bewußt verbrachte Zeitspannen, in denen ihm dies nicht vor Augen stand oder es vergessen hatte, wie Leuten deren tiefste Überzeugungen im Morast des täglichen Lebens abhanden kommen. Wenn dann aber etwas passierte, das die Erinnerung in ihm aufstörte, wie etwa die Spinne in ihrem Netz an der Decke oder der Geruch von feuchtem Zeitungspapier, dann war es wieder da, und er sah, als wäre ihm wie durch ein Wunder die Blindheit genommen, die Wahrheit.

Aber noch nie hatte ihn dieses Erlebnis so zwingend und mit solcher Schärfe überkommen wie in dem Zwielicht, in dem er den Terminal Place verließ. Vor ihm kroch die Wahrheit so leibhaft, wie er sie noch nie wahrgenommen hatte, in sich verkrümmt, aufgerollt und als ein Stück Mensch verpackt, das den Namen Morris Tshabalala trug.

Dies war kurz bevor Tsotsi merkte, daß er einen großen Fehler gemacht hatte, als er zuließ, daß der Krüppel die Hauptstraße erreichte. Er hatte natürlich die ganze Zeit gewußt, daß er, wenn es soweit war, nur bis zum nächsten dunklen, verlassenen Fleck warten mußte, bis er ihm das

Geld abnehmen könnte. Aber er dachte, es käme nur darauf an, den Mann zu verfolgen, um dann im richtigen Moment bereit zu sein. Dann kam etwas dazwischen, womit er nicht hatte rechnen können. Es geschah an der Ecke, wo Morris Tshabalala bei dem jungen Mann Rast machte, der dort Zeitungen verkaufte. Tsotsi sah ihn angestrengt zurückblicken und nach seinem Verfolger Ausschau halten, er bemerkte auch die Erleichterung, die ihn überkam, als er ihn abgeschüttelt zu haben glaubte. Aber noch deutlicher gewahrte er die Angst, die ihn packte, als er Tsotsi auf der anderen Seite der Straße entdeckte. Dies war der entscheidende Augenblick, und was er in ihm hervorrief, war ein unbestimmtes Gefühl, das nichts mit dem Haß zu tun hatte, der in ihm aufkam, als er ihn zu Anfang auf dem Terminal Place sah. Es war auch nicht dem heftigen Abscheu vergleichbar, den er, als er ihm dann folgte, empfand. Es war ein Gefühl, das er zu kennen, aber vorher nie empfunden zu haben schien, und es hatte ihn überkommen, als er die Angst des anderen wahrnahm. Es kam erneut auf, als Morris Tshabalala nach vorn sackte und sich davonschleppte, und dann wieder, als er sah, wieviel schneller der Krüppel sich vorzubewegen versuchte, als wäre das, was vor ihm lag, besser als alles, was er hinter sich ließ. Je weiter die Zeit vorschritt, desto häufiger überkam ihn dieses Gefühl, und schließlich sogar mit der Regelmäßigkeit seines Herzschlags.

Tsotsi wurde sich darüber klar, daß irgend etwas mit ihm vorging. Aber als er dieses Gefühl in seinem Wesen erkannt zu haben glaubte, hatte es sich schon so sehr in ihm festgesetzt, daß er nichts mehr dagegen tun konnte.

Beide hielten sie wieder an. Es war offensichtlich, weshalb. Aber selbst wenn es nicht in der kleinen dunklen Seitenstraße gewesen wäre, er hätte trotzdem haltgemacht, weil er sich ausruhen mußte. Wenn er außer Atem war, sah er fast noch mehr wie ein Hund aus. Sein Brustkorb hob und senkte sich ebenso, wie wenn ein Hund keuchte. In dieser Entfernung – Tsotsi war immer noch auf der gegenüberliegenden Straßenseite – blendete ihn das einfallende Licht, so daß er sich einbildete, er sähe die Zunge lang aus seinem Mund heraushängen. Wenn er den Kopf hob, entweder um in die Nebenstraße, jenseits von Tsotsi oder über die Schulter zu blicken, meinte man, er würde gleich losheulen, wie es die Hunde, auf den Hinterbacken sitzend, in den Stadtbezirken tun, wenn der Mond in die leeren Straßen scheint. Vor einer kurzen dunklen Seitenstraße stockte der Krüppel und hatte Angst, in sie einzubiegen. Er hatte damit ganz recht, wußte Tsotsi, denn wenn er dort einbog, war es soweit. Dann würde er handeln.

Während er den Krüppel abwartend beobachtete, sagte sich Tsotsi immer wieder: Ich kenn dich nicht, du Scheißkerl, von nirgendwoher kenne ich dich, was also schert's mich? Beweg dich, wohin du willst. Ist mir doch scheißegal. Noch nie hatte er sich so etwas sagen müssen. Jetzt aber kam er nicht umhin, und das wegen dieses seltsamen Gefühls. Tsotsi ahnte, was es damit auf sich hatte, aber ganz klar war es ihm nicht. Er wußte nur, daß es verborgen irgendwie in ihm wirkte. Er fühlte es als eine Schwäche in den Beinen, die im entscheidenden Augenblick zum Losrennen bereit sein sollten, als eine Schlappheit in den Fingern, die doch, wenn er dazu gezwungen wurde, das Messer umso schneller bereit haben sollten. Obendrein aber setzte ihm das Verlangen zu – und auch das war nur ein dumpfes verschwommenes Gefühl – der Krüppel, und er selbst auch, möge sich nicht von der Stelle rühren, solle die Zeit doch an ihnen vorbeirauschen wie der Straßenverkehr, an ihm hier an der Mauer und an dem Krüppel drüben an seiner Ecke.

Was mittlerweile wirklich in ihm vorgegangen war, merkte er, als der alte Wagen bockte, zur Ecke geschoben wurde und der Mann, auf den er es abgesehen hatte, dem Wagen folgte und entkam. Er machte sich Gedanken um ihn. Er empfand ungeachtet dessen, was er sich noch vor wenigen Minuten eingeredet hatte, Mitleid. Es war ihm unmöglich, das zu bezweifeln oder es sich auszureden. Als Morris Tshabalala hinter dem Wagen davonkroch, fühlte sich Tsotsi plötzlich erleichtert. So unbegreiflich ihm das erschien, es war so. Er schüttelte den Kopf wie ein Maultier, das sich gegen einen Schwarm aufdringlicher Fliegen zu wehren sucht. Er räusperte sich heftig und spuckte aufs Pflaster, als wollte er sich von einem galligen Geschmack befreien. Er schloß die Augen und lehnte den Kopf gegen die Mauer, als wollte er schlafen und vergessen, was er vorgehabt hatte. Was mit ihm vorgegangen war, ließ sich nicht vertreiben. Sein Mann war entkommen, in ein Leben, das noch so kurz und beschwerlich sein mochte, und er, Tsotsi, war darüber in aller Verzweiflung froh. Jetzt war klar, was sich in ihm zugetragen hatte, als er Morris Tshabalala in der Hauptstraße verfolgte. Er hatte auch recht, wenn er vermutete, daß ihm so etwas noch nie widerfahren war. Er hatte Mitleid mit seinem Opfer.

Tsotsi hielt sich danach weit zurück und beobachtete aus einem dunklen Hauseingang den Krüppel, wie er das Bantu-Eßlokal betrat. Gegenüber befand sich der Laden eines Inders, neben dem in einem nach Seife riechenden Torweg drei Mülleimer standen. Sie waren so voll von Abfall, daß die Deckel nicht ganz schlossen. Tsotsi kaufte sich in dem Laden einige Scheiben polnische Wurst und setzte sich dann abwartend auf einen der Mülleimer, wobei er über dieses seltsame Gefühl nachdachte, das ihn angesichts seines Opfers beschlichen hatte.

Er suchte sich darüber Klarheit zu verschaffen. Ausschlaggebend war dabei nicht das, was er, sondern was dieser Mann gefühlt hatte. Es war Morris Tshabalalas Angst, seine Verzweiflung, die qualvolle Anstrengung, mit der er vergeblich zu fliehen versucht hatte, seine freudige Erleichterung, als er merkte, daß das Unvermeidliche wenigstens auf kurze Zeit hinausgezögert worden war.

Aber wie war es möglich, daß Tsotsi, der mit vielen anderen so rüde umgesprungen war, so lange gebraucht hatte, bis er dahinterkam, was ein anderer empfinden mochte? Die Antwort hierauf konnte er nur vermuten. Während er blindlings danach tastete, streiften seine Vermutungen manchmal unversehens und eher instinktiv die Wahrheit, und das war, wenn ihm Bostons Übelkeit nach der Sache im Zug in Erinnerung kam. Er spürte, daß es zwischen dieser seiner Erfahrung und Bostons Verhalten eine Beziehung gab. Aber die wahre Bedeutung und das Wunder, an den Leiden eines anderen teilnehmen zu können, entzogen sich seinen dumpfen Versuchen, eine Erklärung dafür zu finden. Rückblickend entsann er sich nur der langdauernden, qualvollen und schweigenden Verfolgung durch die Hauptstraße, und wie sich irgendwann im Verlauf dieser Jagd sein sich ständig steigerndes und verschärftes Interesse an dem Krüppel verflüchtigt und sich statt dessen auf ihn als Wesen aus Fleisch und Blut gerichtet hatte. Das war es. Die Erfahrung, daß er in Morris Tshabalala ein Wesen aus Fleisch und Blut vor sich hatte.

War es Sympathie? Hätte man Tsotsi gefragt und dies als eine neue, von ihm gemachte Erfahrung bezeichnet, würde er geantwortet haben: Wie Licht war es; und damit meinte er, daß es etwas erhellte. Wäre man weiter in ihn gedrungen, hätte er vielleicht von Dunkelheit und vom Entzünden einer Kerze gesprochen, in deren Lichtkreis ihm Morris Tshabalala erschienen wäre. Er hätte ihn zum ersten Mal *gesehen*, in einer Weise, wie er ihn vorher nicht gesehen hatte, oder mit anderen Augen oder vielleicht einfach nur klarer. Die Feinheiten spielten dabei keine Rolle. Entscheidend war, daß der Krüppel ihm im Lichtkreis seines Mitgefühls erschienen war.

Aber das war noch nicht alles. Dieses Licht war auch auf das Baby gefallen und irgendwie auch auf Boston, und hatte sich nicht das zuletzt gesehene Gesicht Gumboot Dhlaminis dort befunden, wo das Licht endete und kaum noch Klarheit herrschte? Und jenseits davon, was? Ein Empfinden der Weite, eine Unendlichkeit, die sich so weit erstreckte, daß die ganze Welt, die verkrümmten Bäume, die Straßen in den Stadtbezirken, die keuchend übervölkerten Räume eine hellere, eindringlichere Erleuchtung erwarten mochten.

Nachdem er etwas von der Wurst gegessen hatte, fielen ihm die Scheiben, ohne daß er darauf achtgab, aus der Hand. Es war Tsotsi, als hätte er zuviel getrunken, er mühte sich hoch und stellte sich vor den Laden. Er wollte sich sehen. Er sähe jetzt anders aus, dachte er, die letzten Stunden müßten ihn verändert haben. Ein neues Gesicht vielleicht, mit anderen Augen und einem Mund, der anders als vorher sprach. Hier gab es keine Spiegel wie in manchen der großen Läden in der Hauptstraße. Aber einige Häuser weiter trat ihm sein Spiegelbild gespenstisch im Schaufenster eines Schuhladens entgegen. Das Pflaster war zu trübe, als daß dieses Bild hätte hell und klar sein können. Als er näher an die Scheibe herantrat, verschwand das Bild. Er sah es nur noch undeutlich weiter hinten und in diesem Abstand sah er nichts als die verschwommene Gestalt eines Mannes. Das könnte ich sein, dachte er, oder Boston oder Butcher oder selbst der Bettler, wenn er Beine gehabt hätte. Dieser Gedanke hatte für ihn etwas Tröstliches.

Die Tür zum Bantu-Eßlokal wurde geschlossen und verriegelt. Kurz danach ging das Licht aus. Fast in Panik blickte sich Tsotsi in der Straße um. Ich habe ihn aus den Augen verloren, dachte er. Er ist weg. Er lief schnell dorthin zurück, woher er gekommen war. Der Krüppel war nirgends zu sehen. An der Nebenstraße, wo der Krüppel hinter dem Wagen entkommen war, blieb Tsotsi stehen. Warum bin ich zurückgelaufen? Vielleicht hat er sich in der anderen Richtung davongemacht. Er war außer Atem, rannte aber noch schneller zurück zum Bantu-Eßlokal und dann noch ein Stück weiter. Als er ihn entdeckte, machte er seiner Erleichterung hysterisch auflachend Luft.

Mein Mann. Ich hätte dich fast verfehlt. Ich habe dich wiedergefunden, du armer, langsamer Mann. Es tut mir leid. Es tut mir leid, sage ich dir, du armer, langsamer Mann. Aber was soll ich tun? Nichts konnte er tun, nur im Schatten zurückbleiben, ihm folgen, auf den richtigen Augenblick warten. Es war unausbleiblich, wie Sonnenauf- und -untergang unausbleiblich waren. Man wählte sich einen Mann und blieb ihm auf den Fersen, bis es geschehen war. Das in ihm aufgekommene Mitgefühl widersetzte sich diesem Lauf der Dinge. Es war qualvoll für ihn, den Bettler so erschöpft und langsam davonrudern zu sehen, wo er doch glaubte, endlich in Sicherheit zu sein. Aber was blieb Tsotsi anderes übrig? Er hatte sich für diesen Mann entschieden. Mit jedem Schritt, mit jeder Bewegung auf das unausbleibliche Treffen zu schnitt ihm sein Mitgefühl tiefer ins Herz, bis schließlich seine Füße und sein Herz in entgegengesetzte Richtung zeigten und er spürte, daß es für ihn als Ganzes nicht *einen* Weg gab. Aber es war kein wirklicher Konflikt, es ging nicht darum, ob er es tun oder nicht tun sollte. Das war nicht das Problem. Er hatte sich in das Unvermeidliche gefügt, das sich nun abwickelte wie die letzten Stunden eines unheilbaren Kranken, um den die Ärzte hilflos herumstehen.

Tsotsi sah bedrückt den Augenblick voraus, in dem Morris Tshabalala merken würde, daß er wieder verfolgt wurde. Aber es schien, als würde es nicht soweit kommen. Der Krüppel sah nicht über die Schulter zurück, entweder weil er zu müde, weil ihm alles gleichgültig war, oder weil er sich gänzlich in Sicherheit fühlte. Das war für Tsotsi so anstrengend, daß er es nicht mehr aushalten konnte. Er machte Geräusche. Er hustete, er pfiff, und als Morris Tshabalala an den Laderampen entlangkroch, kam Tsotsi so nahe an ihn heran, wie er es auf dem Terminal Place gewesen war.

Schließlich war es soweit, und von diesem Augenblick

an – der Krüppel starrte mit aufgerissenen Augen zu dem unter einer Lampe stehenden Tsotsi hin – überschlug sich alles so gewalttätig und explosiv, wie es sich vorher langsam, qualvoll und das Grauen immer nur steigernd abgespielt hatte.
Da war als erster Gedanke das Geld, das der Krüppel sorgfältig im Lampenlicht aufgehäuft hatte. Das war eine Rechtfertigung – von allem. Eine Rechtfertigung der auf dem belebten Terminal Place getroffenen Entscheidung, der panischen Angst auch, die diesen Mann eher an Geist und Seele als körperlich durch einen in der Mine niederstürzenden Balken gebrochen hatte, sowie der Sinnlosigkeit jeglicher Sympathie, die jetzt als kleine Kerze im Dunkeln brannte, wo Dunkelheit besser gewesen wäre, und Morris Tshabalala hatte das Geld, dieses schimmernde Häufchen, hingelegt, es wie einen Punkt in die Mitte der Nacht gesetzt, als würden damit Tsotsis verfolgende Schritte gestoppt und alles, was noch bevorstand, eingestellt. Das war schäbig. Sich für diesen Preis den Tod einzuhandeln, wäre angängig gewesen, und jetzt wurde versucht, sich damit das Leben zu erkaufen. Diese Verharmlosung all dessen, was geschehen war, brachte Tsotsi auf. Er trat das Geld mit dem Fuß weg in die Nacht, und das nicht nur um seinetwillen, sondern auch um des anderen willen.
Wie zur Vergeltung kamen die Steine geflogen, zwangen ihn, sich zu ducken und wie eine Marionette am Draht eines epileptischen Spielers zu tanzen. Tsotsi wollte rufen: Ich verstehe dich gut, du armer, langsamer Mann, ich verstehe. Statt dessen wurde er in die Dunkelheit abgedrängt, wo die obszönen Flüche ihn mit gleicher Wucht trafen. Sie waren gebrochen durch das mitbrüllende Stöhnen, als wäre er gar nicht mit ihnen gemeint. Am grauenhaftesten war es, als seine Stimme brach.
Tsotsi war nach vorne herumgekommen und wartete dort auf einem Zementblock in der Dunkelheit jenseits des letzten Lampenpfahles ab.

Er wartete, bis der Krüppel wenige Schritte vor ihm haltmachte. Dann wartete er auf Stille, und als das Stöhnen und das würgende Atmen nachließen, wartete er darauf, von dem anderen gesehen zu werden.

Ihre Begegnung spielte sich ohne Worte ab. Es war unnötig zu sprechen. In den wenigen, schweigsam verbrachten Sekunden sammelte sich eine lebenslängliche gegenseitige Vertrautheit an, so daß es, als Tsotsi schließlich sprach, so war, als hätten sie einander schon immer gekannt.

»Was hast du gefühlt?«

»Nichts.« Seine Stimme war heiser, sie kam wie Wind durch einen entblätterten, verdorrten Baum.

»Nichts?«

»Es ist aus damit. Ich fühle nichts mehr.«

»Was hast du gefühlt?«

»Angst vorm Tod.«

»Nicht mehr?«

»Nicht mehr.« Morris Tshabalala lehnte sich mit dem Rücken gegen die Rampe. In dieser Haltung drückte sich seine Armut aus, es waren die langen leeren Stunden an Straßenecken darin, in denen er auf hingeworfene Pennys wartete. Aber mit diesem Unterschied: Er sah hoch, lehnte den Kopf gegen die Mauer, aber nicht aus Müdigkeit.

»Nicht mehr. Ich habe dies von meinen Händen gelernt. Ich habe es in dieser Nacht mit dem Herzen gelernt.«

»Erzähl mir darüber«, sagte Tsotsi.

»In meinen Händen hielt ich das Leben.« Tsotsi wartete gespannt. »Mit meinen Händen habe ich es gefühlt. Oh, ich habe Nippel wie Beeren gepflückt, und die Frauen schrien vor Glück, wenn sie sich zu ihren heimlichen Körperteilen vorwagten. Dann kam . . .« Er suchte nach Worten.

»Sprich doch, Mann«, forderte Tsotsi ihn auf, als die Pause sich dehnte.

»Der Himmel stürzte herab. Die Welt drehte sich von unten nach oben, und ich ging auf meinen Händen durchs

Leben. Du hast es gesehn, genug davon gesehn. Mit diesen Händen fühle ich nun nichts mehr und jetzt auch nicht mehr mit dem Herzen. Heute nacht fiel mein Mannestum von mir ab und kroch neben mir her, und Angst war es, was ich fühlte, so sehr, daß ich nichts mehr fühle. Du hast es gesehn. Du hast den Mann in mir schreien hören. Ich habe genug.«

»Das war das schlimmste«, sagte Tsotsi. »Von allem, was in der Nacht geschah, war das Schreien das schlimmste.«

»Und was noch?«

»Du grunzt. Wenn du kriechst, grunzt du wie ein Hund.«

»Und weiter?«

»Du siehst aus wie ein Hund, Mann, und ich fühle mit dir. Aber jetzt will ich wissen: Wie pißt du?«

»Ich setz mich hoch, und dann zwischen den Stümpfen.«

»Und wie scheißt du?«

»Ich beuge mich vor, als wollte ich kriechen.«

»Frauen?«

»Keine. Sie lachen über mich.«

»Was weißt du, Mann? Was weißt du nach dieser Nacht?«

»Du hast dir viel Zeit genommen. Du hast Geduld.«

»Ich sage dir, Mann – ich habe mit dir gefühlt.«

»Hätte ich noch Beine und einen Knüppel, ich hätte dich umgebracht. Gleich zu Anfang. Ich hätte deinen Schädel wie eine Nuß geknackt.«

»Wie ein Bantu, der du bist. Ich, ich nehme mein Messer.«

»Ich aber, was habe ich dir getan? Ich hab dir mein Geld gegeben. Das Geld von einem ganzen Tag. Sonst hab ich nichts.«

»Ich will das Geld nicht. Ich habe es weggetreten.«

»Das hab ich gesehn.«

»Ich fühle mit dir, Mann.«
»Warum hattest du's dann auf mich abgesehn, du Tsotsi?«
»Du bist häßlich, du Bettler. So etwas Häßliches habe ich noch nie gesehen.«
Morris Tshabalala hörte sich das ruhig an. Es war die Wahrheit. Er hatte schon schlimmeres zu hören bekommen.
»Ist das alles?«
Morris Tshabalala dachte über die Frage zögernd nach. War es wirklich alles? Nein, da war noch etwas anderes. Etwas, das auf seine Weise das wichtigste war. Die Erkenntnis nämlich, zu der er gekommen war. Aber wie ließ sich so etwas ausdrücken und so sagen, daß es verständlich war? Es war im Grunde ganz einfach, aber er zögerte, weil er sich nicht sicher war, ob sich das, was er meinte, in drei gewöhnlichen Worten sagen ließ.
»Ich will leben«, sagte er schließlich.
Tsotsi glaubte das verstanden zu haben.
»Ich will leben«, sagte Morris Tshabalala noch einmal. »Weißt du das?«
»Ja«, sagte Tsotsi.
»Nein, du weißt es nicht«, sagte der Krüppel nicht kühl wie bisher, sondern mit bewegter Stimme. Wie sollte er das wissen? Wie konnte jemand den wahren Sinn von drei einfachen Worten begreifen? Ein ganzes Leben mit seinem lärmenden Treiben steckte hinter diesen Worten. Was anderes waren die Jahre gewesen, die er Meile um Meile kriechend auf dem Pflaster der Stadt verbracht hatte? Hatte es nicht mit einem Ereignis begonnen, das erschreckend war wie jene andere Geburt aus dem Schoße einer Frau? Hatten sie ihn nicht aus einem noch dunkleren Schoß hervorgezerrt, dem dann Tage folgten, die so ganz anders waren als alles, was er vorher gekannt hatte, so anders, daß es nur mit einer nochmaligen Geburt verglichen werden konnte? Zeit war ein relativer Begriff. Ge-

messen an anderem als Tagen und Monaten, waren seine letzten sechs Jahre etwas, das ihn zu einem alten Mann gemacht hatte.

»Nein, du weißt es nicht«, sagte er zu Tsotsi. Er sagte es mit rascher, erregter Stimme, weil er damit so vieles an sich verwarf. »Ich meine nicht nur dich und dein Messer. Ich sage es zu mir selbst. Nicht zu dir. Zu meinen schwieligen Händen und meinem häßlichen Gesicht und zu den Beinen, die ich nicht habe. Ich sage es nach vielen Jahren, in denen ich gedacht habe, ich wäre tot, und das Morgen immer nur ein Tag war, an dem, meinte ich, die restlichen Teile von mir bei den anderen begraben werden würden.« Morris Tshabalala sah dies alles jetzt sehr klar vor sich; leidenschaftlich bewegt sah er sie, die Wahrheit, denn nach all den Jahren des Nachdenkens war nur dies noch von Belang.

»Was meinst du denn nun eigentlich?« Tsotsi hatte bemerkt, wie erregt der andere war. Der Krüppel saß jetzt vorgebeugt da, er hatte die Hände vorgestreckt, als wollte er den Regen fühlen oder eine kostbare Gabe entgegennehmen. Aber sie zitterten, und das regte Tsotsi auf. »Was meinst du damit, Mann? Ich verstehe verdammt kein Wort von dem, was du sagst.«

»Sonne«, sagte er. »Sonne auf Steinen. Die warmen Steine in der Straße. Ich habe die Wärme heute abend und in der Nacht gefühlt. Morgen wieder. Wenn meine Hände nichts fühlen, mach ich ein Loch in meine Hose und fühle an meinem weichen Hintern herum oder ich lege mein Gesicht auf den Boden. Außerdem ...«

»Was außerdem?« fragte Tsotsi. Er zitterte jetzt auch vor Erregung. Er verstand die Worte in ihrem äußeren Sinn nicht, das brauchte er auch gar nicht. Sie wirkten so sehr durch ihre Vertrautheit, daß sich die Erregung, die wunderbare Ergriffenheit des Krüppels einfach aus dem Zusammenhang heraus auf Tsotsi übertrug.

»Regen. Fallender Regen. Das Wehen des Windes,

das Wachstum der Bäume und die Farben der Dinge, und die Straßen, in denen ich Vögel singen gehört habe. Verstehst du mich jetzt? Ich will leben. Verstehst du?«

»Ja, Mann. Ich fühle mit dir, das sage ich jetzt schon die ganze Zeit.«

»Warum mußt du mich töten, Tsotsi?«

Tsotsi brauchte ewig, um ihm zu antworten, oder es kam dem Mann unter ihm doch so vor. Und selbst als er sprach, waren die Pausen zwischen den Worten so lang, daß es schien, als könnten in ihnen Menschen geboren werden, leben und sterben.

»Ich muß nicht.« Daraus wurde Morris Tshabalala nicht schlau, bis es der junge Mann wiederholte. »Ich muß nicht.«

Darauf stand Tsotsi auf und ging mit einer Art Lachen ein Stück fort und blieb längere Zeit mit den Händen in den Hüften stehen.

Tsotsi ging nicht zurück zu seinem Platz an der Mauer, sondern setzte sich in einiger Entfernung wie der andere Mann mit dem Rücken gegen sie. Dort in der Dunkelheit sagte er zum dritten Mal: »Ich muß nicht. Es ist Schluß damit, Bettler. Ich laß dich leben.«

»Wie alt bist du, Tsotsi?« fragte Morris Tshabalala.

»Ich weiß nicht«, erwiderte er wahrheitsgemäß. »Aber ich stelle das schon noch fest.«

Morris Tshabalala versuchte angestrengt, ihn deutlicher zu erkennen, aber wegen der Dunkelheit sah er nur seine Umrisse. Er suchte sich zu entsinnen, wie der Mann im Licht auf der Straße ausgesehen hatte, aber was ihm vor Augen kam, war nur das Grauen, das er empfunden hatte. Ich muß ihm etwas geben, dachte er. Ich muß dieser eigentümlichen und schrecklichen Nacht etwas für das, was sie mir geschenkt hat, geben. Mit dem Instinkt des Volkes, dem er angehörte, wandte er sich dem Schönen zu und gab ihm das, was für ihn das Schönste war.

»Mütter lieben ihre Kinder. Ich weiß es. Ich erinnere

mich daran. Sie singen uns Lieder vor, wenn wir klein sind. Ich sage dir, Tsotsi – Mütter lieben ihre Kinder.« Danach trat Stille ein, in der die Worte ankamen und Sinn gewannen, und die Tsotsi benutzte, um aufzustehen und zu entgegnen:»Sie tun es nicht. Sie tun es nicht, sage ich dir«, und dann ging er fort.

Er sah zurück. Der Krüppel war zu dem Laternenpfahl gekrochen, wo das Geld verstreut lag, und sammelte auf, was er davon finden konnte.

Die Stadt ist tot. Jetzt, wo das Leben aus den Straßen abgeflossen ist, liegen die starren, eckigen Konturen der Stadt entblößt da. Die Straßenlampen stehen wie Nadeln mit leicht gesenkten, goldenen Köpfen vor den Mauern. Nur sie geben noch Licht, denn die Schaufenster der Läden sind dunkel. Die Fahrer an den Taxiständen haben die Köpfe vornüber aufs Steuer gelegt und schlafen. Tsotsi geht an ihnen vorüber, weil sie nur Weiße als Fahrgäste nehmen. Er kommt auch an Nachtwächtern vorbei, die in alte Armeemäntel gehüllt auf Kisten in den Hauseingängen sitzen und mit ihren knotigen Stöcken wie vor sich hinbrütende Engel aussehen, die ein Urteil vollstreckt haben. Tsotsi ist bald darauf ganz allein und bewegt sich wie ein letztes, winziges Zucken in einem Leichnam.

Der Weg zum Stadtbezirk war lang, aber Tsotsi machte nur einmal halt. Und auch das kostete ihn Mühe, so daß es ihm erst nach mehreren Versuchen gelang. Er mußte stehenbleiben, weil er nachdenken wollte. Aber jedesmal, wenn er sich hinsetzte – einmal auf einem hochgeklappten Sitz an einer Bushaltestelle für Weiße, dann anderthalb Kilometer weiter am Zaun einer Holzhandlung und schließlich auf dem dunklen Pflaster der Straße – jedesmal dann wanderten seine Gedanken unkontrolliert ab. Wie ein fahrerloser Wagen einen steilen Abhang hinuntersaust, so rasten sie mit so hoher Geschwindigkeit an Bildern und Gegenständen vorbei, daß es ihm nicht gelang, ihren Sinn zu erfassen. Sie ordneten sich auch nicht in einen verständlichen Zusammenhang ein. Ein Schuhkarton, Boston, der sich mit dem Messer in den Unterarm schnitt, daß er blutete, das mumienhafte Gesicht des weinenden Babys, das wie eine Blume aus einem schwarzen Loch sproß, dann die Hündin, dann der zwischen seinen Stümpfen pissende Bettler, dann der indische Ladeninhaber, der »Sehr gute Babymilch« sagte... Die rasende Beschleunigung seines Denkens versetzte ihn in Schrecken. Er schien außerstande, lange genug an einem Gedanken festzuhalten, um dadurch den nächsten abzuwehren.

Einzig das Gehen half ihm, weil er dann aufhörte zu denken. Er befaßte sich dabei bewußt mit jeder Körperbewegung, die dazu führte, daß er einen Fuß hob, um ihn vor den anderen zu setzen. Er konzentrierte sich auf das dumpfe Empfinden, das ihm das Pflaster durch die Sohlen seiner Sandalen vermittelte. Seine schwingenden Arme, stellte er fest, bewegten sich in rhythmischer Übereinstimmung mit seinen Beinen. Aber wenn er dann haltmachte, geriet er wieder in den Zustand wie vorher.

Er mußte sich jetzt vor allem auf etwas konzentrieren, worüber er nachdenken könnte; es war, als befände sich sein Verstand zum Absprung bereit vor dem Rand einer Anhöhe. Aber worüber? fragte er sich. Was war es, worüber er nachdenken könnte? Diese Frage stieß ihn näher an diesen Rand heran. »Über das Baby!« sagte er sich und war damit auf dem Wege nach unten.

Das Baby. Okay... und Boston. Ja. Das war es... und die Hündin, die Eukalyptusbäume, den Schuhkarton, den Bettler... und schon setzte wieder dieser Zustand ein, und er sprang auf die Füße und machte sich mit klopfendem Herzen auf den Weg.

Als er das Zentrum der Stadt hinter sich hatte, führte ihn der Weg über ein ausgedehntes Fabrikgelände, und hier unternahm Tsotsi zum dritten Mal den vergeblichen Versuch, stehenzubleiben und nachzudenken. Es war eine

Gegend, die nach dem Modell einer Spielzeugstadt gebaut schien. Die Straßen kreuzten sich wie auf dem Reißbrett entworfen in makellosen Rechtecken und Quadraten und waren total unbewohnt. Nur einmal regte sich so etwas wie Leben, als an einer Kreuzung vor ihm ein Wagen erschien. Der überquerte unschlüssig die Straße, als hätte er sich verirrt und wäre nur durch Zufall hierher geraten. Von jeder Ecke aus sah Tsotsi, wenn er flüchtig aufschaute, weitere Reihen von kahlen Wänden. Die schwarzen Rechtecke der Doppeltüren, Seiteneingänge und der hohen vernagelten Fenster nahmen sich in der Nacht ebenfalls wie ein strenges Muster aus. Die in regelmäßigen Abständen am Rande der Fahrbahnen stehenden Straßenlampen verstärkten noch die strikte, nirgends aufgelockerte Monotonie der Nacht, in der sich nichts als sein Schatten regte. Neben ihm, vor und dann hinter ihm verfärbte sich in einem fortwährenden, ununterbrochenen Wechselspiel das Schwarze in ein substanzloses Grau, das schließlich in den Mauersteinen versickerte, um später hinter ihm wiederum zu erscheinen und diese Kreisbewegung zu erneuern. Hätte Tsotsi ein Auge für diese Dinge gehabt, dann hätte er darin eine ins Ungeheure vergrößerte Wiedergabe der verworren in ihm wabernden Bilder erkannt, eine Welt ohne Ende und ohne Beginn. Es war kein Zufall, daß er, als er schließlich diesem Labyrinth entrann, sein Ziel erreichte und in einer Art Frieden zum Nachdenken kam.

Mehr als alles andere strengte es ihn an, um die letzte dieser Straßenecken herumzukommen, er hatte das Gefühl, als triebe er ab in den Raum, als würde er angehoben, um wieder zu Atem zu kommen, und als hätte in diesem Augenblick eine lautlose Detonation die ineinander verwachsenen Bestandteile der Stadt auseinandergesprengt. Die Straße, in die er einbog, war breit, und seitwärts fiel das Gelände steil ab und ging in eine unbewachsene Fläche über, die sich wie ein breites, ausgetrocknetes, von Sommergewittern in die Erde gesprengtes Flußbett zur Stadt hinzog. Dies war das Bahngelände, auf dem sich die Geleise wie Arterien zur Stadt hin verzweigten, und an der Stelle, an der Tsotsi stand, begann die Steigung, über die sich die unzähligen Schienenpaare in alle Teile des Landes ausfächerten.

Wie aufgehängt zog sich an der gegenüberliegenden Seite die gezackte Silhouette der Stadt hin, die an den höchsten Stellen einige fahle Brocken aus dem sich weit darüberhin schwingenden Bogen des Himmels herausbiß. Über den schrundigen Häuserreihen stand die Sichel des zunehmenden Mondes, deren Schein in gleißender Klarheit auf den Dächern lag. Er war es, der Mond, den Tsotsi betrachtete, als er kurze Zeit an der Ecke haltmachte. Dieser unerwartete Anblick überraschte ihn und erfüllte ihn zugleich mit der ruhigen, kühlen Gelassenheit des Mondes selbst, die in ihm die Gedanken auslöste, nach denen er suchte.

Es war der Mond, den er auch gestern nacht gesehen hatte. Gestern nacht! Gestern nacht – das waren die Eukalyptusbäume.

Nicht weit davon grenzte die Straße an das Gelände des Verschiebebahnhofs. Dort ging Tsotsi mit schnellen Schritten hin, um sich zu setzen und nachzudenken. Hinter einem schweren Metallzaun war eine von Unkraut bewachsene Grasfläche. Dort wäre er vor den Streifenwagen der Polizei sicher. Es war eine melancholische, zugleich betriebsame Szene, als würden hier die Überreste einer urzeitlichen, gepanzerten Tierart gefangengehalten, deren brutale Kraft sich die Männer der Eisenbahn zunutze machten. Die Nacht war erfüllt vom rasselnden Klirren und Schnaufen der pausenlos an- und abgekoppelten Waggons, und wurden sie stoßend und rüttelnd an die Lokomotiven gehakt, dann geschah das mit einem scharfen, metallisch kreischenden Geräusch. Einige der großen schwarzen und, wie es schien, schweißüberströmten, massigen Loks standen reglos im Flutlicht. Von Zeit zu Zeit pfiffen sie, flach und fast im Flüsterton, wie die Penny-Flöten in den Straßen des Stadtbezirks. Manchmal aber drehten sie voll auf, und dann gellte der Ton endlos aufheulend über die Bahnanlage hin. Zwischen ihnen bewegten sich, lässig wie Schafhirten, einsame Männer mit Laternen in den Händen, die sie vor sich auf und niederschwenkten. Tsotsi nahm dies alles mit einem Blick in sich auf, dann hob er den Kopf und wandte sich wieder dem Mond zu.

Vierundzwanzig Stunden – erst ein einziger Tag war vergangen seit seiner Begegnung in dem Eukalyptusgehölz. In einer so kurzen, leicht überschaubaren Zeitspanne drängte sich die unerwartete Wende zusammen, die sein Leben genommen hatte. Dies machte es ihm möglich, in all das, was geschehen war, Ordnung zu bringen. Er konnte vorn beginnen und sich einen Weg durch diese seltsame Folge von Ereignissen suchen, die wie Perlen zwischen den beiden mitternächtlichen Begegnungen aufgereiht waren, zwischen der mit der Frau und der mit dem Bettler. Rückblickend hatte er das Gefühl, als wäre er am Morgen danach nicht als er selbst, sondern als ein anderer erwacht. Noch nie in seinem Leben war es vorgekommen, daß er ein Baby zu füttern hatte oder das Leben eines Mannes schonte. Aber diese Erfahrungen hatte er nun gemacht, sie waren ein unauslöschlicher Teil seiner selbst, sagte er sich, während er sich unter dem Mond in das stoppelige Gras setzte und nicht weit von ihm die Lokomotiven fauchten. Das in den Ruinen versteckte Baby gehörte jetzt ihm als dem Finder und Bewahrer, und dazu gehörten auch seine dunkle Erinnerung an die Hündin und das Mitgefühl, das er mit dem Bettler empfunden hatte.

Und was war jetzt? War es das Ende und nur eine unberechenbare, unzeitige Sturmböe in der Dürre seines Lebens gewesen? Würde er sich morgen wieder in das gewohnte Leben zurückbegeben und das Heute vergessen, in seiner Bude auf Butcher und Die Aap und vielleicht auch auf Boston warten – Boston ja, was, zum Teufel, mochte mit Boston sein? – um zusammen mit ihnen wieder ein Ding auszuhecken?

Es war Tsotsi zugleich klar, daß er dem allen nicht den Rücken kehren und diesen Tag nicht ungeschehen machen konnte. Ihm dämmerte, daß dies nur der Anfang und danach noch eine Menge anderes zu erwarten war. Er wußte nicht und glaubte auch nicht zu wissen, was als nächstes geschehen würde. Er ahnte nur, daß ihm an diesem einen Tag bewußt geworden war, was für eine seltsame Wende das Leben plötzlich nehmen kann. Sicher kam noch weiteres auf ihn zu. Da war schon einmal das Baby, das ihn morgen weinend in Anspruch nehmen würde (er würde es füttern, sobald er zurückkam und es hell wurde). Und dann die Hündin. Mehr denn je lag ihm daran, die Bruchstücke vollständig zusammenzubekommen, aus denen sich seine Erinnerung zusammensetzte. Auch über sein Mitgefühl war er mit sich noch nicht im reinen und auch mit der schwerwiegenden Erfahrung nicht, daß er, Tsotsi, es war, der, als der Krüppel ihn »Warum mußt du töten?« fragte, zwischen Leben und Tod zu entscheiden hatte. Was ihm, hatte sich dabei herausgestellt, als unvermeidlich erschien, war ganz und gar abhängig von ihm und seiner Entscheidung. Mehr als alles andere schien ihm dieses Erlebnis tief hinabzureichen und an den verborgenen Sinn der vergangenen vierundzwanzig Stunden zu rühren.

Tsotsi hatte vom Leben immer gemeint, daß es geradlinig verliefe, daß es ohne Umwege einem Ziel zustrebte, wie er selbst es am frühen Abend bei der Verfolgung des Bettlers vom Terminal Place aus getan hatte, daß es starr geradeaus wie die Eisenbahnschienen verliefe, die dem Zug keine Wahl ließen und ihn nur an den Ort beförderten, zu dem sie hinführten. Und da Tsotsi über keine Erinnerungen verfügte oder zu bewahren versucht hatte, war ihm der Rückweg zu Dingen versperrt, die in der Vergangenheit lagen. Für ihn hatte es immer nur die Gegenwart gegeben, den einen Moment, der ihn zum nächsten trug, ohne daß er Fragen stellte oder irgendwas bedauerte. Diese Einstellung, schien es jetzt, war falsch gewesen. Ein einziger Tag hatte den Grund, auf den sein Leben gebaut war, erschüttert.

Es gab auch die Wahl zwischen mehreren Möglichkeiten. Was es damit auf sich hatte, war ihm an dem Nachmittag mit Butcher und Die Aap klargeworden, als er sich außerstande sah, ihnen einen Vorschlag für ein gemeinsames Vorgehen an diesem Abend zu machen. Und gelernt hatte er inzwischen, daß es eine noch breitere Möglichkeit der Wahl zwischen dieser und jener Entscheidung gab. Es ging dabei nicht nur um die Sache an sich, um die Art und Weise und das zu wählende Opfer – das Töten selbst war etwas, das einen vor die Entscheidung stellte. Dabei schoß ihm eine Frage durch den Kopf. Wann hatte er diese Entscheidung getroffen? Zitternd vor Wut und Erregung stand er auf und blickte verwirrt und verzweifelt um sich. Wann hatte er diese Entscheidung getroffen und wie vor allem war es dazu gekommen?

Und dann, als wäre er nur aufgestanden, um das ganze Gewicht dieses Tages auf die Schulter zu nehmen, sackten seine Knie durch, und er sank zurück auf den Boden. Es war mehr, als er tragen konnte. Langsam ebbte dieser Gefühlsausbruch ab und nahm ihm, was er noch an Kraft in sich hatte. Er rollte sich auf der Erde zusammen und schlief ein.

Eine Dampfpfeife pfiff, und der Ton verwehte wie ein weißes Band im Wind.

8

Die Glocke der Kirche Christ der Erlöser läutet mit ihrem doppelten Klang.

Ding-dong-ong-ong. Ding-dong-ong-ong.

In den Pausen schwebt das nachklingende Echo über die Dächer hin und umkreist den Stadtbezirk wie ein schwerer grauer Vogel. Der Schatten, in dem es davonzieht, ist der Sonntag.

Ding-dong-ong-ong. Ding-dong-ong-ong.

Es wird in den Straßen gehört. Einige treten aufgerichtet in ihrer ersten Reaktion auf den beginnenden Gottesdienst vor, andere bewegen sich zur Anhöhe, wo bereits einige um das Kirchenportal herumstehen und auf die Orgel und den anhebenden Chorgesang warten. Alle anderen bleiben in den Straßen zurück, stehen dort oder sitzen in der Sonne auf Treppenstufen. Auch sie hören zu und antworten gläubig mit ihrem Te Deum auf die Litanei.

»Wieder Sonntag.«

»Einmal die Woche und immer zur gleichen Zeit.«

»Samstag und Sonntag.«

»Bruder-Tage.«

»Wenn du mich fragst – für mich sind sie nicht einmal Vettern.«

»Kommen immer gemeinsam, wie eine Frau und ein Baby. Nimmst du den einen, dann hast du auch den anderen.«

Ding-dong-ong-ong. Ding-dong-ong-ong.

Es wird auch in den Zimmern gehört. Da schlafen noch viele, in Betten, auf Matten, unbedeckt oder mit Decken, zu Paaren oder allein. Sie regen sich aufgestört und murmeln, zwischen ihrem Traum und der schäbigen Wirklichkeit eingepfercht, irgendwas vor sich hin. Die Glocken gehören dem einen wie dem anderen an. Es ist dies der späte, der träge Tag. Der Klang verharrt in den Zimmern, und sie verwühlen sich tief in seiner gefiederten Melancholie und treiben wiederum ab in den Schlaf.

Irgendwo hört es auch Boston. Es ist ein sanftes Ge-

räusch, und so lauscht er und läßt sein zersplittertes Bewußtsein davon umhüllen. Er sieht mit einem Auge ein kleines Stück bloßliegender Haut. Das andere hat er geschlossen. Er bemerkt, daß Haar aus den winzigen Poren wächst. Er weiß nicht, wo er ist, wie spät es ist oder was als nächstes geschehen wird. Er erkennt, was er vor sich hat, nicht als seinen Arm. Er hört die Glocke und mustert sehr genau die Haut und das Haar. Anderes existiert für ihn nicht, und aus Angst vor Schmerz oder aufkommendem Schamgefühl wagt er nicht, sich zu bewegen. Irgendwo schlägt eine Tür, und er hört Schritte. Es sind barfüßige Schritte auf Holz. Er hört darin sein Grauen. Es ist ein dünner, kreischender Ton in seinen Ohren, der das Geräusch der Schritte verstärkt und die Glocke zum Verstummen bringt. Komm mir nicht nah, denkt er in seiner Panik, faß mich nicht an und sprich nicht mit mir.
Ding-dong-ong-ong. Ding-dong-ong-ong.
Dann tritt Stille ein. Hochwürden H. Ransome, der auf den Knien war, steht auf. Auf dem Weg zur Tür kommt er am Fenster vorbei. Er bleibt stehen und sieht hinaus. Ihm wird die Verstohlenheit klar, mit der er sich bewegt. Es ist der Wunsch, zu sehen und nicht gesehen zu werden. Aber was er sieht, ist so harmlos, daß seine Verstohlenheit nicht ins Gewicht fällt. Dennoch warnt er sich davor, sich auch nur kleine Vergehen zuschulden kommen zu lassen.
Sie schlurfen zur Kirche, treten ihre Füße auf der Matte ab, bevor sie hineingehen. Das Gefühl, vor dem er sich fürchtet, überkommt ihn, bevor er es weiß. Angesichts ihrer Sonntagskleidung und ihrer steifen, todernsten Andacht überkommt ihn Wut, ohnmächtige Wut. Geht nach Haus, will er rufen. Geht nach Haus. Es ist das alles nicht gut. Ich wußte nicht einmal seinen Namen. Statt dessen jedoch fummelt er hastig an der Tür herum und öffnet sie, um zur Kirche hinüberzugehen. »Gott, hilf mir«, stößt er betend auf dem Weg hervor.

Er sah es, als er, leicht über die gefallenen Ziegel hinwegtretend, durch den Torweg ging. Er sah es deutlich als Spur, die sich über den gelblich verfärbten, bröckelnden Gips zum Schuhkarton und über ihn hinweg zur Ecke hinzog. Er stockte, blieb stehen und erinnerte sich mit der seltsamen Leichtfertigkeit, die das Erschrecken mit sich bringen kann, an einen Nachmittag mit den anderen in seiner Bude, an dem er einen Bleistift von Boston vom Tisch genommen, damit gespielt und auf der Platte herumgekritzelt hatte. Als er dann hochsah, entdeckte er in Bostons Augen einen Ausdruck, der ihn so ärgerlich machte, daß er den Bleistift mit voller Absicht zerbrach. Obwohl das, was er jetzt hier am Boden sah, ebenso bedeutungslos war, musterte er es so eingehend, als entzifferte er eine fremde Schrift und läse die durch sie vermittelte Botschaft.

»Ameisen«, sprach er laut vor sich hin. »Mein Gott, Ameisen.«

Es war natürlich die Kondensmilch. Auf dem Deckel der Dose wimmelte es von ihnen in einer bräunlichen, zähflüssigen Masse, die an den Seiten überfloß, als er die Dose hochnahm. Dabei packte ihn ein solches Entsetzen, daß er die Dose, als das Gewimmel seine Finger überkroch, fallen ließ und seine Hand heftig an der Hose rieb. In einem endlosen Strom wälzten sie sich jetzt aus den beiden Löchern vor, die er in den Deckel gebohrt hatte, als hätten sie bis zu diesem Moment im innersten Kern dieser klebrigen Süße verharrt. Mit dem Löffel war es nicht viel anders. Die Milch war auf ihm zu einer weißlichen Kruste vertrocknet, und auf ihr ergingen sich die Ameisen wie in einer hemmungslosen Orgie.

Tsotsi wandte sich schließlich dem Schuhkarton zu. Er brachte es in seinem Entsetzen kaum fertig, den Deckel anzuheben. Das Baby lag so still da, daß er meinte, es wäre tot, bis sich dann aber Blasen an seinem Mund bildeten, lautlos zersprangen und einen schmierigen Rand zurückließen, an den die Ameisen herankrochen. Nicht viele. Sie mußten gerade eben erst diesen Einlaß gefunden haben. Aber immerhin waren sie da und umrandeten den geöffneten Mund wie ein zweites schmales Lippenpaar. Aus dem Karton schlug ihm wieder dieser faulige Gestank entgegen. Verzweiflung überkam ihn bei diesem Anblick. Tsotsi war sich der kritischen Situation bewußt – entweder es blieben ihm noch wenige Sekunden zum Handeln, oder es war schon zu spät. Er kämpfte gegen den Drang an, alles das, das Baby, die Kondensmilch und den Löffel in die Trümmer zu schleudern und nie wieder hierher zurückzukommen. Aber er faßte sich, hielt die Luft an und machte sich an die Arbeit. Dabei wachte das Baby auf, wimmerte vor sich hin und ließ den Kopf seitwärts fallen. Der Blick in den Augen des Babys, bemerkte Tsotsi, war von einer furchtbaren Leere. Sie waren eingesunken und wässrig und starrten ins Nichts. Er machte sich an die Ameisen heran und zerquetschte sie eine nach der anderen zwischen Daumen und Zeigefinger. Dann brachte er den Karton in eine andere Ecke, wo Schatten und keine Ameisen waren. Er ging zur Mauer, um sich die kriechenden Kolonnen auf dem Gips vorzunehmen. Mit der flachen Hand suchte er sie von unten herauf zu stoppen, er zerrieb sie unter der Hand und gab acht, daß ihm keine von ihnen entrann. An die Spitze dieses Gewimmels kam er nicht heran, und so stapelte er einige Ziegelsteine aufeinander, stellte sich darauf und machte es mit den oben krabbelnden Insekten ebenso. Er beendete seine Abrechnung mit den Ameisen damit, daß er sie von der Dose und dem Löffel schüttelte und herunterblies und dann auf den Stellen herumtrampelte, wo es noch von ihnen in heilloser Panik wimmelte. Am Ende schaufelte er mit den Füßen Sand über die Reste.

Er ging zu der Ecke, wo er das Baby hingestellt hatte und betrachtete es. Ein letzter Rest an Ameisen war aus den Windeln zum Gesicht des Babys vorgekrabbelt. Tsotsi zerquetschte auch sie zwischen Daumen und Zeigefinger und setzte sich dann mit dem Rücken gegen die Mauer.

Er fühlte sich jetzt wohler. Das Töten der Ameisen hatte ihm etwas von seinem Selbstvertrauen zurückgegeben. Aber die Dringlichkeit war damit nicht aufgehoben, das erkannte er jetzt, wo er das Baby ohne Panik und ohne ein Gefühl der Verzweiflung vor sich sah, noch deutlicher. Tsotsi hatte zu oft mit dem Tod zu tun gehabt, so daß ihm nicht entging, daß er hier über dem Schuhkarton lauerte. Für das Baby mußte gesorgt werden, und das sofort. Es brauchte Essen, ging es ihm durch den Kopf. Irgend etwas Eßbares mußte gefunden werden. Es mußte auch gesäubert und in andere Sachen gewickelt werden. Aber Nahrung, Nahrung war das wichtigste.

Die Kondensmilch war jetzt nutzlos. Nachdem er die Dose und den Löffel von den letzten, sich noch widersetzenden Ameisen gesäubert und in die Löcher geblasen hatte, um mit dem Löffel an den Inhalt heranzukommen, entdeckte er, daß es in der klumpigen Milch von ebenso vielen umgekommenen Ameisen wimmelte, wie er sie am Anfang auf dem Deckel vorgefunden hatte. Tsotsi kletterte auf die Trümmerreste der Mauer und schleuderte die Dose und den Löffel mit großer Wucht in die Ruinen. Der Krüppel kam ihm in den Sinn. Das war letzte Nacht, dachte er. Das ist vorbei. Dies hier ist heute. Ein neuer, ebenso seltsamer Tag. Er kletterte von der Mauer herunter und tat die Gedanken ab, die ihn aus der Gegenwart zu verdrängen drohten.

Milch! Ich muß Milch für den Säugling besorgen. Er kniete sich nieder und beugte sich über das Baby, als erwartete er von ihm Worte, mit denen es ihn ermutigen oder ihm einen Rat zuflüstern könnte. Er musterte das Gesicht. Diese Augen! Sie erweckten in ihm den Eindruck, als wäre es gar nicht da. Tsotsi bewegte die Finger vor diesen Augen. Sie zwinkerten nicht. Das Baby atmete in flachen, abgerissenen Seufzern, die ihm wie ein Ticken aus der Brust kamen, als würde mit jedem Atemzug etwas abgezählt. Was abgezählt? Tsotsi streckte den Finger vor und berührte die kleine rosafarbene Innenfläche einer der Hände des Babys, dessen Finger seinen Finger wie die fühlerartigen Blütenblätter einer trägen Anemone umschlossen. Sein Herz pochte, als er dieses winzige feuchte Zufassen spürte. Ein Wort fiel ihm dabei ein. Er »fühlte mit dem Baby«. Wieder kam ihm der Krüppel in den Sinn.

Dann zog er seine Hand weg, stand auf und wischte sich die Schweißperlen von der Oberlippe. Was war jetzt zu tun? »Milch.« Er sagte dieses Wort laut, als wollte er dadurch seine Aufmerksamkeit ganz darauf richten. Wie aber? Noch eine Dose von dem indischen Kaufmann? Das leuchtete ihm in diesem Moment ein, weil er sich dadurch zu unmittelbarem Handeln aufgefordert fühlte. Aber Tsotsi hatte jetzt seine Zweifel an Kondensmilch und bezweifelte auch, ob er mit seinen schwerfälligen Händen überhaupt imstande wäre, das Baby zufriedenstellend zu versorgen.

Geistesabwesend bemerkte Tsotsi, daß sich der langgezogene Schmutzfleck an der Mauer, wo er den Kampf gegen die Ameisen aufgenommen hatte, wieder abzuzeichnen begann. Wieder ging er gegen sie vor, diesmal aber mit beiden Händen, mit denen er so hart zuschlug, daß ihm die Handflächen schmerzten. Während er das tat, fiel ihm ein, was Butcher am gestrigen Nachmittag gesagt hatte, als er sich an die Frau heranmachte. Tsotsi wandte sich, als er nur knapp die Hälfte der neu aufgetauchten Ameisen vernichtet hatte, wieder dem Baby zu und setzte sich nachdenklich so lange neben es hin, bis er sich entsonnen hatte, was genau an dem Nachmittag gesagt worden war. Damit war, wußte er, sein Dilemma beendet. Er hatte jetzt einen Plan, er stand auf und nahm das Baby aus dem Karton, weil der stinkende gelbe Schleim aus den

Windeln die Pappe durchweicht und den Karton unbrauchbar gemacht hatte. Tsotsi wickelte das Baby in seine Jacke und verließ mit ihm die Ruinen.

Am Ende der Straße, nicht weit von Tsotsis Bude – man konnte die Stelle, wenn man sich bei ihm aus dem Fenster lehnte, sehen – hatte der Weg etwas von dem Land vor den aus verborgenem Wellblech, Kanistern, Kistenbrettern und sonstwie als Flickwerk verwendbarem Material zusammengenagelten Hütten und Schuppen geschluckt, und hier an dieser von Steinen übersäten, von tausenden von Füßen Generation um Generation festgetrampelten, von losgetretenem, dann eingestampftem Sand durchsetzten Ausbuchtung der Straße, hier, in der Mitte von all dem, wo aus der Erde auf einem kniehohen Holzgerüst ein graues Rohr hervorkroch, das, wenn der Grund weich war und widerstandslos nachgab, tief in der Erde vergraben war – hier befand sich einsam, aber wichtig und unentbehrlich, zu Zeiten gehaßt, zu anderen freudig begrüßt, der Hahn, der von allen als die eine gemeinsame Wasserstelle benutzt wurde. Dieser Teil der Straße mit der einzigen im Stadtbezirk vorhandenen Wasserstelle hieß Waterworks Square.

Dort kamen sie schon früh am Morgen und dann den ganzen Tag über hin, waren, bis die Sonne unterging, dort und tauchten in Abständen auch nachts dort auf, um die Hunde zu verjagen, die sich dort versammelten, um die Tropfen aufzulecken, obwohl es nichts als Wasser war, was der Hahn hergab. Sie kamen mit Eimern und Schüsseln und Babys auf ihren Rücken oder in ihren Bäuchen dorthin, alte und junge, manche so jung, daß es ihnen an jeder Erinnerung fehlte, während die ältesten so bejahrt waren, daß sie in der Schlange nur noch den Platz für andere freihalten und an deren Stelle vorschlurfen konnten, und doch war es nichts als Wasser, worum es hier ging. Sie kamen lachend oder schweigend, singend oder bedrückt, und für sie alle gab es hier nichts als Wasser.

Und weil sie so lange darauf warten mußten – gegen Mittag zog sich die Schlange bis weit hinter Tsotsis Bude hin – und weil dort Fremde mit Fremden und alle mit einem gemeinsamen Ziel, alle vom Durst getrieben, zusammentrafen und man sich, ohne sich danach je wiederzutreffen, in der Schlange über alles oder nichts unterhalten konnte; weil man dort das Baby zu Gesicht bekam, das in der Nacht laut schreiend geboren worden war, oder den Mann, der so lange und laut gebetet hatte, oder den, der seine Frau verprügelte, oder sie selbst, die durch die Quetschungen und Beulen noch schwärzer geworden war – wegen alldem verschwendete man neben dem Warten auf Wasser die dumpf aufgezwungenen, sich in der Sonne hinschleppenden Stunden, in denen man sich schlurfend näher und näher an die Wasserstelle heranschob. Das derbe Balkengerüst und das sprudelnde Wasserrohr waren wie mit Wurzeln in ihrer aller Leben gepflanzt.

In der Kirche Christ der Erlöser wurden die Neugeborenen in einem doppelten Taufakt mit diesem Wasser besprengt, denn die Kinder, sobald sie gehen und tragen konnten, wurden zum Dienst herangezogen. In eben dieser Kirche war an dem Sonntag nach dem Tumult unter den Frauen, als das Wasser abgestellt worden war, Geduld gepredigt worden.

In der vertrauteren Umgebung der verrauchten häuslichen Räume, in ihrer lebendig wogenden Sprache hatten die Worte der Predigt ihren eigenen Ausdruck gefunden. Es war eine schlagfertig zugespitzte Sprache, so daß das müßige »Geschwätz an der Wasserstelle« der sich dem Wasserhahn nähernden Frauen Schärfe und Witz gewann; Wahrheit floß in das »süß wie das Wasser« ein, denn da war die Geschichte von dem alten Jenkins Malopopo, der mit leeren Händen einen heißen Tag lang auf seinen letzten Trunk aus eben diesem Hahn da vor euch gewartet hatte und dann gestorben war; und die von dem Baby, das nach ihren Worten »zwischen Tropfen geboren worden war«, denn da in der Sonne hatte es gelegen, und die Mutter war aufgestanden und hatte weiter gewartet, weil ihre Paraffinbüchse noch nicht voll war.

Unter denen, die an jenem Sonntagnachmittag darauf gewartet hatten, daß sie an die Reihe kämen, war Miriam Ngidi. Sie war achtzehn Jahre alt und trug ihr Baby auf dem Rücken. Als sie sich der Schlange anschloß, setzte sie ihre Paraffinbüchse ab und bereitete sich resigniert seufzend auf den langen vor ihr liegenden Weg zum Wasserhahn vor. Es würde eine halbe Stunde dauern, bis sie an der Reihe war.

Das war eines der Dinge, die man, ohne besonders darüber belehrt zu werden, im Stadtbezirk lernte – das Ausmessen der Zeit nach der Länge der Schlange. Das war nicht so einfach, wie es sich anhörte; die Anwesenheit von so vielen Wartenden bedeutete soundsoviel Zeit. Einberechnen mußte man auch die Anzahl der Eimer und sonstigen Behälter. Und auch der Wasserhahn selbst spielte dabei eine Rolle. Manchmal ergoß sich das Wasser aus ihm wie ein Katarakt, der donnernd in die hingehaltenen Behälter rauschte, manchmal aber war es nur ein schwaches Tröpfeln, das flüsternd auf den Boden eines Eimers traf und dann lautlos hineinfloß. Es war, als unterläge dieser Wechsel einer gewissen Gesetzmäßigkeit. Das Wasser floß am schwächsten, wenn es am dringendsten gebraucht wurde, am frühen Morgen, dann gegen Mittag und wieder zur abendlichen Essenszeit. Dieser Umstand hatte sich Miriam Ngidi so unbewußt eingeprägt, daß sie ihre Berechnung anstellte, ohne es selbst zu bemerken. Es mochte drei Uhr sein, vor ihr standen vielleicht dreißig Leute, von denen die meisten nur einen Eimer bei sich hatten. Und so rechnete sie mit einer halben Stunde.

Das Baby war wach. Es hatte auf dem Wege hierher nicht ein einziges Mal geschrien und seit einigen Minuten regte es sich auch nicht mehr, spielte nicht einmal, was es so gern tat, an den Enden ihres geflochtenen Haares herum, aber es war wach, wußte sie. Es ist immer das gleiche, dachte sie. Vorher in meinem Bauch und jetzt auf meinem Rücken. Immer weiß ich genau, ob es wach ist oder schläft, zuerst, ohne etwas sehen zu können, und jetzt, ohne etwas sehen zu müssen. Dennoch wandte sie den Kopf, um über die Schulter zu ihm zu blicken. Es nuckelte am Daumen und sah unschuldig hoch, mit Augen, die tief und wolkenlos waren wie der Himmel, den es über sich sah. Der Junge war sechs Monate alt. Als er die Stimme seiner Mutter und ihr Glucksen hörte, nahm er die Hand aus dem Mund und winkte, als stünde in der Ferne ein Freund. In diesen Augen, so ruhig, so ernst und so weit offen, als spiegelten sich in ihnen die Horizonte, in der Geste der kleinen Hand, die diese zu sich heranzuwinken schien, sah sie ein Anzeichen großer künftiger Männlichkeit. Stolz wallte in ihr auf. Ihr Sohn! Ihr, Miriam Ngidis Baby – das als Mann den Namen Simon tragen würde.

Sie nahm die Paraffinbüchse hoch und rückte nach. Die Schlange hatte sich wenige kostbare Schritte vorgeschoben. Als sie anhielt, sah sie zu Boden. Das Baby war nahe davor, einzuschlafen. Sie wußte, wie sich das anzeigte. Das Gewicht auf ihrem Rücken schien dann auf seltsame Weise schwerer zu werden, obwohl es nach wie vor dasselbe Baby war. Der kleine Körper entspannte sich und seine Gestalt – die man, wenn es wach war, durch das Regen der Arme und Beine spürte – schien zu schmelzen und sich mit dem geheimnisvollen Dunkel während der Zeit im Schoß zu vermengen. Er schlief und war glücklich. Die Gedanken an ihr Baby trieben ab, und aus sich und von irgendwoher hörte sie leise ihre eigene Stimme, die nie verstummte und immer die gleiche Frage stellte. »Simon, wo bist du? Simon, mein Mann, wo bist du? Wo bist du, mein Mann?«

Sie sah das Gesicht so deutlich vor sich. Wenn sie sich Mühe gab, konnte sie es in allem sehen, so klar und so deutlich, daß er nur den Mund zu öffnen brauchte und sie ihn sprechen hören würde. »Simon, wo bist du? Was ist geschehen? Was? Wo bist du jetzt?«

Wie konnte es dazu kommen, daß ein vollblütiger, ausgewachsener Mann, der mit einer Frau ein Kind in Liebe gezeugt hatte, eines Tages zur Arbeit ging und nicht zurückkam. Sie hatte ihn gesucht. Sie, die damals im achten Monat war, war die zehn Kilometer zur Fabrik auf demselben Wege gegangen, den er jeden Morgen zuversichtlich hinter sich gebracht hatte und auf dem er Abend für Abend ermüdet zurückgekommen war. Es war die Zeit, in der die Busse boykottiert wurden und alle Leute zu Fuß gingen, und Simon gehörte zu den Männern, die, wenn alle gingen, auch ging . . . und war nicht zurückgekehrt. Ohne ein Wort, ohne irgendein Zeichen zurückzulassen, ohne etwas, mit dem er sich in Erinnerung brachte. »Er ist einfach nicht wiedergekommen, Miriam. Er war nicht der einzige. Es war Winter, Schwester, und dunkel am frühen Morgen. Es war ein langer Weg. Wer neben einem ging, wußte man nicht.«

»Simon, wo bist du?«

»Sie drängen sich vor und an dir vorbei, mein Kind, wenn du einschläfst.« Die Worte, sanft in jenem Ton vorgebracht, in dem die Jugend die Stimme des Alters hört, rüttelten Miriam aus ihrer Träumerei auf. Die Schlange hatte sich vorbewegt. Sie nahm ihre Paraffinbüchse auf, hastete vor und blickte zurück, um zu sehen, wer zu ihr gesprochen hatte. Es war ein alter Mann, dessen erste graue Haare sich eingestellt hatten, nachdem er ein Leben lang in verrauchten Räumen ins Feuer gestarrt hatte.

Miriam senkte die Augen. Zu freimütig hatte sie zu ihm hingeblickt.

Der alte Mann bemerkte ihre respektvolle Geste und lachte. »Sie drängen sich vor«, sagte er. »Eines Tages kam ich überhaupt nicht voran, so geschickt gehen sie dabei vor. Es sind die Jungen, die Kinder.« Er hatte eine Marmeladendose bei sich, durch die am oberen Rand ein Draht gezogen war. Sie betrachtete die Dose, sah er.

»Mein Tee«, sagte er. »Am Sonntagnachmittag mache ich mir Tee.« Mit einem Blick auf die Schlange lachte er wieder. »Manchmal bekomme ich meinen Nachmittagstee erst am Abend.«

Er fragte Miriam, wie sie heiße, woher sie komme und wieviele Kinder sie habe.

Einen Moment lag ihr die Frage nach dem Mann namens Simon auf der Zunge, die sie jedem Fremden, den sie irgendwo traf, stellte. Aber sie schwieg. Sie faßte sich in dieser Gebärde der Zurückhaltung und sah dem alten Mann offen ins Gesicht.

»Mein Mann –«, sagte sie.

Er hörte ihr ernst zu und tat so, als bemerkte er nicht das Würgen, mit dem sie die Worte vorbrachte. Bevor sie weitersprach, zeigte er mit dem Kopf auf die Schlange, die sich wieder in Bewegung setzte. Alle rückten sie ein Stück vor, und dann setzte sie wieder an.

»Mein Mann ging zur Arbeit und kam nicht zurück.«

Der alte Mann sah zuhörend auf die Steine am Boden und dann zum Himmel.

»Er ging mit den anderen zur Arbeit, aber kehrte nicht zurück.«

»Viele haben das so gemacht«, sagte er.

»Haben Sie ihn vielleicht zufällig gesehen?« fragte sie. »Sein Name ist Simon, Simon Ngidi, er wohnte in Block C, Nr. 913. Ein großer Mann, Vater, ein großer, großer Mann...« Ihre Stimme versagte. Sie sah die Antwort in seinen Augen.

Als sie am Wasserhahn an der Reihe war, drehte sie sich um, bat ihn um seine Dose, füllte sie und ließ dann erst Wasser in ihre Paraffinbüchse laufen. Als sie voll war, half ihr eine Frau, die Büchse auf ihren Kopf zu stellen. Den Blick nach vorne gerichtet, ging sie fort und bewegte dabei die Beine so, als rinne ihr das Wasser aus der Paraffinbüchse durch den Körper in die Beine. Zugleich aber brachte das Gewicht in ihren Körper eine Anmut der Bewegung, wie sie unvorstellbar schien.

Auf dem Heimweg brachte Miriam es fertig, an überhaupt nichts zu denken, so daß der Schmerz, als sie in ihr Zimmer kam, überstanden war und sie, nachdem sie das Baby zu Bett gebracht und das Wasser aufs Feuer gestellt hatte – denn sie verdiente den Lebensunterhalt für sich und das Kind jetzt als Wäscherin –, ohne weinen zu müssen, imstande war, über das, was der alte Mann gesagt hatte, nachzudenken.

Er hatte natürlich recht. Viele waren wie Simon gegangen, von der Erde verschluckt, wie es schien, in den dunklen Morgenstunden des Boykotts verschwunden, noch ehe sie Nachricht geben konnten. Nicht gesagt hatte er, daß die meisten seitdem zurückgekommen waren, von Massenverhören erzählt und einige Wochen abgesessen hatten. Simon war einer der wenigen, die nicht zurückgekehrt waren.

»Simon, wo bist du?« Diese Frage war immer um sie, hier in ihrem Zimmer, in ihrer beider Zimmer, das jetzt so leer und dafür von anderem überfüllt war, und wo allein sie auch die andere Frage stellte: »Bist du tot?«

Draußen fiel es einem leicht, zu hoffen. Er konnte sich irgendwo in der Menge befinden, in der Straße oder gleich hinter der nächsten Ecke. Es gab so viele Menschen in der Welt, daß man immerfort denken konnte, einer von ihnen müsse der heimkehrende Simon sein. Aber hier in dem Zimmer, hier unter den Erinnerungen an den großen, den lebendigen, sonntags-trägen Mann war das Leben so schmerzhaft, daß der Tod von Anfang an eine Möglichkeit schien und mit der Zeit zur Wahrscheinlichkeit wurde. Aber sie machte weiter. Man mußte einfach. Das Morgen hat keinen Respekt vor der Tragödie heute, es kommt einfach und macht daraus Vergangenheit, macht daraus etwas, das geschehen und vorbei und in gewisser Weise erledigt ist, und hält dir den nächsten Tag hin, mit dem du fertigzuwerden hast.

So hatte sie weitergemacht, hatte ihr Leben, so gut sie es konnte, nach außen in Ordnung gehalten, hatte Wäsche angenommen und war als Putzfrau in die benachbarte Vorstadt der Weißen gegangen. Innerlich war sie in eine Art von Schlaf gefallen, der sie zwang, wieder und wieder denselben Traum zu träumen. Sie lächelte kaum noch, blieb mit dem Baby für sich, tat niemandem irgendwelche Gefallen und bat auch keinen darum und verschloß, was sie erlebte, in sich.

Das Klopfen an der Tür erfüllte sie, wie immer, mit Erregung, bis sie sich besann und sich sagte, daß Simon niemals geklopft haben würde. Sie hatte sich so weit von den tagtäglichen Realitäten in ihrem Zimmer und im Stadtbezirk entfernt, daß sie nach dem Öffnen der Tür in ihm nichts weiter als eben einen dieser jungen Männer sah.

»Was wollen Sie?« fragte sie.

Er zuckte nur die Schultern.

Erst als er sich dann verstohlen umsah, ob auch niemand in der Nähe sei, schrak sie auf und fand in die Wirklichkeit zurück. Miriam versuchte die Tür zuzuschlagen, aber er war schneller und stellte den Fuß dazwischen. Noch ehe sie schreien konnte, hielt er ihr den Mund zu, zwang sie rückwärts auf einen Stuhl und trat hinter sich die Tür zu.

In ihrer Panik überwältigte sie die Angst um ihr Baby, und unwillkürlich warf sie einen Blick zum Bett, was ihm nicht entging.

»Wenn du wegzulaufen versuchst oder schreist, bring' ich dein Kind um«, sagte er.

Als sie aufgeregt den Kopf schüttelte, ließ er sie los. Miriam beobachtete ihn, als er jetzt zum Bett ging, in dem das Kind lag. Ihre Muskeln spannten sich, und wild entschlossen machte sie sich bereit, ihm in die Arme zu fallen. Aber er tat nichts, was sie dazu hätte veranlassen können, er beugte sich nur über das Baby und sah es lange und warmherzig an. Dann wandte er sich ihr wieder zu.

»Komm«, sagte er und bewegte sich auf die Tür zu. Er sagte das fast teilnahmslos, aber ihr schien dieses eine Wort schwer und düster wie grollender Donner zu sein.

Miriam schüttelte den Kopf.

»Komm!« sagte er hart und mit lauter Stimme.

Diesmal schüttelte sie nicht den Kopf, rührte sich aber nicht vom Fleck.

»Wenn du nicht kommst, bringe ich dein Baby um. Es geht schnell.«

Sie zuckte zurück. Er wußte, warum, aber es war zu kompliziert, ihr auszureden, was sie dachte, und so sagte er nur: »Darum geht es mir nicht.«

»Worum dann?«

»Komm!« brüllte er und zerschmiß eine Tasse auf dem Boden.

»Kann ich das Kind hierlassen?«

»Ja.«

»Kann ich jemand bitten, auf das Kind aufzupassen?«

»Es dauert nicht lange. Du bist schnell zurück.«

Er ging voran; sie folgte ihm in wenigen Schritten Abstand, und er sah nicht ein einziges Mal zurück, ob sie noch da wäre. Erst als sie vor seiner Tür standen, wandte er sich zu ihr um und ließ sie vorgehen. Tsotsi schloß die Tür hinter ihnen, und Miriam drückte sich an die Wand, so daß er sie am Handgelenk zum Bett ziehen mußte. Sie stöhnte leise vor sich hin, verstummte aber, als sie das Baby sah.

Er ließ sie das Baby eine Weile anschauen, und dann sagte er:

»Gib ihm die Brust.«

Sie schien nicht zu begreifen, was er meinte, und um sich verständlich zu machen, streckte er die Hand vor, riß ihr die Bluse auf und entblößte ihre Brust. Sie trug weder ein Mieder noch einen Büstenhalter. »Gib ihm die Brust«, sagte er noch einmal.

Sie verschränkte die Arme vor der Brust, schüttelte den Kopf und wich zum Bett zurück. Es war schlimmer als das, was er, wie sie zuerst meinte, von ihr gewollt hatte. Die Vorstellung, dieses gierige, verkommene, übelriechende Bündel an die Brust nehmen zu sollen, erfüllte sie mit Entsetzen. Es war eine Schändung, gegen die sich alles in ihrer auf das eigene Kind gerichteten, ausschließlichen Mütterlichkeit sträubte.

»Er ist zu schmutzig!« schrie Miriam auf.

»Dann mach ihn sauber«, sagte Tsotsi wild. »Mach ihn sauber und gib ihm die Brust.«

Als sie zögerte, zog er sein Messer und deutete ihr damit an, daß er ihr eine letzte Chance gäbe.

»Los, mach schon«, sagte er, »oder ich gehe und nehme mir dein Kind vor.«

Miriam kämpfte gegen ihren Abscheu an und machte sich an die Arbeit. Sie wusch das Baby in einer Schüssel, die er ihr hinstellte, und wickelte es, als sie damit fertig war, so gut sie konnte in Lappen, die Tsotsi aus seiner Kleiderkiste in der Ecke holte. Als das Baby jetzt gewaschen und sauber war, legte sich ihr Widerwille, aber nun sollte es noch gefüttert werden. Und das jetzt sofort. Sie nahm das Kind auf den Schoß, schloß die Augen und steckte ihm ihre Brustwarze in den Mund. Ihre Brust gab zuerst nichts her, als das Baby daran saugte, aber sie kannte das und ließ es geduldig weitersaugen.

Beim ersten gierigen Saugen der Lippen spürte sie sich erregt, so daß sich ihre Schenkel, ihr selbst kaum bewußt, öffneten. Wenn Tsotsi, was sie zuerst glaubte, Absichten auf sie hatte und sie in diesem Augenblick genommen hätte, dann hätte sie sich ihm kaum widersetzt. Es war das Baby, von dem diese Wirkung auf sie ausging, und schon bald öffnete sich seinem fremden, unersättlichen Saugen die Quelle. Die Milch floß, und das Baby trank in gierigen Zügen.

Nach einer halben Stunde nahm Miriam es von der Brust und fühlte sich körperlich zutiefst erschöpft. »Er hat jetzt genug«, sagte sie ruhig.

Tsotsi hatte während der ganzen Zeit am Fenster gestanden und auf die Straße hinausgesehen. Er beobachtete sie, wie sie das Baby eine Weile auf ihrem Schoß wippte, ihm den Rücken rieb und es dann einwickelte und aufs Bett legte.

Es lag dort, ohne sich zu regen. Behutsam rührte sie an die geröteten Flecken um seinen Mund und sah Tsotsi fragend an.

»Ameisen«, sagte er.

Sie schien nicht zu begreifen, und so wiederholte er: »Ameisen, Mensch. Von der Mauer her«, aber sie begriff auch jetzt nicht oder wollte es nicht begreifen, und so schloß er die Augen und sagte nichts weiter.

Miriam knöpfte ihre Bluse zu und stopfte sie in den Rock. Zögernd saß sie auf dem Bett, unschlüssig, ob sie nun gehen oder noch bleiben sollte. Aber dann ging sie zur Tür, wo sie nur noch wenige Schritte von der Freiheit draußen entfernt war, zögerte wieder, als sie die Hand schon auf dem Türknopf hatte, und sah über die Schulter zum Bett.

»Wo ist die Mutter von dem Kind?« fragte sie.

Tsotsi zuckte die Schultern. Er war jetzt nicht mehr an ihr interessiert. Miriam musterte ihn flüchtig mit einem verstohlenen Blick und fingerte grundlos an ihrer Bluse herum.

»Eine Hündin«, sagte sie, »eine Hündin auf den Hinterhöfen würde sich besser um ihre Jungen kümmern.«

Diese Bemerkung hatte eine seltsame Wirkung auf Tsotsi. Er wandte sich langsam vom Fenster ab und sah sie mit großen, verschreckten Augen an. »Nein«, sagte er flüsternd.

Sie meinte, er hätte so etwas wie »gehn« gesagt, öffnete die Tür, schloß sie hinter sich und ging nach Hause.

Die Sonntagnacht hat sich jetzt in einer warmen Wolke aus Rauch und Dunkelheit auf die Straßen gesenkt, und die Nachtfalter umwogen in weichen Schwärmen die Lampen; hat sich unter der samtenen Hülle von fleckigen Sternen und dem im Osten verheißungsvoll strahlenden Mond gesenkt, dessen weißes Licht dort auf die Dächer prallt; hat sich endlich nach dem aufsteigenden Dunst des Tages gesenkt, der sich träge unter der Sonne verzog und sich jetzt weit offen gähnend in der längsten Zeitspanne der Woche zum Schlafen bereit macht. Und wo immer Leute in schläfrigen Gruppen, in Zimmern, um Feuer auf ihren Höfen, an Straßenecken oder zum Trinken in Schnapsbuden versammelt sind, fallen mutlos Worte wie Würfel bei einem Würfelspiel ohne Einsatz. Die Aussicht auf Schlaf und das Vergehen der Zeit kehren in ihren Gesprächen wie Glückszahlen wieder, aber niemand gerät in Erregung, weil es für keinen etwas zu gewinnen gibt. Ihnen fehlt auch noch anderes, wie Nachrichten, Wetterbericht oder Frauen, aber irgendwie kehren sie immer wieder murmelnd zum gleichen Thema zurück.

»Dies Baby muß ins Bett.«
»Ich auch.«
»Ich ebenfalls.«
»Immer nur blinzeln, Mann, und keine Träume.«
»War lang genug, dieser Tag.«
»Macht einen müde, und morgen ist's wieder dasselbe.«
»Montag, Mann.« . . . früh am Montag, dem blauen Tag, und wieder mit gebücktem Rücken die Arbeit und wieder der Beginn einer weiteren Woche.
»Ich schlafe, Mann. Ich sag dir, ich schlafe im Sitzen.«
»Ich auch.«
»Mir geht's nicht anders.«
. . . Aber weiter bleiben sie vergrämt sitzen, nuscheln irgendwas vom Montag, von den Tagen, die kommen und gehen, und wie die Zeit verstreicht und man alt wird.
»Tja! Längst vor der Zeit wird man alt, heutzutage. Seht mich an. Noch eine lange Samstagnacht, und es ist aus mit mir.«
»Am Ende der Woche, da kommt es, das Elend. Ausgebrannt, wie wir sind von der Arbeit. Sollte der erste Tag sein, sage ich.«

Es war, als wären die Flammen all dessen, was im Stadtbezirk brannte – Liebe, Lachen, Hoffnungen und auch Ängste – niedergebrannt, als wären selbst die Gespräche nur ein untergründiges Schwelen, das nur hin und wieder schwach aufglühte wie die Kohle in den Öfen, die sie aus der Asche aufgruben, um ihre Pfeifen zu entzünden. Mit der Zeit verlischt auch das, und sie wickeln sich in ihre Decken. Der Mond geht auf, und die Hunde jaulen im Chor und brechen in Gebell aus. Während des Schlafes, der nicht länger anhält als in anderen Nächten, windet sich die Welt wie eine Uhr auf, um den Weg durch eine weitere Woche anzutreten.

Tsotsi saß die ganze Zeit, seit die Frau ihn verlassen hatte, hellwach da, hellwach auch jetzt noch, wo Schlaf wie schwarzes Wasser die Straßen durchflutete. Das Baby hatte einmal geweint, und er hatte es auf den Arm genommen, bis es wieder ruhig wurde, hatte es wieder aufs Bett gelegt und sich in der Ecke auf seinen Stuhl gesetzt. Er hatte nicht das Bedürfnis, sich zu bewegen. Er scheute vor allem zurück, das die von so weither auf ihn zugekommene Erinnerung stören könnte. So saß er reglos im Dunkeln und suchte sich erneut von Anfang her zu entsinnen. Wieder und wieder tastete er sich zurück in die Erinnerung und wunderte sich, wenn in den Pausen Stille eintrat, darüber, daß er dies alles je hatte vergessen können.

9

Jemand summt. Es ist ein voller, auf und ab schwingender und so tief angesetzter Ton, daß er von Männern, die ums Feuer sitzen, kommen könnte, nur daß hin und wieder ein Wort durchklingt und erkennen läßt, daß es eine Frau ist. Die sanft schwebenden Töne hüllen das zuhörende Kind in Wärme und Sicherheit und geben ihm den einen Gedanken ein: Mutter.

Eine andere Stimme, die einer älteren Frau, gesellt sich dazu: »Jemand ist glücklich«, und die erste Stimme unterbricht ihr Singen und sagt: »Ja, Mama.« Die Worte gehen in ein rieselndes Lachen über und fügen sich in das Singen ein, so daß sich nicht sagen läßt, wo die eine Stimme endete und die andere begann. Durch die Zustimmung ermuntert, singt sie lauter und läßt in den Augenblicken Worte hören, in denen sie an ihr Glücksgefühl rühren: »... nach einer Zeit, nach langer Zeit... einsamer Zeit... ein Schatten auf dem Weg... und das Vieh, das bei Sonnenuntergang schnaubt...«

Es ist ein kleines Zimmer, in dem er auf dem Boden sitzt und auf die Stimme seiner Mutter – in deren Gegenwart er sich aufgehoben und sicher fühlt – ebenso achtgibt wie auf das schwindlig machende Surren einer großen grauen Fliege, die wie betrunken am Fenster hoch über ihm hin und hersaust. Den ganzen Nachmittag schon versucht sie, durch die Scheibe nach draußen zu kommen – ist sie denn wirklich so dumm, denkt er, und hat sie nicht gelernt, daß man durch Glas nur *sieht*. Sie ist, scheint es, völlig erschöpft, fällt wieder und wieder aufs Fensterbrett und ruht sich da aus oder kriecht herum, bis sie sich aufrappelt und es wieder versucht. Wenn er die Augen schließt, hört er das kleine Tappen, mit dem sie gegen die Scheibe stößt. Plötzlich hört er statt dessen wieder seine Mutter und mit den Wellen des Gesangs das Aufplatschen ihrer Worte: »... Vieh, das bei Sonnenuntergang schnaubt.« Als er die Augen öffnet, vergißt er die Fliege und schaut auf die Baumwollknäuel zwischen seinen Beinen, aber ein Spiel fällt ihm nicht ein.

Es riecht nach brennendem Holz in dem Zimmer, und er weiß, ohne sich umdrehen zu müssen, daß hinter ihm auf dem Hof ein Feuer in einer mit vielen Löchern versehenen Paraffinbüchse brennt. Er weiß auch, daß es schon spät am Nachmittag ist, denn das Licht vom Fenster ist über den Boden zur Wand gegenüber gekrochen, wo es jetzt neben der Tür als orangefarbenes Rechteck verharrt. Es gibt in dieser seiner Welt nichts, das er nicht mit seinen Händen oder Gedanken berührt hat. Nichts ist ihm neu oder fremd, weder die Baumwollknäuel noch das Bett oder die alten schwarzen Schuhe unter dem Bett, weder die Kästen und Gegenstände in den Ecken noch der Holzgeruch oder die Stimme seiner Mutter. Alles ist, wo und wie es sein soll, und er fühlt sich wohl.

»Um welche Zeit morgen, mein Kind?« Es ist die alte Stimme, die das fragt.

Das Singen hört auf. »Er sagt, er will den ganzen Tag bleiben, Mama.«

»Wie ein Mann das so sagt. Den *ganzen* Tag.«
»Was ist ein Tag mehr in so vielen Jahren, Mama.«
»Wie ebenso viele Jahre, mein Kind.«
»Ja, Mama.«
»Ein Tag mehr.«
»Ich warte darauf, Mama.«
»Nach so vielen Jahren.«
»Er kommt bestimmt. Es wird ein Ende nehmen.«
»All die Jahre.«
»David!« Es ist seine Mutter, die ruft, und er wartet schweigend ab. »David!«
»Ja, Mutter«, antwortet er.
»Das Salz, mein Junge. Bring mir das Salz.«

Das Salz ist in einer Dose auf dem Bord hinter dem Bett. Wenn er sich auf Zehenspitzen stellt, kommt er mit den Fingerspitzen an das Bord heran, so weiß er, daß er größer geworden ist, denn vor einiger Zeit kam er auch dann, wenn er hochsprang, nicht an das Bord heran. Aber

die Dose ist noch außer seiner Reichweite, und so muß er sich aufs Bett stellen, wenn er sie erreichen will. Während er aufs Bett klettert, hört er wieder die Stimmen.
»Weiß *er* davon?« fragt die alte Stimme.
»Ja, Mama.«
»Was sagt er?«
»Er ist noch ein Kind, Mama, er war zu klein, um sich erinnern zu können.«
»So viele Jahre.«
Jetzt hat er das Salz und springt vom Bett, mit einem Satz ist er an der Tür und sieht dort seine Mutter vor dem Topf mit dem Haferbrei neben dem Feuer knien, und weil sie hübsch und jung und zärtlich ist, springt er zu ihr, und sie fängt ihn lachend in ihren Armen auf, liebkost ihn und hüllt ihn beglückt in ihren Duft und ihre Wärme.

Dann wendet er sich um und betrachtet die alte Frau, er betrachtet sie schweigend, weil es in seiner Welt nichts älteres gibt als sie und er Respekt und auch Angst vor ihr hat. Sie ist klein und gebeugt, und was von ihr noch übrig ist, ist von einem umfangreichen Kleid bedeckt. Sie hat ein Gesicht wie die Schildkröte, die er einmal auf dem Feld fand und nach Hause mitnahm. Er achtet sie, weil das alle Erwachsenen um ihn herum tun, seine Mutter auch, die immer mit sanfter Stimme von ihr spricht. Er hat Angst vor ihr, weil sie ihn einmal, als er etwas getan hatte, das nicht recht war, mit ihrer dünnen knochigen, einer Hühnerkralle ähnlichen Hand gepackt und ihn mit der anderen so heftig in den Hintern gekniffen hatte, daß ihm die Tränen kamen und ihm der Rotz in den Mund floß. Aber der durch andere erlernte Respekt und die durch eigene Erfahrung gewonnene Angst vor ihr, das beides ist noch nicht alles. Er weiß, daß sie ihn sehr genau beobachtet und ihn manchmal klarer durchschaut als die anderen Erwachsenen – selbst seine Mutter – die zwar gucken, aber nichts sehen. Aber noch wichtiger war, daß sie noch nie über ihn gelacht hatte. Nicht ein einziges Mal. So also gehen sie miteinander um, er schweigend, weil er sich fragt, ob sie ihn heute wieder bei irgendwas ertappt hat, sie, die Alte, die ihm mit dem hellen, durchdringenden Blick ihrer schwarzen Knopfaugen nachspürt.

»Sieht er aus wie er?« fragt sie seine Mutter, die den Kopf hebt und lächelnd zu ihrem Sohn sieht.

»Ja, Mama. Er ist unser beider Kind.«

Die alte Frau spuckt einen kleinen Klumpen von dem Kautabak aus, den sie sich immer zwischen die Zähne schiebt, und ruft ihn. Er sieht vor sich auf seine Füße und krümmt die Zehen, bis seine Mutter »Geh zu ihr, David« sagt, und er das tut.

Die alte Frau läßt ihn vor sich stehen, ohne ihn zu berühren. »Wie alt bist du jetzt, du?« fragt sie.

Er blickt zu seiner Mutter, die ihn auffordert: »Sag's ihr, David.«

Und so sagt er: »Zehn Jahre.«

Dies schien sie zu erbosen, denn ein zweites Mal versuchte sie auszuspucken, was ihr aber nicht gelang, weil in ihrem Mund nichts mehr war, und so sagte sie schnaufend: »Zehn Jahre. Und bist noch bei deiner Mutter im Bauch.« Darauf wußte er nichts zu sagen, und auch seine Mutter schwieg, nicht aber die Alte. »Zehn Jahre – und weißt noch nichts vom Kummer und Elend dieser Welt.«

Diesmal schaltete sich seine Mutter ein, aber sanft, in dem Ton, in dem sie ihn zurechtwies, wenn er etwas falsch gemacht hatte: »Das kommt schon noch, Mama, kommt noch früh genug.«

Die alte Frau brütete schweigend vor sich hin und drehte den Kopf weg, so daß sie ihn nicht mehr sah.

Kurz darauf, als sie ihre Anwesenheit ganz vergessen zu haben schien, ging er von ihr fort über den Hof und blieb in geringem, aber sicherem Abstand von der Hündin mit dem gelben Fell stehen, die aufsah und ihn noch kühler und abschätziger beäugte als die alte Frau. Träte er noch einen Schritt näher heran, dann würde sie, wußte er, knurrend und mit gefletschten Zähnen hochkommen, an der Kette, mit der sie am Zaunpfahl befestigt war, reißen und auf ihn losgehen. Am Anfang hatte sie noch mit ihm gespielt, war schwänzelnd angerannt gekommen und hatte sich mit erhobenen Beinen auf den Rücken gelegt, so daß er sie mit den Zehen am Bauch kitzeln konnte.

Dann aber, vor einigen Wochen, hatte sich das überraschend geändert; von da an spielte sie nicht mehr mit ihm, schien ihn überhaupt nicht mehr zu kennen. Das überraschte ihn nicht nur, es bekümmerte ihn. Aber nur ihn, denn seine Mutter schien es gar nicht zu bemerken, und selbst wenn er sie darauf aufmerksam machte, lächelte sie nur und schüttelte den Kopf. Die alte Frau verhielt sich nicht viel anders, weil sie ihn mit seinen Fragen für aufdringlich hielt. Sie hätte gewiß etwas dazu sagen können, aber mit einem »Das ist deine Sache« setzte sie ihn ins Unrecht und spuckte Tabaksaft aus, der nicht zufällig fast seinen Fuß traf.

So machte er jetzt in sicherer Entfernung einen Schritt auf die Hündin zu, die unter dem Rasseln der Kette auf die Beine kam, und machte sich bereit, nach dem nächsten Schritt davonzulaufen, denn auf diese Weise spielte sich das jetzt immer ab. Aber diesmal unterließ er es, noch näher heranzugehen, weil seine Mutter ihn zurückhielt.

»Laß sie in Ruhe, David.«

»Sie spielt nicht mehr mit mir.«

»Du wirst schon bald andere finden, mit denen du spielen kannst«, sagte seine Mutter. »Geh jetzt und hol die Matte, das Essen ist gleich fertig.«

So ging er und holte die in der Ecke aufgerollte Binsenmatte und legte sie zum Sitzen aus. Darauf gab seine Mutter ihm einen Teller mit Essen für die alte Frau, die ihn nahm, aber so tat, als sähe sie gar nicht, daß sie ihn an sich nahm, denn eigenes Essen hatte sie nicht und sonst auch keine Familie, und bekäme sie nicht von seiner Mutter zu essen, dann wäre sie sicher längst verhungert.

So begann das Abendessen; er saß seiner Mutter gegenüber, zwischen ihnen standen der Topf mit dem Brei und auf einem Teller das Fleisch, und die glühenden Kohlen in dem Paraffinbehälter schützten sie vor der frostigen Abendkälte, denn mittlerweile war der Himmel grau, und hochschauend sah er bereits einen Stern; sie aßen schweigend, gefangen in dem langsamen Rhythmus ihrer eine nach der anderen in den Topf tauchenden Hände, Geräusche machten in dieser Stille nur die an einem Knochen saugende alte Frau und die Hündin an ihrer straffgezogenen Kette, die winselte, bis ihr ein Knochen hingeworfen wurde. Als seine Mutter mit dem Essen fertig war, ihre Hände abgewischt und Fleischstückchen aus den Zähnen gepuhlt hatte, sah sie ihn, ihren Sohn an, der mit Maisklümpchen auf seinem Teller spielte, und wiederholte, daß sein Vater morgen käme.

Er wußte nicht mehr, wann sie ihm diese Geschichte zuerst erzählt hatte. Es war die Geschichte von einem Mann, einem großen, zärtlichen, einem lachenden Mann, der sie eines Tages auf lange Zeit verlassen mußte, aber einmal wiederkommen würde. So erzählte sie es ihm bei den ersten Malen. Eines Tages, sagte sie immer, eines Tages würde er zurückkommen, und das sagte sie jetzt schon so viele Jahre und in einem Ton, in dem dies Eines Tages wie Lange her klang. Er bekam diese Geschichte fast jeden Abend beim Essen zu hören und hatte vielleicht aus diesem Grund die Änderungen darin nicht bemerkt, daß nämlich dies Eines Tages mit der Zeit nicht mehr so sehr wie Lange her klang, und entgangen war ihm auch, daß sie, von Hoffnung beschwingt, von irgendwann an aufhörte, Eines Tages zu sagen und von einem bestimmten Tag sprach. Sie nannte sogar ein Datum, was ihm aber nichts weiter sagte, bis sie in letzter Zeit anfing, vom nächsten Monat, von der nächsten Woche zu sprechen und »in drei Tagen« zu sagen, und das begriff er dann irgendwie. Und jetzt hieß es sogar »morgen«, was er noch am ehesten verstand, denn das bedeutete: zu Bett gehen, neben seiner Mutter schlafen, und wenn er dann wieder die Augen öffnete, war es da, dieses »morgen«.

Dieser Mann, dieser große, zärtliche, lachende Mann – sein Vater – kam nun also morgen.

Und was sah er vor sich, als sie das sagte? Das Bild hatte lange gebraucht, um Form anzunehmen, und Einzelheiten davon waren so alt wie er selbst und reichten viele Jahre in die Zeit zurück, in der sie sagte: »Er ist warm, David, warm neben mir im Bett, mein Junge«, was Glühen bedeutete wie die Kohlen in dem Paraffinbehälter in einer dunklen Nacht. Deswegen glühte er für ihn immer, dieser sein Vater, rot in seinem Bett, warm in den Winternächten und durchflutete seine Träume, als käme er auf den Säulen eines Sonnenuntergangshimmels daher.

Und dann das Lachen. Sie hatte davon so oft erzählt, und mit solcher Betonung, daß er wußte, daß er auch im Bett lachte, im Schlaf, und auch wenn er aß. Ein roter, glühender Mann also, der immer lachte, der groß war und große Hände hatte und vielleicht auch von Gefieder bedeckt war, sagte sie doch, er wäre weich und voller Liebe. Rot, lachend und Liebe in seinen großen Händen, und alles das war für ihn »Vater«, was nur richtig so war, denn so erklärte es sich, daß er nicht nur so einen gewöhnlichen Vater wie andere Kinder hatte. Und morgen nun kam er, kam vielleicht den weiten Weg hierher geflogen und schwang seine gefiederten Arme, wenn er auf dem Hinterhof niederging. Morgen, ja, das war ein großer Tag.

Als das Geschirr abgespült und alles an seinen Platz gestellt und die Essensreste für die Hündin auf ein Stück Papier gepackt waren und ein Kerzenstummel zum hinteren Zimmer, in dem die alte Frau wohnte, gebracht und angezündet worden war, so daß sie zum Schlafen unter ihre Decken auf dem Boden kriechen konnte, und als er sich, von seiner Mutter »Auch hinter den Ohren und hinten die Beine« ermahnt, gewaschen hatte und nun in das alte

Hemd seiner Mutter, in dem er schlief, geschlüpft war, gingen sie alle zu Bett.

Sie lagen, um sich zu wärmen, dicht beieinander, denn die Decken waren dünn, und es war zu dieser Jahreszeit kalt. Da im Dunkeln sprach seine Mutter wieder, nur wenig, nur kurze Zeit, sprach von Liebe, vom Vater, vom Lachen und besseren Tagen; und die Musik in ihrer Stimme machte ihn schläfrig und umschwappte ihn wie warmes Wasser, während die Wärme ihrer Körper in die Decken kroch. Es war gut, in ihren schützenden Armen zu liegen und von ihren sanft strömenden Worten davongetragen zu werden, bis es nicht mehr ihre Stimme, sondern Vater, aber ebenso weich war, und seine Mutter und er, rittlings auf seinem Rücken, hielten sich an den Federbüscheln fest, und alle lachten sie, weil der Vater sie mit flügelschlagenden Armen wie ein Vogel besseren Tagen entgegentrug. Der Himmel über ihnen war blau, die Sonne hell und warm, und die vielen Vögel, die mit ihnen flogen, fragten sie, wohin sie flögen und warum, aber sie lachten nur, weil dies Glücklichsein genug war und sie keine Worte mehr brauchten, und lange Zeit flogen sie, rasteten manchmal auf Bäumen, flogen dann wieder über seltsame Orte mit seltsamen Farben, flogen und flogen, bis plötzlich von nirgendwoher Dunkelheit kam und die Sonne verschwand und der Himmel grau wurde und Hagel mit Körnern, groß wie Steine, grausam und hart auf sie herabfiel und sie niederzwang, und mit einem kurzen, dumpfen Geräusch, wie wenn etwas auf Eisen schlug, trafen die Steine seinen Vater am Kopf, und dieses Geräusch, nachdem es langsam begonnen hatte, ging in ein wildes Krachen über, denn jetzt war Gewitter und Sturm und zwang sie tiefer und tiefer . . .

In diesem Moment öffnete er die Augen. Er schüttelte den Kopf in der Finsternis, denn das Gellen des Sturms wollte ihm nicht aus den Ohren. Dann merkte er, daß es von der Straße kam, und erkannte, was es war. Es war das Geräusch von Steinen, die gegen Lampenpfähle geschlagen wurden. Es war die Warnung, wegzulaufen und sich zu verstecken, weil die Polizei wiederum auf Razzia war.

Es blieb keine Zeit zur Besinnung oder einander zu beruhigen, nicht einmal Zeit für ihn, seine Mutter zu berühren und sich zu vergewissern, ob sie wach sei; er spürte, wie sie gespannt dalag, wo ihr Körper beim Schlafengehen doch so weich gewesen war. Die Tür wurde aufgebrochen. Der Nagel, der in das Holz geschlagen worden war, um die Tür gegen den Wind verschlossen zu halten, flog heraus, als sie mit den Schultern die Tür rammten. Schnell und unter lautem Krachen kamen, Schrecken verbreitend, die brennenden Fackeln herein. Im Dunkeln herumtappend, fanden die Polizisten die beiden im Bett. Seine Mutter hatte sich auf die Ellbogen gestützt, und ein Angstschrei brach aus ihr heraus, zugleich aber packte sie seinen Arm und sagte laut: »Nein, David, nein!« und so schluckte er herunter, was er sagen wollte, und blieb still.

Draußen in den Straßen brach die Hölle los. Das Warngeräusch der gegen die Lampenpfähle geschlagenen Steine war verstummt oder wurde von dem Tumult übertönt. Rufe ertönten, Geschrei und Flüche; die großen Lastwagen, in denen die Polizei gekommen war, röhrten in den Straßen, die Motoren, vom harten Schalten der Gänge und vom Zuschlagen der Metalltüren unterbrochen, heulten auf, während die verschlafenen, geängstigten, ohne Paß angetroffenen oder eben einfach verhafteten Leute in sie gepfercht wurden, und abseits der Straße im Gewirr der Nebenwege und Hinterhöfe hörte man das Hetzen und die niedergehenden Schläge der Verfolgten und der Verfolger und gedämpft, aber ununterdrückbar, das verzweifelte Stöhnen der wenigen, noch nicht gefundenen und schon fast freien Opfer, die sich in der Nacht irgendwo anklammerten und kriechend zu entkommen suchten.

Die Leute, die im Zimmer waren, erkannte er nur undeutlich. Flüchtig tauchten im Licht der Fackeln große, in Khaki gekleidete Schatten auf. Die eine Stimme, die er zwischen den anderen unterschied, brüllte immer nur hart und ohne Erbarmen: »Raus hier, ihr Kaffern!« Als seine Mutter etwas sagen wollte, packten sie sie an den Armen und schleppten sie aus dem Bett zur Tür. Sie waren stärker, so daß sie sich umsonst wehrte, sie zertraten mit ihren Stiefeln ihren Protest und ihr flehentliches Bitten, ein Kleid, eine Decke oder irgend etwas Warmes mitnehmen zu dürfen, so daß sie, als sie die Kälte spürte und vor sich das dunkle, auf sie wartende Loch sah, nur noch zurückrufen konnte: »Nicht weinen, David!«... und dann nach innen gestoßen und die Tür zugeschlagen und verriegelt wurde, und er allein war.

Sie fuhren los, sobald die Lastwagen voll waren. Als sie Gas gaben, drängten sich die Insassen an den kleinen vernagelten Fenstern an den Seiten, klammerten sich an die Verstrebungen und suchten den Zurückgebliebenen etwas zuzurufen, aber das war überflüssig und sinnlos, denn zu hören war nur ein verzweifeltes, abgerissenes und überhastetes Gestammel von Worten: »... zur Polizeiwache ... zwei Pfund, zehn Schilling ... wie letztes Mal ... vors Gericht ... Nicht weinen, David ... bringt was zu essen ... meinen Paß ... bringt Geld ... Geld, Mann, bringt um Himmelswill'n Geld ...«

Und dann waren sie fort. Noch kurze Zeit war lautes Rufen zu hören, Türen, die zukrachten, weinende Babys und hastende Schritte in der Dunkelheit als ein letztes Echo nach dem höllischen Aufruhr, der hier vor wenigen Minuten getobt hatte. Aber das waren nur noch vereinzelte Geräusche, die allmählich verebbten, und dann trat Stille ein. Was folgte, war ein benommenes Erwachen, das verstörte Gestöhne der Übriggebliebenen, die sich nach diesem brutalen Einsatz wie betäubt die Verluste vor Augen führten. Die Zerstörung und die durch das Plündern angerichtete Leere waren nicht an äußeren Dingen abzulesen. Eine lose in den Angeln hängende Tür, ein zerschmetterter Stuhl, ein umgekippter Wassereimer – das fiel nicht weiter in einer Gegend auf, wo alles aus Fetzen und Bruchstücken zusammengesetzt war, von denen kaum eines zum anderen paßte. Das tatsächlich entstandene Chaos konnte nicht so einfach beseitigt, rückgängig gemacht oder in Ordnung gebracht werden. Wie wird man fertig mit der heraufbeschworenen Schlaflosigkeit, mit dem nachwirkenden Grauen· oder den leeren Decken und der Aussicht auf ein Morgen, an dem man vergeblich nach der entführten und unersetzlichen Person sucht, die weggeholt wurde, und die man wahrscheinlich nie wiedersehen wird? Hast du Glück, dann findest du sie, aber dann mußt du auch das Geld auftreiben, das ihr aus dem verworrenen Labyrinth der Gesetze heraushilft.

»Und vergiß nicht, Essen mitzunehmen, Sarah. Einige kommen manchmal nach langer Zeit zurück und sagen, sie hätten nichts zu essen bekommen. Aber wo, Mama, soll ich was finden? Versuch's hier und da und noch an anderen Stellen, denn Lucy Mtetwa hat hier auch ihren Mann gefunden. Du mußt Geduld haben und immer wieder Fragen stellen, und wenn sie nett sind, dann werden sie das große Buch hervorholen und es aufschlagen, aber dann wird es schwierig, weil du seinen Namen nicht buchstabieren kannst, und das ist es, was sie brauchen, den buchstabierten Namen.«

Und nachdem sie das eine oder andere bedacht haben und zu gewissen Schlüssen gekommen sind, gehen sie zu Bett. Wachzubleiben nützt auch nichts. Morgen ist wieder ein Tag, und dann ist ein anderer an der Reihe, verhaftet zu werden.»Warum das, Mann? Warum das immer wieder, einfach so aus der Luft, wie ein Blitz, der überall zu jeder Zeit einschlagen kann? Weißt du es nicht? Weil wir uns nicht wehren können. Du hast sie doch kommen und sich nehmen sehen, was immer sie wollten, und dann sind sie gegangen, und wir? Wir haben nichts getan. Alles macht sich ungehindert an uns heran, Flöhe und Fliegen im Sommer, Regen durchs Dach im Winter, die Kälte auch, solche

Leute wie die Polizisten und der Tod. Das ist unser Los, Mann. Was also tun?«... Weitermachen, Isaac Rabetla, Peter Madondo, Willie Sigcau, Tommy Dhlamini und ihr, Nxumalo, Mabosos und Langas. Macht weiter. Morgen ist wieder ein Tag, und euer Baby schreit.

Er lag steif im Bett, wagte kaum zu atmen, hatte die Decke bis zum Kinn gezogen, als wäre er darunter sicher vor brutal zugreifenden Händen und Verletzungen. So, wußte er, mußte er sich verhalten. Wieder und wieder hatte seine Mutter ihn zu sich gerufen und sich vor ihn hingekniet, so daß sie in seine Augen sehen konnte, und hatte ihm mit eindringlicher Stimme gesagt, was er zu tun hätte, falls sie sie jemals abholen sollten.

»Bleib still liegen, hörst du? Bleib hier im Zimmer und wart auf mich. Hörst du, David? Hast du gehört?«

»Ja, Mutter.«

»Was hab' ich gesagt?«

»Ich soll auf dich warten und nicht aus dem Zimmer geh'n.«

»Ja. Merk dir das, David. Vergiß es nicht. Wart hier auf mich. Ich versprech dir, ich komme zurück.«

Er hatte das immer nur ungern gehört, aber jetzt erinnerte er sich daran, und so wartete er nun. Dieses Warten, dieses schreckliche, ihn lähmende Warten auf etwas, das sich ereignen würde, hatte in dem Augenblick begonnen, wo er neben seiner Mutter aufwachte. Als die Tür aufbrach und sie hereinkamen und sie mitnahmen, wurde daraus das ihm auferlegte Warten, das Warten auf ihre Rückkehr. Als sie mit ihr draußen waren, hörte er ihre lauten Stimmen und erschrak darüber, daß sie so mit ihr sprachen, und wieder wollte er schreien, entsann sich aber ihrer Worte und richtete sich auf das Warten auf ihre Rückkehr ein. Als kurz darauf die Lastwagen anfuhren, erreichte der rasende Aufruhr erst seinen Höhepunkt, und Hunderte von Stimmen brüllten wild durcheinander, bis plötzlich dieser Lärm nachließ, und schlimmer als alles war die tiefe, nur noch von einem gelegentlichen Murmeln unterbrochene Stille, die dann eintrat und in der er die Stimme seiner Mutter nicht mehr hörte. Aber er wartete nun. Sie hatte gesagt, daß sie zurückkommen würde. Sie hatte versprochen, wiederzukommen. Verzweifelt horchte er und hoffte, hoffte bei jedem Laut. Immer wenn Schritte sich näherten, klopfte sein Herz schneller, und er, wußte er, würde lachen und zugleich weinen, wenn er sie hörte und sie sich zu ihm ins Bett legte, aber die Schritte hielten nicht an, sondern gingen vorüber, und er war allein wie zuvor, fühlte sich von Sekunde zu Sekunde einsamer und kleiner und kleiner in der Dunkelheit unter der Decke. Türen schlugen ab und zu, Stimmen hörte er rufen oder nur murmeln, Schritte verschwanden im Dunkel der Nacht, und dann, ohne daß er irgendwie gewarnt worden wäre, war nichts mehr.

Er wartete, wartete qualvoll darauf, daß das Schweigen und die Schwärze durchbrochen würden, aber nichts geschah, nur die Hunde bellten und die Kette, an der die Hündin lag, rasselte, und seine Mutter kam nicht.

»Mutter«, rief er mit gebrochener, verzweifelter Stimme. »Mutter.« Nichts. »Mut-ter!« – ein harter, schmerzender Laut. Seine Augen waren naß, und die Kehle tat ihm weh. »M-u-t-t-e-r.«

»Du da! Was ist denn?«

Er war so überrascht, nun doch eine Antwort zu erhalten, daß er einen Moment wirklich glaubte, seine Mutter hätte ihm geantwortet. Dann hörte er das Schlurfen von Schritten auf dem Hof und ein Kratzen an der Tür, ähnlich wie die Hündin, als sie noch klein war, gekratzt hatte, wenn sie in kalten Nächten nach drinnen wollte.

»Ist das Grab die einzige Stelle, wo ich ungestört Ruhe haben werde? Hat keiner mehr Achtung vor meinen alten Knochen?« Ein Streichholz flammte auf, und die alte Frau schlurfte zum Tisch und zündete die Kerze an. Dann wandte sie sich um und sah zu dem leeren Bett, zum Kleid

an der Tür, zu den Schuhen unter dem Bett und musterte schließlich ihn, der sie mit weit offenen, erschreckten Augen anstarrte.
»Wo ist sie?«
Er schluckte und schwieg.
»Polizei?« fragte sie.
Seine Lippen zitterten, er schloß die Augen.
»Mutter!« Es war ein Laut, der kein Ende nahm.
»Rotznase, du«, schrie die Alte.
David kroch unter der Decke hervor und kam auf die Beine.
»Wo willst du hin?«
Er stolperte auf die Tür zu, aber sie war schneller. Ihr Arm schoß vor, packte ihn und hielt ihn mit erstaunlicher Kraft zurück. Er stieß um sich und schrie, doch sie hielt ihn fest, schloß die Augen und ließ so seinen wütenden Ausbruch ungerührt über sich ergehen.

Als er darauf weich in den Knien und schluchzend in sich zusammensank, zog sie ihn zum Bett, stieß ihn hinein und unter die Decke. Er rührte sich nicht und machte keine Anstalten, wieder hochzukommen. Während sie einen Stuhl zur Tür schob und sich setzte, verbarg er das Gesicht in dem kühlen, ihn nicht tröstenden Geruch seiner Mutter im Kissen und schluchzte sich in den Schlaf.

Er träumte nicht. Als er aufwachte, unterschieden sich seine ersten Eindrücke – die Geräusche des sich draußen regenden neuen Tages, der Geruch von brennendem Holz und das Klattern von Emaillebechern und eines Eimers – so wenig von denen an anderen Tagen, daß die Erinnerung an die vergangene Nacht wie verflogen schien. Erst mit der Stimme der alten Frau stellte sie sich wieder ein.

»Bist du wach?« Ah, wie grauenvoll war die Nacht, die er hinter sich hatte! »Willst du Kaffee?«

Seine Mutter! Er fuhr hoch, blickte um sich und rieb sich die Augen.

»Meine Mutter. Sie haben meine Mutter abgeholt.«
»Nicht nur deine Mutter, alle anderen auch.«
»Wo ist meine Mutter?«
Sie schlurfte zu ihm ans Bett und hielt ihm den Becher hin. »Wo im Himmel ist Gott! Da, nimm.« Der Kopf sank ihm vornüber, und er spürte ein Würgen in der Kehle. »Du bist mir vielleicht einer«, sagte sie. »Sowas will nun ein Mann sein.« Er hörte nicht hin und, immerhin, weinte nicht. Er erinnerte sich jetzt an alles, aber nur dumpf und wie betäubt. Und ohne daß ihm die Tränen kamen. Er war tapfer jetzt am Tage, hatte sie doch gesagt, er solle nicht weinen, und versprochen, daß sie zurückkommen würde. Irgendwie war auch die Gegenwart der alten Frau wie ein Trost. Sie gehörte auf eine Weise hierher, hier zum Zimmer und zum Singen und Abendessen mit seiner Mutter. Und sie schien auch nicht grantiger, als er es sonst an ihr gewöhnt war. Er trank seinen Kaffee. Er war heiß, und auch das empfand er als eine Art Trost. Tage waren etwas, das lange dauerte. Zeit genug für sie, zu ihm zurückzukommen, und sie hatte es versprochen.

Die alte Frau fummelte an sich herum, brachte ihr altes Paar Schuhe und ihr Kleid in Ordnung. Er beobachtete sie, und während sie den Dutt auf ihrem Kopf zurechtrückte und sich einen schwarzen Schal mit Fransen um die Schultern legte, hielt sie ab und zu inne und blickte zu ihm hin. Als sie fertig war, kam sie zum Bett. Sie sprach offen und so ernsthaft mit ihm, wie es noch kein Erwachsener getan hatte, und während der ganzen Zeit sah er ihr, ohne zu blinzeln, voll ins Gesicht und hörte jedes Wort, das sie sagte.

»Ich gehe jetzt.« Sie machte eine Pause und schien in seinem Gesicht nach irgend etwas zu suchen. »Das letzte Mal, daß ich das Haus verlassen habe, war . . .« Wieder hielt sie inne, schloß flüchtig die Augen und fuhr dann fort. »Ich gehe und werden versuchen, sie zu finden.«

»Sie hat gesagt, sie kommt zurück.«

Die alte Frau überlegte und sagte dann sehr langsam: »Ich will ihr helfen. Ich nehme ihr Kleid mit, und wenn ich sie irgendwo treffe, kann sie das Kleid anziehen und dann ist erstmal alles gut.«

»Kann ich mitkommen?«

»Nein. Dein Vater kommt. Du mußt dann hier sein.«

Diese Worte waren für ihn wie eine eiskalte Hand, die ihm über den Rücken strich. Die alte Frau hatte sich abgewandt und ging zur Tür.

»Ich werde sie finden, wenn es einen Gott im Himmel gibt.«

Die Tür schloß sich hinter ihr, und er war wieder alleine und so voller Angst wie in der Nacht zuvor. Er wollte hinter der alten Frau herlaufen, aber dann erinnerte er sich an das, was seine Mutter gesagt hatte: »Bleib hier. Geh nicht aus dem Zimmer.«

Er zog die Decke zum Kinn und begann wieder zu warten, aber jetzt war die Stille tief in ihm selbst, dort wo das Herz schlug und das Grauen lauerte, regte sich langsam wie etwas, das vom Schlaf erwacht, sich Zeit nimmt und sich rekelt und gähnt. Ein Tag ist etwas, das lange dauert.

Es war sein Vater. Es war der Gedanke an seinen Vater, der herkommen sollte. Sein Vater, der kam, und er war allein. Es war jetzt alles ganz anders. Anders als die Rückkehr, von der seine Mutter gesprochen hatte, und über die er in der letzten Nacht und in all den Nächten nachgedacht hatte, in denen ihm seine Mutter wieder und wieder davon erzählte. Bis dahin hatte er sich vorstellen können, daß seine Mutter im Augenblick der Rückkehr anwesend wäre. Seine große, zärtliche, warmherzige, schützende Mutter, hinter der er sich versteckte und Zuflucht fand vor den Ängsten, mit denen ihn die Welt bedrängte.

So hatte er sich das Treffen mit seinem Vater vorgestellt. Versteckt hinter ihr. Von ihrer Hand gehalten. Und jetzt war er allein und wartete. Im Sonnenlicht vom Fenster her, in dem sich bewegenden Rechteck aus Licht sah er das Verstreichen der Zeit. Die graue Fliege, entdeckte er, war nicht mehr da. Es mußte gegen Mittag sein, denn das Sonnenlicht hatte den Tisch erreicht, und der Lärm auf der Straße hatte sich träge gelegt und war zu einem besänftigenden Summen geworden, und er war allein und wartete mit schweren Augen, bis ihn der Schlaf überkam.

Leise, aber beharrlich klopfte es an die Tür. Er wachte auf, und Schrecken durchfuhr ihn, denn anders als beim erstenmal wußte er sofort, wo er sich befand und was draußen vor der Tür war. Er hatte als Sperre einen Kasten vor die Tür gestellt – den Nagel konnte er nicht hoch genug anbringen, weil er zu klein war – und als nach dem Klopfen eine Stimme, eine tiefe, dunkle Baßstimme leise »Tondi« rief und der Kasten etwas zurückgeschoben wurde, kroch er unter der Decke hervor und lief auf den Hof.

Nach einem Moment der Unschlüssigkeit versteckte er sich verzweifelt wimmernd in einem leeren Geflügelverschlag und schloß die Augen und hielt sich die Ohren zu. Dennoch hörte er Schritte, die sich ins Zimmer bewegten und dann auf den Hof hinauskamen. Er hörte sogar auch die tiefen, leisen Atemzüge, die wie ein Seufzen waren. Die Schritte bewegten sich zurück ins Zimmer und zur Tür, von wo die Stimme wiederum »Tondi!« rief. Die Welt selbst schien den Atem anzuhalten und zu horchen. »Tondi!« hörte er es ein weiteres Mal rufen.

Von irgendwoher antwortete jemand: »Sie ist fort, Bruder.«

»Tondi?«

»Ja, Bruder. Sie nahmen sie heute morgen mit. Die Polizei hat sie mitgenommen.«

»Tondi!«

»Sie haben heute morgen viele verhaftet« – und jetzt

waren es viele Stimmen, die antworteten, er aber hörte nur das eine Wort »Tondi!«, den einen Namen »Tondi!«, der jetzt mit schrecklicher Stimme gerufen wurde.

Die Schritte bewegten sich durch das Zimmer, und David hörte ein Krachen, ein lautes, wild ausbrechendes Geräusch. Die Schritte kamen wieder auf den Hof, wo der Mann lauter als vorher und wie unter Schmerzen »Tondi!« rief, bis die Kette klirrte und er das Fauchen der Hündin, dann einen schweren dumpfen Schlag und das Aufjaulen der Hündin hörte.

»Tondi!« Die Schritte zogen sich zurück, die Hündin winselte. »Tondi.«

»Sie haben sie mitgenommen, Bruder.«

»Ich hab sie gesehn, sie war ohne Kleid.«

»Tondi! Ich bin zurückgekommen«, hörte er aus der Ferne und dann nichts mehr; nur noch die Hündin, was irgendwie noch schlimmer war.

Er mußte seine Augen öffnen und wünschte doch, er hätte es nicht getan, denn vor Tränen und vorströmenden Gebeten konnte er sie nicht wieder schließen, bis alles vorüber war. Er hatte die Hündin getreten, und sie wankte im Kreis um sich herum, biß sich in die Hinterbeine und rollte sich über und über im Sand. Sie stockte und versuchte sich aufzurichten, kam aber nur mit den Vorderbeinen hoch. Ihre Augen waren rot unterlaufen, ihre Schnauze verzerrt vor Schmerz, und da sie wußte, was auf sie zukam, drehte sie den Kopf zu dem Verschlag hin und begann dorthin zu kriechen. Sie brauchte dazu lange, zog ihre nutzlosen Hinterbeine hinter sich her und winselte fortwährend mit Schaum vor dem Maul. David zuckte vor sich hinbabbelnd zurück, suchte nach Steinen, fand aber nur Federn und trockenen Mist, was er nicht einmal halten konnte, weil seinen Händen die Kraft fehlte.

Näher und näher kam sie, bis die Kette sich straffte und sie, obwohl sie mit den Zähnen daran herumbiß, nicht weiterkam; ihr Atem ging nur noch in Stößen, und so brach sie mit verkrümmtem Körper zusammen, ihre Hinterbeine spreizten sich, und mit auf und niedergehenden Rippen warf sie, die ganze Zeit kämpfend und stoßend, ihre totgeborenen Jungen, neben denen sie verendete. Es dauerte nicht lange, bis die ersten grün blinkenden Fliegen zu dem Aas kamen und die anderen mit ihrem Summen anlockten. Sie ließen sich in schwarzen, auf- und absurrenden Schwärmen nieder, und noch vor dem Ende des Tages wimmelte es unübersehbar auf der Hündin, und ein grauenhafter Gestank erhob sich, und er sah das alles mit starren, aufgerissenen Augen an.

Er rennt davon, reißt sich die Hand an dem Draht auf, den er beiseite biegt, und rennt, so schnell und so weit er kann, wie ein gejagtes Tier davon.

Es wurde Nacht und wieder kalt. Es konnte noch derselbe Tag oder der nächste sein. Er wußte es nicht. Er hatte kein Gefühl für die Zeit oder Vergangenes, nur für die Gegenwart und dafür, daß er sich irgendwo befand, wo er nie vorher gewesen war, und daß ihm kalt war und er Hunger hatte. Dann sah er sie, die sich wie eine Meute von geschundenen Kötern zusammenhielten, in der Dunkelheit auf ihn zutappen. Sie hielten an und beobachteten ihn aus sicherem Abstand, und als er sich nicht rührte, kamen sie heran, umdrängten ihn, zupften an seinem Zeug und schoben ihn herausfordernd von einem zum andern. »Wer bist du?« fragten sie.

Er starrte sie mit leeren Augen an.

»Wo kommst du her?«

Er gab keine Antwort.

»Er ist auch so einer«, rief irgendwer. »Er ist wie wir.«

Sie drängten sich noch näher heran und musterten ihn genau.

»Hast du eine Mutter?« fragten sie.

»Und einen Vater?«

Was meinten sie damit?

»Ich sag euch, der ist wie wir. Guckt ihn euch an. Der hat von nichts 'ne Ahnung.«

Darüber waren sie sich einig, worauf ihre Hände, statt an ihm zu ziehen und ihn zu puffen, ihn streichelten. Sie fragten ihn, wohin er wolle, und als er nirgendwohin sagte, forderten sie ihn auf, mit ihnen zu gehen; wohin? fragte er, und da sagten sie, zum Flußbett, wo früher mal Wasser war, jetzt aber die großen Rohre waren – »Sie sind warm, und da schlafen wir gut und haben Brot und Wasser« – und sie zeigten ihm ihre Brotkanten und Flaschen. Und einer von ihnen nahm ihn an die Hand und führte ihn, als sie jetzt vergnügt losmarschierten. Sie hatten sich um einen vermehrt, und so bestand die Bande jetzt aus acht Mann.

Unterwegs stellte er fest, daß der älteste von ihnen einen Kopf größer war als er selbst, während der jüngste so klein und so erschöpft war, daß er getragen werden mußte.

Am Flußbett führte ein steiler Flußpfad zu dem steinigen Grund. Weil er sich da nicht auskannte, trat er an einer Stelle daneben, rutschte aus und rollte fast ganz bis unten hin, aber er jammerte oder weinte nicht. Er stand auf und spuckte schnaufend den Sand aus, den er in Mund und Nase bekommen hatte. »Das lernst du noch«, sagten sie. Und um ihm das zu beweisen, rannte der, der ihn an die Hand genommen hatte, rasch nach oben zur Anhöhe, rief ihm von dort zu und lief dann runter. »Im Dunkeln«, sagte er, »ich hab's sogar im Dunkeln geschafft.«

Dann setzten sie sich, um zu essen, und dabei ging es wie bei allem, was sie taten, sehr ernsthaft zu. Die Wasserflaschen, zwei davon, die mit Papierpfropfen verkorkt waren, wurden herumgereicht und das Brot und die aufgeschlitzten Apfelsinenschalen in gleich großen Portionen verteilt. Der Jüngste, den sie hatten tragen müssen, machte den anderen großen Kummer, weil er die Nahrung nicht anrührte. Sie unterbrachen das Essen und Trinken, um ihn zum Essen zu bewegen. »Iß.« – »Nun nimm's schon, Simon.« – »Brot und Apfelsinenschalen, Mann.« – »Tunk dein Brot ins Wasser.«

Simon trug einen Mantel, der um mehrere Nummern zu groß war. Wenn er ging, zog er ihn wie eine Brautschleppe hinter sich her. Jetzt war er fast ganz unter ihm verborgen, als wäre er darin verlorengegangen. Er machte keine Anstalten, zu essen. So knöpften sie seinen Mantel auf, und ihr Anführer holte eine Schachtel Streichhölzer hervor, riß eins davon an, und alle betrachteten sie Simons Bauch. Er war dicker geworden, meinten sie. Dicker als gestern und breiter als sein übriger Körper und straff wie eine Trommel.

Simon ließ diese Untersuchung über sich ergehen und hörte sich ihre Bemerkungen unbewegt wie ein kleiner Buddha an.

»Wie Willie«, sagten sie. »Es ist mit ihm wie mit Willie.«

»Wer ist Willie?« fragte David.

»Den haben wir abgeschoben«, war die Antwort.

Dann kam einer auf den Gedanken, den Neuen, weil er keinen Namen hatte und Willie nicht mehr existierte, Willie zu nennen. Das war ein guter Gedanke, fanden alle, sagten einer nach dem anderen »Willie« und stießen den Neuen in die Seite, bis er auch »Willie« sagte. Und alle lachten sie.

Danach redeten sie ein bißchen über das, was an diesem Tag gewesen war. War kein guter Tag, meinten sie, nichts weiter als Brot und Apfelsinenschalen. Morgen würden sie es woanders versuchen.

»Was versuchen?« fragte der Neue ohne Namen, der versuchte, Willie zu sein.

Sie sahen ihn an und schwiegen, als wäre das eine sinnlose Frage.

Der Mond, es war Halbmond, ging auf, und der Junge, der seine Hand auf dem Wege zum Fluß gehalten hatte, wandte sich an ihn und sagte: »Du brauchst jetzt ein Bett.«

In dem silbrig gleißenden Licht führte er David zum Flußbett, wo sie gemeinsam Papierfetzen, die der Wind hierhergeweht hatte, und einige Stücke aufgerauhter Pappe sammelten.

Das Gespräch führte dabei dieser Junge. »Petah heiße ich. Sag mal, was ist eigentlich mit dir? Du sagst kein Wort. Bist du müde? Bin ich auch. Aber es dauert jetzt nicht mehr lange. Auf diesem Papier schläfst du. Ich zeige dir, wie das geht. Es ist prima hier, wirst du sehn, wenn wir was zu essen finden. Wir werden Freunde, du und ich. Aber eins sag ich dir – wir müssen noch einen anderen Namen finden. Willie ist nicht gut, Mann. Gefällt mir nicht. Wo es den doch nicht mehr gibt, weißt du.«

Als Petah meinte, sie hätten genug Papier, gingen sie zurück. Die anderen krochen auf allen Vieren wie die Maulwürfe durch die Öffnungen in die Rohre. Petah führte ihn zum letzten Rohr.

»Das ist meins. Du schläfst hier neben mir. Hast du Angst? Soll ich vorgehen? Nun sag doch mal was, Mann. Du sagst überhaupt nichts.«

Er zeigte David, wie er das Papier zu einer Matratze zusammenlegen sollte. Dann kroch er, von David gefolgt, rein. Da drin war es warm und muffig, und Petahs Stimme dröhnte dumpf in dem Rohr und zog ein gedehntes, pochendes Echo nach sich. David hörte sich das ungerührt an. Nichts rührte ihn, und er nahm auch nichts wahr. Er lebte in einer Art Trance, die ihn unempfindlich gegen Schmerz machte. Und dann verstummte Petah, vom Schlaf übermannt.

David hatte, von der Rohröffnung gerahmt, ein kreisrundes Stück des weißlich verrauchten Himmels vor sich, und während er hinausschaute, kroch eine kleine Spinne am Innenrand entlang und ließ sich langsam an einem einzelnen Faden herab, an dem sie wie ein winziger Funke hin- und herschwebte. Sie hatten recht, die anderen Jungen. Es war warm in den Rohren. Langsam erwärmten sich seine tauben Gliedmaßen, und allmählich, ganz allmählich entspannte er sich. Wärme. Etwas anderes, zu einer anderen Zeit, an einem anderen Ort war auch warm gewesen. Seine Augen waren schwer, als wären sie aus Blei. Er schloß sie und fühlte sich noch wärmer. Die Wärme kroch in ihm hoch, er spürte sie bis ins Hirn, und sein Denken, als wäre es gefroren gewesen, begann zu tauen. Wärme. Wo war es warm gewesen? Was war warm gewesen? Auch der Schmerz in ihm taute auf. Wärme war ... Schmerz ... war Erinnerung, war Schmerz. Etwas Warmes und Sanftes und eine Stimme, die sang. All dies war irgendwo gewesen. Wo, und wer war es, wer sagte was? Er horchte. »Bleib hier.« Sein Herz klopfte schneller, und er hielt den Atem an. Die Worte waren weit entfernt. »Bleib hier. Geh nicht aus dem Zimmer...« Verzweiflung packte und drängte ihn. Er mußte irgendwo hin. An einen bestimmten Ort ... und das sofort. Es kam auf ihn zu. Er würde es finden. Er *mußte* dorthin, sonst ...

Petah wachte auf, als er aus dem Rohr kletterte.

»Was ist ... he ... he, wie heißt du noch? Willie. Wo willst du hin?«

Draußen versuchte David, das Flußufer hochzuklettern, aber es war sehr steil, und so sehr er sich anstrengte – aufwirbelnder Staub und blutende Knie war alles, was dabei herauskam. Petah kam heran und packte ihn.

»Was ist denn mit dir, Mann? Das ist doch Unsinn, was du machst.«

Die anderen steckten ihre Köpfe aus den Rohren und riefen alle durcheinander. Da sie keine Antwort auf ihre Fragen erhielten, kamen sie Petah zur Hilfe. Nach kurzem Gerangel hatten sie David am Boden.

»Was hat er vor?«

»Rennt einfach weg.«

»He —«

»Willie.«

»He, Willie. Was machst du denn?«

David sah von Gesicht zu Gesicht. Er schüttelte den Kopf; es war vorbei.

»Nach Haus wollte er, nehme ich an«, sagte Petah. Sie ließen ihn los und krochen zurück zu ihren Rohren.

»Das ist nicht gut«, sagte Petah zu ihm. »Bei Nacht schon gar nicht.« So was am Tag zu versuchen, hatte vielleicht Sinn, erklärte er ihm. Wie Sam damals. Er fand dann auch seine Mutter, aber das war am Tage. Irgendwie hatten sie alle das vor, aber immer nur tags. Nachts war es zu gefährlich. Wie Joji vor kurzem, der es wie er nachts versuchen wollte, aber inzwischen lebten andere Leute in der Wohnung, nicht mehr seine eigene Familie, und als sie ihn an der Tür kratzen hörten, dachten sie, es wäre ein Einbrecher und holten ihre Knüppel hervor und schlugen ihn tot, diesen Joji.

»Versuch's also vielleicht morgen – hörst du?« Petah wandte sich David zu. »Willie ist nicht gut. Du bist kein Willie. Wie heißt du wirklich? Mensch, sag doch endlich ein Wort. Zu mir kannst du Vertrauen haben. Ich helf dir.«

David starrte mit großen Augen ins Leere. Gequält stieß er mit krächzender Stimme kaum hörbar einen Laut hervor: »David...« verstand Petah. »David! Aber jetzt nicht mehr. Der's tot! Tot, wie Willie, wie Joji.«

»Ich versteh das«, sagte Petah. »Du willst dir selbst einen Namen suchen. Wenn du soweit bist.«

Als Petah noch einiges gesagt hatte und sich dann schlafen legte, betrachtete David wieder den Himmel durch die Öffnung. Die Spinne kam wieder, ließ sich an einem schimmernden Faden herab und spann an ihrem Netz. David sah ihr die ganze Zeit zu. Als das erste Licht am Himmel aufkam, war sie bis nach unten fertig, und durch das Netz betrachtet, sah der zwinkernde Morgenstern wie ein kleines in dieser Falle gefangenes Insekt aus.

Er weigerte sich, mit ihnen zu gehen. Kopfschüttelnd standen sie um ihn herum. Sie hänselten ihn, warnten ihn und bedrohten ihn schließlich sogar, aber ohne Erfolg. Dabei stritt er nicht gegen sie an oder schrie, er saß einfach auf dem Rohr, in dem er geschlafen hatte, und tat nichts. Es war ihm alles gleichgültig und am gleichgültigsten waren sie ihm selbst, die er jetzt zum ersten Mal bei Licht sah. In ihren weit offenen, von keinem Lächeln belebten Augen, in ihren schmalen Gesichtern und ihrer Magerkeit spürte er etwas, das über seine bisher gemachten Erfahrungen hinausging. Aber er sollte es noch an diesem Tag und an den Tagen danach lernen, und es sollte sich ihm so sehr einprägen, daß er es nicht wieder vergessen würde, und das, weil sie gingen und ihn allein ließen.

Es begann hiermit, mit dieser Einsamkeit, damit, daß er jetzt für sich und allein in dieser grauen Welt war, in der Wolken aufkamen und es den ganzen Tag regnete. Eine nasse, graue Welt, in der es muffig roch. Es war der dumpfige Geruch des nassen Papiers, des gelblichen, vom Wind verwehten Zeitungspapiers und der den Regen aufsaugenden Pappe. Der für ihn von da an so trostlose Geruch von feuchtem Papier. In diesem neuen, erst wenige Stunden alten Leben waren sie, war die Bande das einzige, woran er sich erinnerte, und so wartete er sehnlichst darauf, daß sie zurückkam.

Gleichzeitig erfuhr er an sich, wie qualvoll der Hunger ist. Ob er nun traurig war oder weinte oder einfach nur dasaß, immer hatte er Hunger, und waren es auch nur Brot und Wasser, die ihm darüber hinweghelfen könnten, so bedeuteten sie doch so etwas wie Leben. Den ganzen Tag über verließ ihn der Hunger keinen Augenblick, und sein Magen schrumpfte zu einem harten Klumpen, den er in der Hand hielt.

Als sie am Abend zurückkehrten und ihn auf dem Rohr sitzen sahen, gab Petah ihm eine weitere Chance. »Du bekommst Brot von uns«, sagte er, »wenn du morgen mitkommst.«

Er nahm das Brot und ließ sich darauf ein.

»Wo ist Simon?« fragte er. Keiner antwortete ihm. Das war auch etwas, das er zu lernen hatte. Daß es sinnlos war, Fragen zu stellen.

Und so ging er am nächsten Tag mit ihnen auf Nahrungssuche. Noch am gleichen Tag verjagte ihn ein Inder vor seinem Laden, beschimpfte ihn und nannte ihn einen Tsotsi. Als sie zur Nacht zum Flußbett gingen, fingen sie wieder damit an, einen Namen für ihn zu suchen: Sam, Willie und jetzt auch Simon, bis er ihnen das Wort abschnitt.

»Mein Name«, sagte er, »ist Tsotsi.«

»Tsotsi!« riefen sie und probierten den Namen aus. Er nickte.

So lernte er eins nach dem anderen und merkte sich, was er gelernt hatte. Er lernte und lernte, wie es schien. Denn nach der Flußbande, die eines Nachts von der Polizei auseinandergetrieben wurde, schloß er sich anderen Banden mit größeren Jungen an, und was er nun zu lernen hatte, wurde immer handfester und härter, bis er schließlich gelernt hatte, wie man sich verhalten mußte, um sich lebend von einem Tag zum anderen durchzubringen. Er lernte, daß Schwäche darin lag, andere, die schwächer waren als man selbst, zu bemitleiden oder Sympathie für sie zu empfinden, und machte die Erfahrung, daß Schmerzen, die man anderen zufügte, einen selbst nicht berühren durften. Auf irgendwelche Erinnerungen griff er nicht zurück. Er hatte auch keine.

10

Tsotsi öffnete die Augen und horchte zur Tür. Es hatte geklopft. Instinktiv, aber im Grunde nur, weil er aufgewacht war, griff er unter dem Kissen nach seinem Messer. Bevor er es fand, ging ihm etwas anderes durch den Kopf, und er stützte sich auf die Ellbogen und sah zum Fußende des Bettes. Das Baby war noch da und schien zu schlafen.

Nach einer Pause klopfte es wieder. Tsotsi schüttelte den Kopf. Irgendwann in der Nacht mußte er eingeschlafen sein, die Müdigkeit mußte ihn übermannt haben. Nein, es muß am Morgen gewesen sein. Er entsann sich, daß er einmal zum Pinkeln rausgegangen war, die Hähne krähen gehört und bemerkt hatte, daß der Himmel blaßgrau war. Wie lange hatte er geschlafen? Er sah zum Fenster und horchte. Es war hell draußen, er hörte das eine oder andere Geräusch. Es war früh am Morgen.

Wieder klopfte es. Wer war das? Ihm fiel plötzlich die Frau ein, die er dazu gebracht hatte, dem Baby die Brust zu geben. Warum gerade sie? Warum kam sie? Wieder schüttelte Tsotsi den Kopf. Es passierte alles mögliche und zu schnell, als daß er es fassen konnte. Er tastete nach seinem Messer, aber es bewirkte genau das Gegenteil von dem, was es bewirken sollte. Statt ihm Frieden zu bringen, störte es andere, ihm zuwiderlaufende Gedanken auf. Er erinnerte sich an das Flußbett, an die Bande, dann an seine Mutter und Petah... Die Person draußen klopfte wieder.

»Wer ist da?« rief Tsotsi. Die Frau, konnte es die Frau sein? Warum diese Frau? Stille. Keine Antwort. Ein Auto fuhr vorbei. Stimmen hörte er irgendwo.

»Wer ist da?«

Er war schon halb an der Tür, als er Die Aap sagen hörte: »Bist du's, Tsotsi?«

Tsotsi blieb stehen und horchte.

»Ich bin's«, fügte Die Aap hinzu. Mein Gott, was jetzt? Was, zum Teufel, jetzt? Es ging alles zu schnell.

»Was willst du?« Keine Antwort. »Die Aap?«

»Ich bin es, ja. Die Aap, Mann. Hörst du?«
Tsotsi versteckte das Baby behutsam unter dem Bett, bevor er zur Tür ging und öffnete. Die Aap lächelte. Die Vorderzähne fehlen ihm, dachte Tsotsi, und dann: Wieso kümmert mich das? »Ich dachte, du bist nicht hier«, sagte Die Aap.
»Wie spät ist es?«
»Es ist Morgen, siehst du das nicht?« Er lächelte immer noch.
»Was willst du?« Das Lächeln verschwand, floß langsam wie dickes Öl ab.
Die Aap seufzte, senkte die Augen und stemmte die Hände in die Hüften. »Ja, es ist Morgen«, sagte er, ohne auf die Frage einzugehen, »irgendwann morgens.«
»Was willst du?«
»Komm einfach mal so vorbei, Mann.«
»Warum?«
»Herrgott nochmal!« stieß er pfeifend hervor. »Ich komm doch immer mal einfach so. Wo soll ich sonst hingehn, he? Nirgends, Mann. Bin eben einfach gekommen.«
»Das solltest du lieber lassen.« Tsotsi warf ihm einen abweisenden Blick zu, ging zum Bett und setzte sich.
Kurz darauf erschien Die Aaps Gesicht am Fenster. Wieder versuchte er es mit einem Pfeifen, gab das dann aber auf. »Warum?« fragte er.
Tsotsi wiederholte seine Frage: »Ja, warum.«
Meine Mutter, dachte er. Mein Vater. Die Hündin. Das Flußbett. Eine Spinne in ihrem Netz – aber wichtiger als alles das, meine Mutter. Dieser Gedanke ließ ihn nicht los. Dort fing alles an. Es war der Anfang, auch sein Anfang, dort begannen die Erinnerungen, spannen sich wie ein silbriger Faden aus ihrem sanften Summen an einem lange, lange vergessenen Tag. War es wirklich so? War er selbst es gewesen? »Meine Mutter«, sagte er laut. Das war ein Wort, stark und voller Sinn, und es war ein klares Bild, das er vor sich hatte.

Hätte er zum Fenster hingeschaut, er hätte gesehen, wie Die Aaps Augen sich weiteten. Das war ein Gedanke, wirklich, das war einer. Tsotsis Mutter.
»Deine Mutter. Meine ist tot.«
»Du kanntest sie.«
»Deine nicht. Meine. Sie ist gestorben.«
Tsotsi blickte zu Die Aap. Es war seltsam. Er hatte sich das nie vorher klargemacht. Jeder hatte eine Mutter. Jedes Wesen in der Welt hatte eine Mutter. Auch Boston (Herrgott, was war bloß mit Boston? Er würde schon noch dahinterkommen). Und Die Aap... und Butcher.
»Wo ist Butcher?«
»Weg. Er kommt nicht.« Die Aap hatte das Kinn aufs Fensterbrett gelegt. Sein Kopf ruckte, wenn er sprach.
»Aber ich bin gekommen.«
Tsotsi überlegte. Butcher fort. Boston nicht mehr da. Es war vorbei mit der Bande. Aus. Einfach so, wie dies Wort, das er dachte. Was jetzt? Wieder irgendeine Bande? Konnte es das geben? Warum nicht ... Seit damals, im Flußbett... Aber was war vorher gewesen?

»Er hat genug, seit diesem Samstag«, fuhr Die Aap fort. »Er sagte, du hast auf eigene Faust was unternommen.« Samstagnacht und der Krüppel. »Wir sind Sonntagmorgen hergekommen, aber du warst nicht hier.« Sonntagmorgen und die Ameisen. »Wir kamen am Nachmittag nochmal, aber da hörten wir hier eine Frau.« Die Frau, die dem Baby die Brust gab.

»Ja. Vielleicht war's so«, sagte Tsotsi plötzlich. »Vielleicht war hier eine Frau. Vielleicht hab ich tatsächlich was auf eigene Faust gemacht. Na und?«

»Das hab ich auch zu ihm gesagt, Tsotsi. Die ganze Zeit habe ich vielleicht gesagt. Und als er heute morgen sagt, wir gehn jetzt und schließen uns Buster und seinen Jungs an, sagte ich vielleicht, aber da stößt er ein verdammt langes Wort aus und geht.«

»Und du? Was willst du jetzt hier?«

»Bin einfach nur so vorbeigekommen.«
»Warum bist du nicht mit ihm gegangen?«
»Zwei Jahre, Tsotsi.«
»Was soll das heißen, zwei Jahre?«
»Wir sind jetzt zwei Jahre zusammen.«
Tsotsi sah zu Die Aap. Er blinzelte, als würde dadurch der allzu gewohnte Anblick erst klar, als klärte sich dadurch die Verschwommenheit, die sich einstellt, wenn man etwas so oft gesehen hat, daß man es kaum noch erkennt. Zwei Jahre, und er hat keine Vorderzähne mehr und ... zwei Jahre lang ... zwei starke Jahre lang ... ist er geblieben und mir gefolgt, wie ein Hund einem Mann folgt.
»Also fangen wir nochmal neu an, was, Tsotsi? Es war doch damals genau wie jetzt. Suchen uns ein paar andere zusammen und fangen nochmal von vorn an ...«
Das Baby begann zu schreien.
Die Aap schien einen Moment verwirrt und blickte über die Schulter zurück. Dann merkte er, daß das Schreien aus dem Zimmer kam, von dem Bett her, auf dem Tsotsi saß. Er wollte etwas sagen, sah dann aber, daß Tsotsi unbewegt dasaß und das Schreien gar nicht bemerkt zu haben schien. Saß nur da und beobachtete ihn. Die Aap schloß den Mund und tat so, als hätte er ebenfalls nichts gehört.
Das Baby schrie noch eine Weile. Die Aap spitzte den Mund, als wollte er pfeifen, blickte zur Decke und auf den Boden und dann zu den Wänden. Tsotsi war wieder in Gedanken versunken – nochmal neu anfangen, seit damals am Fluß ... aber was war vor dieser Zeit gewesen?
Das Baby war plötzlich still. »Nein, Aap. Das machen wir nicht. Wir fangen nicht nochmal an.«
»Nein.«
»Es ist vorbei damit.«
»Ich ...«
»Aus und vorbei, Mann. Wie ein Frühstück, wie der gestrige Tag oder Boston. Aus, kein Feuer mehr drin.«

»Und was mach ich nun?«
»Du gehst.«
»Wohin?«
»Ist mir egal.«
»Okay.«
Er zögerte noch einen Moment, und beide starrten sie einander an. Die Aap versuchte es wieder mit dem Pfeifen, woraus aber nichts wurde. Dann ging er, ohne daß beide ein Wort gesagt hatten. Tsotsi sah ihn vom Fenster aus die Straße hinuntergehen. Sieht aus, als wäre er betrunken, dachte er. Geht wie ein Betrunkener. Kann mir egal sein. Aus und vorbei, hatte er gesagt. Was hatte das zu bedeuten? Was war vorbei wie ein Frühstück, wie das Gestern und Boston? Vielleicht lebte er nicht mehr, war tot. Mein Gott, Boston – vielleicht käme er, Tsotsi, zu spät. Warte, Mann, warte. Die Zeit kommt, ist schon ganz nahe. Vorbei? . . . die Lieder vielleicht? Was gab es sonst? Was hatte es sonst je gegeben? Nur einen Tag lang, lange vor der Zeit am Fluß. Aber was, zum Teufel, war jetzt aus und vorbei? Er hatte es gesagt, hatte es selbst gesagt.

Das Baby schrie wieder. Tsotsi ging hin und holte es unter dem Bett hervor. Seit der Nacht unter den Eukalyptusbäumen, in der ihm das Schicksal das Baby in die Hand gegeben hatte, war er zum ersten Mal froh, daß er es hatte. Er genoß all das, was ihn bisher abgestoßen und gereizt hatte, den Geruch, die runzlige Häßlichkeit, das quäkende Geschrei, das ununterbrochen aus dieser schwarzen Mundhöhle kam. Alles, was er an ihm mit seinen Sinnen abtasten konnte, erfüllte ihn mit Befriedigung. Dies war die Wirklichkeit, etwas, das man hören, fühlen und riechen konnte. Dies war kein Gespenst aus seiner Vergangenheit, das ihn wie ein nach vielen Jahren erinnerter Traum überkam und . . . und nun wirklich *schien*. Dieses Baby konnte er in die Hände nehmen. Es war wirklich und zugleich der Beginn von drei seltsamen Tagen, in denen es bei ihm war und schrie und Milch und anderes wollte. Es bedeutete ihm in diesem Augenblick mehr als nur einen Halt in der lebendigen, andrängenden Gegenwart. Es war zum Gefäß für Tsotsis Vergangenheit geworden. Das Baby und David, er selbst also, einander zuerst fremd, waren jetzt in ein und dieselbe Person verschmolzen. Die Polizeirazzien, das Flußbett und Petah, die Spinne in ihrem Netz, der graue Tag und das nasse Zeitungspapier waren eine Zukunft, die das Baby erwartete. Es befand sich außerhalb seiner selbst. Er hatte Mitgefühl mit ihm in seiner Wehrlosigkeit den schrecklichen Ereignissen gegenüber, die es erwarteten.

Nicht nur nebenbei – denn trotz des Besuchs der Frau sah das Baby jetzt schlimmer denn je aus – dachte er an den Tod. Was, wenn es stürbe? Dann würde er, Tsotsi, sich der Vergangenheit wieder annehmen müssen, und wie würde er mit ihr zurechtkommen können? Was sollte er in seinem Leben jetzt, in diesem Zimmer mit einem Tag anfangen, einem lange vergangenen Tag und einer ein Lied summenden Frau und einem kleinen Jungen, der glücklich zwischen Baumwollknäueln auf dem Boden saß?

»Bleib am Leben«, sagte er laut. »Bleib am Leben – David. Ich bringe dir Muttermilch.«

Als einige Zeit darauf Miriam Ngidi ihren Platz in der Schlange an der Wasserstelle einnahm, stellte sich Tsotsi so ans Fenster, daß er nicht gesehen werden konnte, und beobachtete sie. Er bemerkte, daß sie wiederholt hinter sich zu seiner Bude sah; das bedeutete vielleicht, dachte er, daß er es diesmal leichter mit ihr haben würde. Daß in ihren Bewegungen und in der Art, wie sie hersah, keinerlei Angst lag, bestärkte ihn in seiner Vermutung. Rasch und ein wenig verstohlen drehte sie den Kopf her, wenn sie sich nach ihrem Eimer bückte und dann einige Schritte vorrückte. Nach jedem Blick verfiel sie geistesabwesend in Gedanken und schien das, was um sie herum vorging, nicht zu bemerken. Dann war sie an der Reihe, und als ihr Eimer voll Wasser war, wandte sie sich zum Gehen. Tsotsi hatte dabei auch anderes entdeckt, was ihm am Tag davor entgangen war, so die Schrägstellung ihrer Augen und die ockergelbe Färbung ihrer Haut, die nicht schwarz war wie die der meisten anderen. Sie hielt sich aufrecht, und obwohl sie nicht sehr groß war, sah sie doch so aus, weil sie auch aufrecht und mit anmutig schwingenden Hüften ging. Die Geburt ihres einen Kindes hatte sie nicht entstellt oder sie doch nur vom Mädchen zur Frau werden lassen; die Zeit der Reife nannte man das im Stadtbezirk. Man spricht von einem Baum erst, wenn man die erste Frucht von ihm gepflückt hat.

Als sie noch nicht sehr nahe heran war, ging er vom Fenster zur Tür, machte sie auf und stellte sich draußen so hin, daß sie ihn sehen mußte. Sie machte noch einige Schritte, dann gab sie sich erschöpft und stellte den Eimer auf den Boden. Sie beugte sich vor und nestelte ein wenig an der Decke herum, in der sie ihr Baby auf dem Rücken trug. In dieser Haltung sah sie, eine Sicherheitsnadel zwischen ihren weißen Zähnen, plötzlich hoch und ihr Blick fiel auf Tsotsi.

Er erwiderte ihren Blick und sah ihr tiefer in die Augen als er es je vorher bei jemandem getan hatte, um ihr zu bedeuten, daß das Baby im Zimmer wieder auf sie wartete und er sie um ihren Dienst bäte. Er wartete ab, bis sie den Eimer aufgenommen hatte und weiterging. Als sie wenige Schritte vor ihm war, wandte er sich um und ging ins Zimmer.

Er war sich nicht sicher, ob sie ihm gefolgt sei, aber dann fiel ein Schatten ins Zimmer, und er wußte, daß sie in der Tür stand. Dennoch sah er nicht über die Schulter zurück, sondern ging nur zum Bett. »Er hat wieder geweint«, sagte er. »Er sieht nicht gut aus. Ich habe nichts für ihn. Du mußt ihn wieder füttern.«

Da sie mit dem Licht im Rücken wie eine Silhouette in der Tür stand, konnte er ihr Gesicht nicht deutlich sehen. Das brauchte er auch nicht. Es war offensichtlich, daß sie zögerte, und er wollte irgend etwas zu ihr sagen, über ihr Baby vielleicht, etwas, das ihr die Entscheidung erleichterte, als sie aber schon näherkam und die Tür hinter sich schloß. Nach dem grellen Lichteinfall mußten sich seine Augen erst an das Dunkel gewöhnen. Als er sie dann klar vor sich sah, war sie schon am Bett und löste die Decke, in die ihr Kind gewickelt war.

Damit wußte er, daß sie hatte kommen wollen, daß sie bereit war; sie hätte, nahm er an, auf ihrem Weg sogar an seine Tür geklopft, wenn er nicht draußen erschienen wäre. Daß es so war, merkte er daran, daß sie ein kleines Gefäß mitgebracht hatte, aus dem sie nun die wehen Stellen um den Mund des Babys mit Salbe bestrich. Auch holte sie sauberes Zeug aus der Decke, um das Baby damit zu bekleiden, und aus einer Puderdose puderte sie den kleinen Körper von oben bis unten. Beim Waschen, Einsalben und Bekleiden weinte ihr eigenes Kind einmal kurz auf, aber sie beschwichtigte es mit sanften Worten und beugte sich zu ihm, so daß es ihre Gegenwart und ihren Duft spürte.

Dann knöpfte sie ihre Bluse auf; es war dieselbe wie beim ersten Mal, nur daß sie die Knöpfe wieder angenäht hatte, und gab dem Baby die Brust, wobei er sie genau beobachtete, weil er es beim ersten Mal nicht gesehen hatte. Ihre Brust war füllig und prall von Milch, die schon zu tropfen begann, bevor sie den Nippel in den kleinen Mund gesteckt hatte. Das Baby machte ihr Kummer. Nachdem es eine Weile gierig schmatzend gesaugt hatte, drehte es den Kopf zur Seite und die Milch tröpfelte ihm aus den Mundwinkeln.

Sie wippte es kurze Zeit auf ihrem Schoß auf und nieder, rieb ihm den Rücken und versuchte es noch einmal. Wieder war es dasselbe.

»Was ist denn los, kleines Kerlchen? Du mußt doch

trinken. Sieh doch mal und sei brav. Wie heißt du denn? Trink jetzt, mein Kleines. Wie nennen wir dich? Peter. Den großen Fischermann. Trink, kleiner Pietje.«
»Sein Name ist David.«
Miriam sah zu Tsotsi. »Sind Sie sein Vater?«
Sein Vater! Ein großer, gefiederter Mann, der mit ihnen besseren Tagen entgegenflog. Aah, David, dachte er. Armer David. Keine besseren Tage für ihn. Nur das Flußbett. Tsotsi schloß die Augen. »David«, sagte er und erschrak beim harten Ton seiner Worte, »hat seinen Vater nie gesehen.«
Miriam tat ihr Mitgefühl ab. Immerhin kannte sie jetzt seinen Namen und konnte mit ihm sprechen. Tsotsi hörte zu. Es waren keine Worte – Laute, sanfte Frauenlaute, die ihn wieder zurückbrachten... Seine Mutter, was, zum Teufel, fängt ein Mann mit einer Mutter an? War es wirklich so? War er es wirklich gewesen?
»Lassen Sie ihn mir.« Das Baby trank jetzt in tiefen Zügen.
Er hielt den Atem an und wartete ab. Es war die Frau, die jetzt sprach.
»Überlassen Sie ihn mir. Er ist krank. Ich nehme ihn mit und kümmere mich um ihn.«
Mein Messer, dachte er. Ich bring sie um. Hier in diesem Zimmer. Sie und ihr Kind. Beide murks ich sie ab.
»Von mir bekommt er, was er braucht«, sagte sie. »Ich habe gute Milch. Ich weiß mit Babys Bescheid.«
Das Baby, ging es ihm durch den Kopf. Ich hab ihm Milch gebracht. Ich an einem Samstag in einem Laden, ich hab sie gekauft. Ich hab die Ameisen getötet.
Wieder sprach die Frau. »Sie können ihn besuchen, können ihn in meinem Zimmer besuchen und sehen, wie er wächst und groß wird wie mein eigenes Kind. Sie werden dort miteinander spielen, Simon und David. Überlassen Sie ihn mir.«
So ging es lange Zeit. Er schwieg, und sie sagte nur

einmal etwas zu dem Baby, als sie es an die andere Brust legte.

Leer, dachte er, die eine Brust ist leer.

Dann hing er wieder seinen Gedanken nach. Das Flußbett kam ihm in den Sinn, immer wieder erinnerte er sich an das Flußbett. War es auch ausgetrocknet und von Unrat übersät, es durchströmte doch unablässig seine Gedanken, weil es der Anfang gewesen war. Er erinnerte sich an ihr Spiel dort. Es war ein Spiel mit dem rostigen Gestell eines alten Automobils, das eines Nachts in das Flußbett gekracht und schon vor ihrer Zeit so ausgenommen und geplündert worden war, daß es nur noch aus dem ausgehöhlten, skelettartigen Gestell bestand. Auf zur Hölle und drauflos, nannten sie das Spiel. Es war verdammt kompliziert, denn dazu gehörten das Auffüllen mit Benzin und Wasser, das Überprüfen der Reifen und der Öltest und das Verladen des Gepäcks im Kofferraum, worauf dann alle einstiegen und die Fahrt in einem Höllentempo losging. Den besten Teil erwischte dabei der Fahrer, und dabei lösten sie sich ab:

Tüt-tüt, tü-tatü,
Grr-grrr-grrrrrr ...

Irgendwie kam es immer dazu, daß sie dieses Spiel am späten Nachmittag im langsam vergehenden Licht spielten. Es gehörte zu den Regeln, daß nur der Fahrer die Geräusche machte. Die anderen saßen still dabei, während er in den dämmernden Abend raste, der sich mit seinen Schatten im Flußbett immer zuerst bemerkbar machte.

Tüt-tüt,
Grr-grrr-grrrrrr.

Je dunkler es mit den länger werdenden Schatten wurde, umso unheimlicher war es, mit so hoher Geschwindigkeit und unter so großen Gefahren auf und drauflos in die Hölle zu fahren, und alle hielten dabei den Atem an.

Miriam, die Tsotsis Schweigen für Sorge um das Baby hielt, redete weiter auf ihn ein: »Er braucht Milch. Er braucht sie nötiger, als Sie denken. Ich sage Ihnen, das Kind, dieser David, ist krank. Er stirbt womöglich, wer weiß? Ich nehme ihn mit, weil ich mich gestern mit meiner Milch angestellt habe und das falsch war. Mir macht es Freude, ihn zu füttern.«

Tsotsi hörte nicht mehr zu. Sie hat ihn mir unter den Bäumen gegeben. Mir hat sie ihn gegeben. Keiner darf ihn mir wegnehmen. Er gehört mir – mir gehört er!

Sie hatte das Baby aufs Bett neben ihr Kind gelegt und stand jetzt entblößt da. Ihre Bluse war offen. In ihrer Aufregung hatte sie ganz die Schicklichkeit außer acht gelassen.

»Sehn Sie doch. Ich will Ihnen etwas sagen. Gestern abend war ich traurig, und ich kniete mich nieder und betete um etwas, und eine Stimme sagte: Warum soll ich dir geben, worum du mich bittest, wenn du nicht Milch für Babys hast. Bitte, geben Sie ihn mir.«

»Er gehört *mir*«, sagte Tsotsi schließlich, froh darüber, daß die Worte ihm so leicht von den Lippen gingen und sich nicht in ihrer Eile im Wege waren.

»Aber Sie sind nicht sein Vater«, sagte sie.

»Er gehört *mir*.« Gegen die Endgültigkeit in seiner Stimme war nicht anzukommen, dennoch blieb Miriam lange am Tisch stehen und beugte sich vor, um Tsotsi ins Gesicht zu sehen.

»Er gehört *mir*«, sagte er noch einmal, und da rührte sie sich, senkte den Kopf und ging zurück zum Bett, setzte sich, brachte ihre Bluse in Ordnung und betrachtete die schlafenden Babys.

»Wie sind Sie zu dem Kind gekommen?«

»Es ist mir gegeben worden«, sagte er.

»Wo?« fragte sie, durch seine Beharrlichkeit ungeduldig geworden.

»Unter den Bäumen.«

»Und die Mutter?«

»Lief davon, in die Nacht.«

Die Frau sah ihn mit gerunzelten Augenbrauen an.
»Lief in der Nacht davon«, sagte er und machte die Worte so groß er konnte, half ihnen mit den Händen nach, als wollte er sie schwer machen. »Sie weinte nicht um ihn. Sie gab ihm keine Milch. Sie hatte ihn in einen Karton getan und gab ihn mir und lief in der Nacht davon.«
»Und?« fragte die Frau.
»Das ist alles.«
»Ich möchte mehr wissen«, sagte sie beharrlich.
So erzählte er die Geschichte von Anfang an, wiederholte manches so oft, daß er sich dabei an noch anderes erinnerte, erzählte, ohne sich zu schämen, Miriam, die sich alles mit gerunzelter Stirn geduldig anhörte, wie er sie in der Nacht mit dem Karton hatte kommen sehen, wie er auf sie gewartet hatte und dann mit dem Baby allein zurückgelassen wurde. Danach schwieg er, weil er für das, was noch fehlte, keine Worte fand und es für sie auch uninteressant gewesen wäre.
»Und wann geschah das alles?« fragte sie.
Er zählte die Tage nach. »Vor drei Tagen.« Sie schüttelte den Kopf und schnalzte leise mit der Zunge, und so erzählte er das mit der Milch, vom Füttern und das von den Ameisen.
Als er geendet hatte, musterte sie ihn genau. Seine Augen waren erregt, und seine Hände zitterten, weil er noch nie so lange ununterbrochen gesprochen hatte.
»Und was haben Sie mit ihm vor?«
»Ich will ihn behalten.«
»Warum?«
Er warf den Kopf zurück, und sie sah die Verzweiflung auf seiner Stirn glänzen, als er jetzt um Antwort rang. Warum? Ja, warum? Rachegefühle und Haß kannte er nicht mehr. Das Rätsel um die Hündin mit dem gelben Fell war gelöst – und alles das in wenigen Tagen und in der kurzen Zeit, in der die winzigen, blinden, schwarzen Hände ihm und seinem Leben einen festen und immer festeren

Halt gegeben hatten. Warum?»Weil ich es herausfinden muß«, sagte er.

Sie dachte hierüber nach, aber weil sich ihre Gedanken im Kreise bewegten, wandte sie sich wieder dem Baby zu. Sie wickelte eine Medizinflasche mit Milch aus ihrer Decke und stellte sie auf den Tisch.

»Geben Sie ihm morgen etwas hiervon«, sagte sie, »mit einem Löffel. Ich komme am Nachmittag um die gleiche Zeit wie heute.«

Dann machte sie sich, eine Sicherheitsnadel zwischen den Zähnen, an der Decke zu schaffen und wickelte ihr Kind hinein. Sie richtete sich auf, nahm den Eimer und ging zur Tür.

»Bis morgen«, sagte er.

»Bis morgen –« Sie verließ das Zimmer.

Er wartete ab, bis sie bei sich zu Hause angelangt sein mußte, dann nahm er das Baby, schlich sich auf die Straße und hin zu den Ruinen; zweimal auf dem Wege sah er zurück, um festzustellen, ob sie sich vielleicht versteckt hätte und ihm folgte.

Nachdem er das Baby dort untergebracht hatte, ging er absichtlich in entgegengesetzter Richtung zurück. Es war ein weiter Weg quer durch den Stadtbezirk, so daß er sein Ziel erst am späteren Nachmittag erreichte. Tsotsi hatte, merkte er, die Kontrolle über sich ganz verloren; sein Herz raste, und seltsame Laute kamen ihm über die Lippen, während er den Fußpfad zum Flußbett hinunterlief.

Er hatte sich nicht getäuscht. Die Rohre waren genauso, wie er sich an sie erinnerte, gehäuft voll mit trockenem Laub und Sand, und es roch nach Rost. Der einzige Unterschied war, daß noch mehr Abfall und Unrat hinuntergeworfen worden oder hineingeweht war. Er hastete weiter nach unten. Als er das Autogestell genauso vor sich sah, wie er sich daran erinnerte, gab es für ihn keinen Zweifel mehr. Ja, so war alles gewesen, so hatte sich hier alles mit ihm zugetragen.

Er blieb keine Sekunde länger als nötig und rannte los, weil er hier so schnell wie möglich fortwollte. Als er zu den ersten Häusern kam und auf Leute stieß, verlangsamte er seine Schritte. Es war dunkel, als er in die Straße kam, in der er wohnte; er schlüpfte in die erste beste Schnapsbude, um sich nach Boston zu erkundigen.

11

Tsotsi stöberte Boston schließlich in einer Bude auf, deren Wirtin eine Frau mit Namen Marty war. Boston hatte sich dort ohne Hemd, ohne Schuhe und in einer alten Khakihose wiedergefunden, die von einem gelben faserigen Strick um die Hüften gehalten wurde. Er lag in einer Ecke auf dem Fußboden, lag dort in einem Zustand der Betäubung, der seit Tsotsis Angriff auf ihn nun schon drei Tage anhielt, aus dem er nur ab und zu erwachte, um sich torkelnd mehr Schnaps zu beschaffen. Speichel stand ihm in Blasen um den Mund, der halb offen war, weil er durch die blutverkrustete Nase nicht atmen konnte.

Tsotsi kam gerade noch rechtzeitig. Als er sich leise durch die Tür hereinschlich, stand Marty, die Frau, vor Boston, trat ihn mit dem Fuß und sagte angewidert mit ihrer dunklen Stimme:»Los, los, wach auf, Mann, und raus hier! Ich habe die Nase voll von dir, du Dreckskerl.«

Die anderen Gäste, zwei Männer, glotzten teilnahmslos über ihre Gläser zu den beiden hin.

»Schmeißt ihn raus«, sagte sie. »Schmeißt dieses Schwein hier raus. Er hat schon wieder auf den Boden gepißt.«

Keiner hatte Tsotsi in der Tür stehen sehen, so daß sie erschreckt auffuhren, als sie ihn plötzlich reden hörten. Marty wirbelte herum, und die beiden Männer griffen hektisch nach ihren Gläsern, um sie zu verstecken. »Laß ihn in Ruhe«, sagte Tsotsi.

»Was willst du hier?« fragte sie.

»Ihn da –« Er zeigte mit dem Kopf zu Boston.

Marty kam aus der Ecke auf Tsotsi zu und stellte sich so hin, daß sie ihm den Weg versperrte. Angst machte ihr so leicht keiner.

»Du bist es, der ihn so zugerichtet hat«, sagte sie.

Tsotsi gab ihr darauf keine Antwort.

»Du hast ihn fertiggemacht. Im Liegen, hat er gesagt. Als er nichts sehen konnte, weil er Blut in den Augen hatte.«

Tsotsi ließ sie ausreden. Er sah über die Schulter zu den Männern, die die Augen senkten, dann zur Decke, wo neben der Lampe ein von toten Fliegen verschmierter Fliegenfänger hing.

Marty stand so dicht vor ihm, daß ihm, wenn sie sprach, Spucke ins Gesicht sprühte. »Nicht mal mit einem Hund würde ich so umspringen. Nicht mal mit einem tollwütigen Hund, und ich sage dir, der war ein Mann. Was hast du dazu zu sagen?«

Sie wartete ab, aber Tsotsi tat das gleiche.

»Der, sag ich dir –« sie zeigte hinter sich, ohne dabei ihre in heller Empörung flammenden Augen von Tsotsi zu nehmen, »war ein Mann! Ich weiß es. Ein Mann, wenn auch irgendwie anders – nun? Was sagst du dazu?«

»Ich will, daß er mitkommt.«

»Warum? Meinst du, er hätte noch nicht genug?«

»Ich will mit ihm – reden.«

Das Funkeln in ihren Augen verlosch. »Reden! Ja ja, reden konnte er, zuviel sogar.«

Marty ließ ihn stehen – eine große, kinderlose, mannslose Frau war sie. Am Tisch steckte sie sich eine Zigarette an, rauchte und blies dabei in die Glut an der Zigarettenspitze. Sie sah zu Boston und zuckte die Schultern.

»Nimm ihn mit. Es ist zu spät. Er hätte nicht zurückkommen sollen.«

Tsotsi versuchte Boston zu wecken, er schüttelte ihn und rollte ihn dann auf den Rücken. Die beiden Männer beobachteten ihn verstohlen und senkten jedesmal die Augen, wenn Tsotsi zu ihnen hinsah. Marty stand am Fenster, stützte sich auf die Ellbogen und sah nach draußen in die Nacht.

»Er ist in Stücke zerhauen«, sagte sie. »In Stücke, die das getrocknete Blut gerade noch zusammenhält, er ist wie zerbrochen.«

Boston stank wie eine Kloake, er hatte auch in die Hose geschissen.
»Wer zum Teufel will einen Mann, von dem nur noch Stücke übrig sind?« sagte Marty.
Tsotsi trug ihn auf den Armen nach draußen. Er brauchte lange, bis er zu seiner Bude kam. Zuerst war Boston still und, abgesehen von dem Gewicht, war es leicht, durch die gewundenen Straßen zu gehen, vorbei an den neugierigen Leuten, die müßig an ihren Fenstern auf Regen warteten oder draußen herumlungerten. Was hat das zu bedeuten? fragten sie einander. Der Mann da, hm? Trägt den andern wie ein Baby. Daß es nichts Gutes bedeutete, wußten sie. Das war in den meisten Fällen so. Aber die Art und Weise, wie es vor sich ging – immer dachte sich das Schicksal andere Formen aus, erfand endlos Variationen auf ein und dasselbe Thema. War es sein Bruder, sein Vater oder ein Freund? Lebte er noch, war er tot oder lag er im Sterben? Wer hat ihm was getan, und warum? Was genau war geschehen?

Ungefähr auf halbem Wege zu Tsotsis Bude kam Boston zu sich. Tsotsi hörte ihn stöhnen. Aber erst, als sie in die Nähe einer Straßenlampe kamen, erkannte er, daß Boston wirklich aus seiner Ohnmacht erwacht war. Eins seiner Augen war weit offen und starrte rückwärts. Als Boston merkte, wer es war, der ihn trug, schrie er leise auf, rangelte sich mit Armen und Beinen los und fiel zu Boden, wobei er, weil seine Nase von verkrustetem Blut verstopft war, schnaufend vor sich hinröchelte.

Tsotsi folgte ihm, der vom Pflaster in den Rinnstein kippte und dann, weil er dabei über der Bordkante zusammensackte, auf Knien zum Pflaster zurücktappte; von dort kroch er weiter vor, bis er schließlich an einem Wellblechzaun zur Ruhe kam. Auf dem Zaun stand als Slogan: WEITERMACHEN? WIR NICHT!

Boston aber machte weiter, so daß Tsotsi ihn hochzog, seinen Arm über die Schulter nahm und ihm auf der letzten Wegstrecke zu seiner Bude voranhalf. Wieder verlor er das Bewußtsein, so daß er ihn einige Häuserblocks vor dem Ziel wieder hochnehmen und tragen mußte.

In seinem Zimmer legte Tsotsi Boston aufs Bett, zog seine Hose aus und warf sie draußen auf den Hof, wo der kleine Hund sie später fand. Er wandte sich am Fenster um, stockte plötzlich erregt und holte tief Luft. Er hatte beim Eintreten eine Kerze angezündet und in ihrem sanft bewegten Lichtschein sah er nun in ganzer Gestalt den nackt auf dem Bett ausgestreckten Boston. In der Schnapsbude, und während er ihn durch die Straßen trug, hatte er es absichtlich vermieden, ihn anzusehen, ihn richtig und voll anzusehen, so daß er ihn nicht nur mit den Händen, sondern auch mit den Augen ähnlich wie den Krüppel berührt und gefühlt hätte. In diesem Moment aber ging diesem Hinblicken nichts voraus, das ihn darauf vorbereitet hätte.

So traf ihn der Anblick, als er sich umwandte, wie ein Schock. Boston war dünner, als er ihn sich vorgestellt hatte. Seine Rippen standen heraus, als wollten sie mit jedem seiner mühsamen, den Brustkorb vorwölbenden Atemzüge, die Haut sprengen. In dem unsteten Licht schienen seine Beine in keinerlei Proportion zu dem übrigen Körper zu stehen. Tsotsi ging zum Bett und betrachtete ihn so eingehend, so in Gedanken versunken, daß er kaum bemerkte, daß ihm das Wachs der Kerze in seiner Hand auf die Haut tropfte.

Der Kopf war durch die Schwellungen und Quetschungen auf seiner Stirn mißgestaltet. Ein Auge war so geschwollen, daß von ihm nichts als ein von Haut überzogener Klumpen geblieben war. Während Tsotsi hinsah, quollen Tropfen daraus hervor und benetzten die Wange. Unwillkürlich streckte er die Hand aus und befeuchtete den Finger mit dieser Flüssigkeit. Um sie zu schmecken, leckte er an dem Finger. Tränen. Tsotsi richtete sich auf und kratzte das Wachs vom Handrücken. Seine Hand zitterte. Er beugte sich wieder vor. Von den Augen her betastete er behutsam die Nase – ein zerschundener Klumpen aus verkrustetem Blut und gebrochenen Knochen –, dann den Mund und die Rißwunden am Kinn. Er legte die Hand leicht auf Bostons Brust. Das Fleisch war warm und lebte und fühlte sich wie Schmerz an. An den Stellen, wo er es aufgeschlagen hatte, war es auch rot wie Schmerz.

Wieder richtete sich Tsotsi auf und ging zum Tisch, auf den er die Kerze stellte. Ihm war schwindlig. Während er Boston betastete, hatte er die Luft angehalten, und jetzt raste sein Herz, und er spürte Brechreiz. Tsotsi setzte sich und wartete ab, bis Schwindelgefühl und Brechreiz nachließen. Dann zählte er sein Geld. Es waren nicht mehr als zwei Schilling. Wie sollte es anders sein, nachdem er zwei Tage nichts getan hatte. Zwei Schilling. Dafür konnte er ein Brot und eine Dose mit Buttermilch kaufen. Er blies die Kerze aus und verließ das Zimmer. Für das Einkaufen brauchte er zehn Minuten. Als er zurückkam, entzündete er ein Streichholz und warf einen Blick auf Boston, der nach wie vor reglos dalag.

Tsotsi setzte sich in der Dunkelheit hin. Die Kerze mach ich nicht an, dachte er. Sie ist kurz. Ich brauche sie, wenn er redet. Er aß etwas von dem Brot, trank die Milch zur Hälfte aus und wartete ab.

Walter »Boston« Nguza. Geboren in Umtata, Sohn einer schlichten, alten, verbrauchten Frau. Schulunterricht bis zur achten Klasse am St. John's College. Begabter, vielversprechender Schüler, fast immer Erster in der Klasse. Mutter sehr stolz auf ihn. Stipendium für die St. Peter's High School in Johannesburg. Damals ein kleiner, magerer Junge mit Brille. Kein Glück bei Mädchen. Dann Ausbildung zum Lehrer. Wieder ein Stipendium. Mutter, inzwischen älter geworden, weiterhin stolz auf ihn. Am Ende des ersten Jahres, nachdem er vor lauter Pauken fast zum Wrack geworden war, hatte Walter Nguza es zum Primus in der Klasse gebracht. »Ein Junge mit Zukunft.« – »Du wirst es noch weit bringen, Nguza.« – »Ein Vorbild für deine Landsleute etc.« Mutter sehr stolz.

Am Ende des zweiten Jahres, nach großer, unter Anfällen von Appetitlosigkeit erbrachter Leistung, wieder Erster in der Klasse. »Nimm's nicht weiter schwer, Boston Boy. Du gehst eben nicht den Weg, den jedermann geht.« Nach wie vor mager, Brillenträger, kein Glück bei den Mädchen. Seine Mutter weiterhin sehr, sehr stolz. Im letzten Jahr Ausschluß von der Prüfung, von der Schule gewiesen, weil er im Juni dieses Jahres eine Mitschülerin zu vergewaltigen versucht hatte.

Einmal, in den Jahren, die der warmen, Stürme heraufbeschwörenden Juninacht folgten – er war jetzt, als er hier auf Tsotsis Bett lag, vierundzwanzig –, hatte Boston sich die Zeit genommen, eine Zusammenfassung seiner bisherigen Laufbahn niederzuschreiben. Er war stolz auf das, was er geschafft hatte. Er schrieb alles in einfachen, zutreffenden Worten ohne Gefühle, ohne unnötige Einzelheiten auf. Die gerade, aufsteigende Linie eines Lebens – eines ewig hungernden Jungen, eines einsamen Jugendlichen, eines verzweifelten jungen Mannes –, die bis zu dem Punkt anstieg, wo sie abknickte. Der Schauplatz war ein Gehölz in der Nähe der Tennisplätze des College, und es war zehn Uhr in dieser Juninacht.

Er hatte das alles einmal einer Gruppe von Jungen vorgelesen.

»Weiter«, sagten sie, als er damit zu Ende war. Blinzelnd sah er sie an. Er hatte es sich inzwischen abgewöhnt, eine Brille zu tragen. In mancher Beziehung und bei gewissen Gelegenheiten war es besser, wenn man die Dinge nicht so genau sah.

»Weiter«, sagten sie. »Was passierte dann?«
»Da gibt es nichts weiter zu erzählen.«
»Hinterher.«
»Nichts weiter. Es war nach dieser Nacht alles zu Ende.«

»Hm.«

»Alles zu Ende. Alles. Aus und vorbei wie eine ausgedrückte Zigarette.«

»Dann erzähl wenigstens von dem Mädchen.«

»Was gibt es da zu erzählen?«

»Du hast dein Glück bei ihr versucht?«

»Hm, ja.«

»Nur so, hm?«

»Tja.«

... Das war eine Geschichte, die Boston nicht ausspinnen konnte, nicht einmal an dem langen Nachmittag in Tsotsis Bude, wo er mit ihm und Butcher und Die Aap auf die Dunkelheit wartete. Er hatte das in den vergangenen Jahren nur einmal versucht.

»Ich hab's nicht getan, sage ich euch – jedenfalls nicht in der Art, wie sie meinten, daß ich's getan hätte. Ich ging draußen spazieren. Ich weiß es, verdammt, noch genau. Ich hatte die Bücher satt und hatte Angst, könnt ihr mir glauben. Hatte Angst vorm Examen. Es war warm in der Nacht. Es war so eine Nacht, sag ich euch, wie sie mich schaudern macht. Und in der Nähe der Tennisplätze, da kam mir dieses Mädchen über den Weg. Eine Schülerin war sie, wie ich. Und ich hab doch, wie ich sagte, nie Glück bei den Mädchen. Es war so schlimm, daß ich Angst vor ihnen bekam. Als ich sie sah, wollte ich weglaufen. Aber sie fing an mit mir zu sprechen. Was sollte ich tun? Ich konnte nicht wissen, was sie vorhatte. Sie wollte wohl nur so ein bißchen spielen, aber ich habe nun mal kein Glück bei den Mädchen. Und dann kam sie näher und fummelte an mir. Verdammt, war das eine heiße Nacht! Und ich wußte nicht, wann aufhören damit, wußte nicht, wie weit man gehen durfte und dann Schluß machen mußte. Und plötzlich schrie sie, und sie kamen angerannt und fanden mich da. Und sie war in Tränen aufgelöst. Aber was hätte ich tun, was sagen sollen? Und so passierte es eben.«

Konnte man sich nun hinstellen und sagen, er hätte

Schuld gehabt? Oder das Mädchen, vielleicht? Und die anderen alle – die mit den strengen, vorwurfsvollen Gesichtern, die Enttäuschten oder Entsetzten (»Aber, Nguza! Das kann doch nicht wahr sein!«), sie kamen erst dazu, als alles vorbei war. Und seine Mutter? An sie dachte er flüchtig. Aber schließlich war es gleichgültig, wem sie die Schuld zuschoben, weil es alles auf ein und dasselbe hinauslief, darauf nämlich, daß Walter Nguza seine paar Sachen zusammenpackte, das College verließ und dumpf vor sich hinsagte: »Es war ein Fehler.« Damit war alles gesagt. Ein Fehler. Man konnte es nicht mal ungerecht nennen.

Seitdem war er besessen von dem, was er Fehler nannte und hatte so viele um sich herum begehen sehen – einige, wie dieser närrische Gumboot, kamen dabei sogar ums Leben –, daß er sich mit vierundzwanzig Jahren schließlich etwas zurechtlegte, das er seine Theorie der Irrtümer und Fehler nannte. »Es war ein Fehler«, sagte er, wenn er betrunken war und dann die Dinge am klarsten sah. »Diese ganze Scheiße, von Anfang bis Ende, von Adam bis Walter Boston Nguza, ist ein einziger großer Fehler. Das ist kein Witz, ich meine das ernst.«

Vom College ging er auf dem kürzesten Weg zum Bahnhof, wo er den ganzen Tag auf den Zug wartete. Wäre es ein Morgenzug gewesen, dann hätte er vielleicht den größten Fehler, den er beging, vermieden, nämlich nicht nach Hause zu gehen, wie er es tat. Er hatte einfach zuviel Zeit, grübelnd über eine müde, alternde und sehr stolze Frau nachzudenken, die mit der Hacke auf dem Feld arbeitete. Er sah, wie sie die Augen gegen die Sonne abschirmte und, als sie ihn auf dem Weg entdeckte, zur Hütte und auf ihn zu gelaufen kam. »Mutter . . .« Mehr sagte er nicht. Es war zu schmerzlich.

Mit sich selbst war Boston ehrlich, seiner Mutter gegenüber aber log er. In der Ecke des Perrons, wo er hockte, sagte er laut: »Ich habe einfach nicht den Mut«, holte dann ein Blatt Papier hervor und schrieb nach Hause. Liebe

Mutter. Schönes Wetter. Ihm gehe es gut. Vermisse sie. Er hätte seine Schulausbildung früher als erwartet beendet und sei nun auf dem Wege, um sich eine Stellung zu suchen. Das würde noch einige Zeit dauern. Hab Geduld! *Laß Deine Briefe von Mr. Mabusa nicht ans College schreiben. Da bin ich nicht mehr.* Teile die neue Adresse so bald wie möglich mit. Alles prima.

Er steckte den Brief in einen Umschlag, adressierte ihn, warf dann seine Fahrkarte weg und verließ mit seinem Gepäck den Bahnhof. Er wanderte ziellos durch die Straßen der Stadt und schlief nachts, wo immer er so etwas wie eine Unterkunft fand. Er wartete auf ein Wunder, durch das auf irgendeine Weise wieder Ordnung in sein verpfuschtes Leben käme. So brachte er eine Woche zu und erinnerte sich später nur noch an den Moment, wo er feststellen mußte, daß ihm das Geld ausgegangen war und ihn der Hunger zu plagen begann.

Dann aber nahm sich das Schicksal selbst seiner in dem Augenblick an, als er nahe davor war, sich der Schande auszusetzen, der er sich dadurch zu entziehen versucht hatte, daß er nicht nach Hause gegangen war. Johnboy Lethetwa. Diesen Namen würde er nie vergessen, weil damit, obwohl sie sich etwas vorzumachen versucht hatten, alles begann. Johnboy Lethetwa. Der Ort, an dem sie sich getroffen hatten, war ihm deutlicher als der Mann in Erinnerung, weil es ihn nach wie vor gab, während Johnboy, wie so viele andere nach ihm, längst entschwunden war.

Es trug sich am Paßbüro zu und zwar um zehn Uhr an einem kalten Wintermorgen. Dorthin hatte es ihn verschlagen, weil dort angeblich ein ferner, sehr ferner Verwandter von ihm arbeitete, und wenn ihm Blutsbande überhaupt etwas bedeuteten, dann würde dieser Mann ihm vielleicht helfen. In der Nähe des Zauns hatte er sich eine Stelle gesucht, wo er sich auf seine beiden Koffer setzte. Er hatte genug Zeit, über vieles nachzudenken, bevor er den Mann fand, um von ihm die simple Antwort zu erfahren, ob er ihm helfen würde oder ob nicht. Täte er es, würde dann seine Mutter benachrichtigt werden? Ihm als Verwandten kam es zu, Fragen zu stellen. Aber selbst wenn er das nicht täte, was erhoffte er, Boston, sich von diesem Mann? Geld? Was zu essen? Eine Schlafstelle? Arbeit?

Boston sah umher. Dies war sicherlich der richtige Ort, um seine kargen Bedürfnisse und seine Aussichten abzuwägen. Sein Interesse galt vor allem den Paß- und Ausweisbüros selbst, einer Ansammlung von flachen, häßlich ineinander geschobenen, barackenartigen Bauten, einem Überbleibsel aus dem großen Krieg, der sich während seiner Kindheit irgendwoanders abgespielt und hier seine schäbigen Reste abgeladen hatte. Die Bauten standen mitten auf einer windigen Fläche von Brachland. Man hatte hier einmal Blumen anzupflanzen versucht. Zwei ältere Schwarze hatten ein Beet ausgehoben, Blumen gepflanzt und sie begossen, nur aber, um feststellen zu müssen, daß sie schon bald vertrockneten und verwelkten. »Es ist zu salzig«, hatten sie gesagt, sich angesehen und beide gewußt, was sie damit meinten. »Der Boden hier ist zu salzig.« So wurden auf Anordnung der Verwaltung die sauber ausgestochenen Sterne und Ovale und die Randstreifen des Beetes mit weißem Kies ausgefüllt.

Die Erde um diese grellweißen Flecken herum war unfruchtbar. Von Unkraut freigehalten wurden sie durch die Tausende von Füßen, die Tag für Tag ohne jede Hoffnung über dieses Gelände hintrampelten. Eingefaßt war es von einem hohen Zaun, hinter dem sich ein gepflasterter, von etwas Gras bewachsener Streifen hinzog. Auf ihm ließen sich die Männer und Frauen in der Mittagspause mit ihren im benachbarten Laden eines Inders gekauften Pommes frites nieder und warteten darauf, daß die Büros wieder geöffnet wurden, in denen ihnen weitere komplizierte Abenteuer im Getriebe der Einheimischen-Verwaltung bevorstanden.

Das Gras um den auf seinen Koffern sitzenden Walter

Boston Nguza herum war braun und verdorrt und durchsetzt von weißlichen Frostflecken von der vergangenen Nacht her.

Der Mann kam angeschlendert und setzte sich auf das Gras neben ihm. Er war untersetzt und stämmig gebaut und hatte ein verschmitztes Zwinkern in den Augen. Nach einigen scherzhaften Bemerkungen sagte der Fremde: »Du trägst 'ne Brille, du kannst also lesen?« Boston nickte. Darauf hielt ihm der andere einen Zettel hin. »Was steht da drauf?« fragte er.

Boston las, was auf dem Zettel stand. »Da steht, daß du nicht in Nattys Kleidergeschäft angestellt werden kannst, weil dein letzter Arbeitgeber deine Papiere nicht unterschrieben hat.«

Johnboy Lethetwa nahm den Zettel wieder an sich und nickte. »Das habe ich mir gedacht.«

»Was hat das zu bedeuten?«

»Sie schnappen mich wieder. Ja ja.«

»Warum hat er nicht unterschrieben?« fragte Boston.

»Ich war im Gefängnis«, sagte Johnboy.

»Weshalb?«

»Weil ich keinen Arbeitgeber hatte.«

»Laß mich mal deinen Ausweis sehn.«

Johnboy gab ihm den. Das war die Art von Problem, durch die er zum Klassenersten geworden war. Wörter auf Papier. Er las die Anweisungen sorgfältig durch, dann nahm er seine Feder und unterschrieb unter Angabe des Datums und der Zeit mit seinem Namen. Er gab Johnboy den Ausweis zurück.

»Hier. Jetzt kannst du nachweisen, daß du einen Arbeitgeber hattest«, sagte er.

»Ja, wahrhaftig«, murmelte der andere. Er musterte die Unterschrift genau, bevor er das Papier wegsteckte. Er stand auf und ging zu der wartenden Menge.

Boston, der meinte, daß er den Mann kaum je wiedersehen würde, dachte wieder über seine eigenen Probleme nach und entschloß sich, nach seinem Verwandten zu suchen und bei ihm wegen Arbeit nachzufragen. War der Mann ein Gentleman, dann würde er ihm von sich aus etwas zu essen anbieten. Boston stand auf, doch als er gehen wollte, sah er Johnboy. Der schlenderte langsam auf ihn zu und kickte Steine vor sich her, als übte er sich im Schlagen von Fußballpässen. Er setzte sich in der gleichen Haltung neben ihn, sah sich vorsichtig nach allen Seiten um und zog dann vier Arbeitspässe aus der Tasche und reichte sie Boston hin.

»Fehlende Arbeitgeber«, sagte er.

Boston nahm die Ausweise, aber zögerte dann. Gleichzeitig zog Johnboy vier Zehnschilling-Scheine aus der Tasche. Zwei davon gab er Boston.

»Halbe-halbe«, sagte er.

Boston nahm sich die Pässe vor und unterschrieb alle vier.

Beim nächsten Mal brachte Johnboy sieben, dann vier und schließlich noch zwei.

»Wir hören jetzt besser auf«, sagte Johnboy. »Sie fangen schon an, mir auf die Finger zu sehen. Gehn wir zum Essen.«

Es war zwölf, und Boston hatte mehr als vier Pfund in der Tasche. Johnboy nahm einen seiner Koffer und brach auf. Boston nahm den anderen und folgte ihm.

»Wie ist es jetzt mit dem Kleidergeschäft?« fragte Boston.

»Zum Teufel mit denen«, sagte Johnboy und dribbelte mit einem Stein vor sich hin. »Wir spezialisieren uns jetzt auf fehlende Arbeitgeber. Wo wohnst du?«

»Nirgends.«

»Du kannst bei mir schlafen. Ich hab ein Zimmer im Männerheim. Spielst du gern Fußball? Wir spielen jeden Samstag.«

An diesem Abend schrieb Boston wieder an seine Mutter. Mir geht's, wie Du an der beigelegten Pfundnote siehst, gut. Was die Zukunft angeht, steht es auch gut. Bin gesund, Du fehlst mir, Mr. J. Lethetwa ist ein guter Freund von mir, unter dessen Adresse Du die Briefe schicken kannst, die Mr. Mabusa für Dich schreibt.

Das Geschäft blühte, und Johnboy und Boston arbeiteten lange zusammen. Von dem Erlös aus dem Geschäft mit den fehlenden Arbeitgebern sparten sie genug zusammen, so daß sie von einem der Angestellten im Paßbüro einige Gummistempel kaufen und das Geschäft auf Lizenzen für Arbeitssuchende, kurzfristige Aufenthaltsgenehmigungen für Besucher und auch auf wenige, aber besonders einträgliche Wohngenehmigungen in einem der Stadtbezirke ausdehnen konnten. Diese Stempel zusammen mit dem ebenfalls von jenem Angestellten erstandenen Stempelkissen trug Boston immer in den Taschen seines Regenmantels bei sich.

Ihren Stand richteten sie überall dort ein, wo Leute zusammenkamen, so etwa am Bahnhof, an der Endhaltestelle der Autobusse und beim Paßbüro selbst, wobei Johnboy für den Zulauf der Kunden sorgte, während Boston ihnen die Ausweise und Papiere aushändigte. Die von dem Ladeninhaber Mr. Mabusa für seine Mutter verfaßten Briefe, in denen sie ihre Dankbarkeit für das Geld und ihre Hoffnungen für seine Zukunft ausdrückte, trafen an seiner jetzigen Adresse ein. Und wann kommst Du wieder nach Hause? fragte sie in den Briefen. Boston antwortete ihr treulich und schickte Geld.

Partner waren sie nur geschäftlich, darüber hinaus hatten sie nichts gemein. Boston machte das nichts weiter aus. Er war mehr als genug mit seinen eigenen Gedanken beschäftigt, und die Schnapsbuden waren genau der richtige Ort, wo er über die alten und die neu hinzugekommenen eigenen und die von anderen Leuten begangenen Fehler und Irrtümer nachdenken konnte. Wenn er nichts zu denken hatte, half ihm das Trinken über die Zeit hinweg und war zugleich etwas, bei dem zumindest seine Hände beschäftigt waren. Ohne die Folgen zu bedenken, gab er sich dieser Gewohnheit leichtfertig hin, bis er immer tiefer hineingeriet und sie ihm schließlich unentbehrlich wurde.

Lang waren die Nächte, in denen er, ein Mann mit nur wenigen Freunden und keinem Glück bei den Mädchen, so gut wie gar nichts zu tun hatte. Johnboy ging seiner eigenen Wege. Boston blieb draußen, er bewegte sich, könnte man sagen, lediglich in Griffweite jener Dinge, welche die wirkliche Welt ausmachen.

Die Schnapsbude, in der er sich mit Vorliebe aufhielt, wurde häufig von einer Bande von Jugendlichen aufgesucht; er hörte sie miteinander reden und steuerte hin und wieder seinerseits eine Bemerkung bei. Martys Schnapsbude, in der er Stammkunde war, wurde zu ihrem ständigen Treffpunkt. Und so, als dann eines Tages Johnboy nicht wiederkam und er erfuhr, daß er mit zehn Arbeitspässen in den Taschen geschnappt worden und es so mit ihren Geschäften zu Ende war, zeigte er sich nicht wirklich bekümmert. In dieser Nacht, in der er mit einem Glas in der Hand allein in der Ecke bei Marty saß, hörte er die drei jungen Männer über ein von ihnen geplantes Vorhaben reden. Sie hatten dabei ein Problem, über das sie sich klarzuwerden versuchten. Es war im Grunde sehr einfach, so einfach, daß es Boston nicht schwerfiel, ihnen zu erklären, wie es zu lösen wäre. Ungläubig und erstaunt sahen sie auf, während Marty nur lachte. Sie gaben natürlich für ihn einen aus, und damit war der Anfang gemacht. Von jetzt an begleitete er sie auf ihren Touren.

Und weiterhin erhielt er Briefe von zu Hause. Es waren seelenvolle, sehnsüchtige Briefe, deren linkisch in Mr. Mabusas gestelzter Sprache formulierte Einsamkeit und Weltfremdheit seinen inneren Frieden wie ätzende Säure zerfraß. Wir leben in der Hoffnung auf Deine Heimkehr und beten für Deine Zukunft ... Möchte doch Deine erfolgreiche Laufbahn Dich näher zu uns und zu unserer bescheidenen Welt bringen ... Meine Augen, lieber Sohn, sehnen sich danach, mein Fleisch und Blut zu sehen, bevor ich sterbe...

In seiner Verzweiflung kam er darauf, den von der Bande, der am besten aussah, zu überreden, mit ihm zu kommen; sie zogen sich ordentlich an und ließen von einem Straßenfotografen eine Aufnahme von sich machen. »Bitte, recht freundlich, ihr beiden«, sagte der. Boston schickte das Bild nach Hause. Liebe Mutter. Es wird Dich freuen, einen der Lehrer kennenzulernen, mit dem ich befreundet bin. Sein Name ist Butcher Songile, wir sind gute Freunde...

Unter denen in der Bande – seiner eigentlichen Welt – war Boston der Mann mit Gehirn, aber er war auch ein Feigling, dem, wenn es bei einer ihrer Touren besonders hart hergegangen war, schlecht wurde, und der dann tagelang trank. Aber er hatte Manieren: Bitte sehr und Vielen Dank und Dürfte ich wohl und Hättet ihr etwas dagegen, wenn ich...? Marty wußte das sehr zu schätzen. Auf die Dauer kamen sie sich dadurch, fast ohne es selbst zu merken, sehr nahe. Andere Männer kamen und befreundeten sich mit ihr, aber immer, wenn sie gegangen waren, saß er noch mit seinem Glas und seinem etwas verklemmten Lächeln in der Ecke, sprach über dies und das, hörte ihr bereitwillig zu, wenn sie zum Reden aufgelegt war, redete selbst noch Stunden mit ihr, wenn die anderen sich längst verzogen hatten und blieb bis zum frühen Morgen – bis zu dem Tag, an dem er auch dann noch blieb. Er weckte in ihr einen nie zur Geltung gekommenen mütterlichen Instinkt; seine Unbeholfenheit, seine seltsamen Versuche, sich beim Akt grausam zu geben und seine Gewissensbisse am Morgen danach – das war es, was sie zu ihm hinzog.

Und dann war damit plötzlich Schluß, weil sie zum ersten Mal einen Mann umgebracht hatten, was noch vieles andere nach sich zog. Das Opfer war der Nachtwächter in dem betreffenden Häuserblock, und hätten sie ihn nicht getötet, dann wären sie mit Sicherheit geschnappt worden;

also gab es darüber nichts weiter zu sagen. Aber Boston wurde dabei übel; Blut zu riechen und es mit den Fingern zu fühlen, das war zuviel für ihn. Und der Brechreiz beschränkte sich nicht auf seinen Magen, er erfaßte ihn ganz. Als er wieder in der Bude war, erbrach er den Dreck und das ganze in den letzten Jahren angestaute Elend in einem wüsten Erguß von Worten. Ein Glas zuviel und zu blind, um noch zu wissen, was er tat, wandte er sich gegen Marty und zog sie in den Schlamm, der in Worten aus ihm herausbrach.

Was er von Liebe wußte, hatte er von Marty gelernt; es begann als Freundschaft und endete als ein seltsames, warmes Zwischenspiel, dem etwas Ähnliches niemals vorangegangen war, und das auch in seinem einsamen Leben keine wirklichen Folgen haben würde. Aber nun zog er sie hinein in seine Selbsterniedrigung, und ihm war übel dabei, bis in die Herzspitze übel. Sie nahm es, ohne mit der Wimper zu zucken, hin, und weil sie so vieles verband, ließ sie es über sich ergehen, ohne sich so grausam und hart zu rächen, wie sie es gekonnt hätte.

Boston bedauerte, was er getan hatte, weil Marty in all den Jahren das einzige gewesen war, was er als etwas Gutes empfunden hatte, und das war nun zu Ende. Die Fahndungen der Polizei setzten sie unter Druck, so daß die Bande sich auflöste und er sich lange Zeit nicht bei ihr sehen ließ. Als er es dann eines Tages doch wieder bei ihr versuchte, zeigte sie ihm wie den anderen die kalte Schulter und servierte ihn so ungerührt ab, als ob nie etwas zwischen ihnen gewesen wäre. Das traf ihn tiefer als alles, was sie ihm sonst hätte antun können. Wieder blieb er fort, und zwei Jahre vergingen bis zu der Nacht, zwei Tage nachdem ihn Tsotsi zusammengeschlagen hatte.

Boston wachte zu der Zeit auf, in der die Nacht am dunkelsten ist.

Tsotsi, der abwartend auf dem Stuhl saß, hatte die

Zeit in einer Folge von Geräuschen vergehen hören, beginnend mit Musik und Gelächter, das, wie die Musik auch, nach einer Weile verklang, überging in ein schläfriges Stimmengemurmel, aus dem sich eine Stimme in trotzig auftrumpfendem Diskant heraushob, bis plötzlich andere laut einstimmten, dann aber verstummten und Stille eintrat.

Das Bett knarrte, und laut fragte Boston in die Dunkelheit hinein: »Wo bin ich?«

Tsotsi stand auf und zündete die Kerze an. Die beiden sahen einander in dem fahlen Licht an. In dem momentanen Schweigen, das, nachdem ihre blinzelnden Blicke flüchtig aufeinandergetroffen waren, eintrat, spürte Boston Angst. Dann entsann er sich der Niederlage, die er körperlich, geistig und als Mann erlitten hatte, und Teilnahmslosigkeit trat an die Stelle der Angst. Er schloß die Augen, und Tsotsi ging zurück zu seinem Stuhl. Es war besser, die Augen geschlossen zu halten. So störten ihn keinerlei Belanglosigkeiten, wie irgendwelche Farben, Gegenstände oder Gesichter – nur seinen Schmerz fühlte er.

»Warum hast du mich hierher gebracht?« fragte er.

»Ich muß mit dir sprechen«, sagte Tsotsi.

Wäre Boston gewesen, wie er einmal war, dann hätte er sich mit erregt glänzenden Augen aufgerichtet und wäre hochgekommen. Aber er war jetzt an nichts mehr interessiert. Was sich zugetragen hatte, war zu endgültig, zu umfassend gewesen, als daß er auf dem strauchelnd zurückgelegten Weg, der ihn bis zu diesem Punkt geführt hatte, auch nur einen Schritt hätte zurückgehen können.

»Du hast mich gesehen?«

»Ja.«

»Du bist es, der das getan hat.«

Tsotsi schwieg lange, dann sagte er: »Ich habe dich gefühlt.«

Was will er damit sagen? Daß er, Tsotsi, etwas für mich gefühlt hat? Interesse kam in ihm auf, und so öffnete er die Augen und starrte zu Tsotsi, schloß sie aber gleich wieder. Es war doch alles egal.

»Mein Leben bis jetzt, meine Jugend«, sagte Boston, weil ihm dies auf der Zunge lag, weil es ihm in den qualvoll verfinsterten Tagen seit Tsotsis Attacke ständig beschwörend durch den Sinn gegangen war und schmerzhafte Erinnerungen in ihm wachgehalten hatte. Was es wirklich bedeutete, wußte er nicht einmal selbst.

Tsotsi versuchte es noch einmal. »Ich muß einiges von dir wissen, Boston, Mann.«

Boston hörte ihm schweigend zu.

»Du mußt es mir sagen.«

»Warum ich?«

»Du warst Lehrer, Mann. Du hast Bücher gelesen.«

Boston sah Tsotsi prüfend an. War es das Licht, waren es seine Augen? Er sah Licht in diesen Augen. Wo immer nur Finsternis gewesen war, sah er jetzt etwas wie Licht. Dies Hinsehen strengte ihn an. Er schloß die Augen. »Was soll ich dir sagen, ich weiß nichts.«

Und Tsotsi, der keine Vorstellung von dem Nichtwissen hatte, das der andere eingestand, sagte: »Ich erzähl's dir jetzt.«

Er erzählte ihm zuerst von dem Baby, und Boston hörte ihm schweigend zu und suchte sich aus den abgerissenen Sätzen und angedeuteten Gedanken ein Bild zu machen. Tsotsi und dieses Baby, das war eine merkwürdige Vorstellung – konnte das wahr sein? Warum nicht – Tsotsi hatte es ihm bis ins einzelne geschildert, und lange genug kannte er ihn, um zu wissen, daß es ihm gänzlich an Phantasie fehlte. Es mußte sich also so zugetragen haben. Aber warum? Was hatte es zu bedeuten? Wird es ein zweites Mal so geschehen, und warum überhaupt geschehen Dinge? Er hörte nicht mehr die Stimme des anderen, verlor sich im Labyrinth der Fragen, die sich ihm stellten, bis ihm plötzlich, klar und kühl wie das Muster, das sich in Kreisen, in klaren, sich ständig erweiternden Kreisen um den ins Wasser geworfenen Kieselstein bildet, der Gedanke und dazu die Worte einfielen, die er laut aussprach: »Die Felder meiner Jugend.«

Tsotsi hielt inne und überdachte, was Boston gesagt hatte. Was hatte das zu bedeuten? Was wollte er damit sagen? In welchem Zusammenhang mit dem Baby stand dieser Satz? Der Schweiß brach ihm aus. Ich weiß so wenig, dachte er. Ich weiß so wenig, weiß nichts.

»Und dann, Boston, war da der Bettler.«
Der Mann auf dem Bett rührte sich nicht.
»Boston, Mann.« Er wartete ab. »He, Boston. Der Bettler.« Boston sah zu ihm. »Hilf mir doch, Mann. Ich hatte ihn, hatte ihn in der Zange, aber dann ließ ich ihn laufen.«

Boston wandte die Augen nicht von ihm, und so erzählte er auch diese Geschichte.

Boston gab sich Mühe und hörte genau zu. Hörte sich die Geschichte bis zum Schluß an. Sie war auf ihre Weise genauso erstaunlich wie die andere. Weshalb war es so seltsam, Mitgefühl in sich zu entdecken? Mitgefühl – was für ein überwältigender Gedanke! Das Wort selbst ist nicht mehr als ein Windhauch. Wo hatte er es so empfunden? Und dann wußte er es: Es war das lang anhaltende, einsame Wehen durch das hohe Gras in den Feldern seiner Jugend.

Aber das behielt er für sich. Er sah zu Tsotsi. Er hat seine Hände wie zum Beten gefaltet. Er hat schöne Hände. Was sagt er vor sich hin? Gelbe Hündin? Erinnert sich seiner Mutter? Tsotsi und – Mutter. Warum nicht, alle Menschen kommen von Frauen. Ich auch. Bin nicht zurückgekehrt. Sie wartete auf mich in den Feldern der Jugend. Stand dort in der Mittagssonne auf ihre Hacke gelehnt, blickte zum Weg. Bin nicht zurückgekehrt. Wartet sie immer noch? Was sagt Tsotsi?

»Ich wußte nichts davon. Bis gestern. Es war, weißt du, wie ein langes Vergessen.« Tsotsi wischte sich den

Schweiß von der Stirn. Boston hatte lange zu ihm hingesehen und nichts gesagt. Er ging zur Tür und stellte sich in die kühlende Luft. Er hatte ihm alles erzählt, und es war hart gewesen. Hätte es nicht erzählen müssen. Aber dann war es ihm leicht von den Lippen gegangen; von innen getrieben fühlte er sich, die Bedeutung der vergangenen Tage und dieser seltsamen Vorfälle zu enträtseln; es war ein Impuls, ausgelöst von dem Baby, der sich verstärkte, bis er nur noch den einen Wunsch hatte, zu wissen. Er hatte die Geschichten erzählt, und Boston hatte zugehört, und nun mußte er seine Fragen stellen, und Boston mußte ihm darauf antworten.

Er ging zurück in das Zimmer, zog den Stuhl heran und setzte sich neben das Bett. »Boston, du hast Bücher gelesen.«

»Ja, ich hab Bücher gelesen.«

»Also sag mir, Mann – was hat es zu bedeuten?«

»Was?«

»Was ich dir erzählt hab, Boston.«

Boston schloß die Augen. »Wir sind krank, Tsotsi. Alle sind wir krank.«

»Wovon?«

»Vom Leben.«

Tsotsi senkte den Kopf, und Boston fühlte die Qual, die in ihm wühlte, und einen Augenblick lang fühlte er sich von ihr in seiner eigenen Qual, in die er wie ein Baby in seine Windeln gehüllt war, schmerzhaft durchstoßen.

Er streckte die Hand aus und berührte Tsotsi, und als dieser zu ihm sah, sagte er hinein in dessen Augen, in dessen verzweifelte Augen hinein: »Ich weiß es nicht, Tsotsi. Ich weiß nichts. Ich bin blind und taub und fast stumm. Meine Worte sind nichts als Laute, die ich wie ein Tier aus der Kehle hervorstoße.« Dann packte er mit festem Griff Tsotsis Arm, weil er plötzlich etwas sehr deutlich sah, das zu sagen ihm dieses Zupacken half: »Du bist anders.«

Tsotsi beugte sich vor.

»Du bist dabei, dich zu ändern, Tsotsi«, und danach: »Das darf dich nicht ängstigen. So geht das, Mann.«

Die Ellbogen auf die Knie gestützt, beugte sich Tsotsi noch weiter vor, so daß ihre Köpfe sich fast berührten und er, als fürchtete er, die Wände könnten ihn hören, nur zu flüstern brauchte, als er nun seine Fragen wie ein Geheimnis vorbrachte, das allein Boston und ihn anging.

»Warum, Boston? Wodurch ist das geschehen?«

Bostons Gesicht erhellte sich plötzlich, er versuchte zu lächeln, aber seine Lippen regten sich nicht und in seiner Nase pochte das Blut, aber trotz des Schmerzes flüsterte er Tsotsi zu: »Du fragst mich nach Gott.«

»Gott.«

»Du fragst mich nach Gott, Tsotsi. Nach Gott.«

Tsotsi setzte sich schweigend zurück, schwieg, als Boston gesprochen hatte, und während der letzten dunklen Nachtstunde, als die Kerze, weil sie auf das Holz niedergebrannt war, sprühend zu verlöschen begann, schwieg noch, als Boston abwesend seinen eigenen Gedanken nachhing und sich an etwas erinnerte, das klar wie der Glockenschlag einer Kirche war, wohinein er die erste Zeile eines Chorals murmelte: »Lieber Christ, zart und mild«; schwieg auch während der letzten, gemeinsam verbrachten Stunde, als das graue Licht sie in der gleichen Haltung heimzusuchen begann, Boston auf dem Bett, Tsotsi auf seinem Stuhl, und Boston sich schließlich im Bett hochsetzte, und, während er durchs Fenster in den fahl werdenden Himmel über sich blickte, »Die grünen Felder meiner Jugend« sagte, wobei er das Wort grün eigens betonte, in dieser Haltung mit vorgestreckten Armen verharrte, um dann aufzustehen und sich zur Tür zu bewegen.

Tsotsi folgte ihm und versuchte ihn zurückzuhalten, Boston aber streifte Tsotsis Hand von seinem Arm.

»Ich muß gehen, Tsotsi. Ich sage dir, grün war es, Mann, grün war das Gras auf den Feldern meiner Jugend. Ich muß jetzt gehen, Mann.«

Tsotsi warf ihm in seiner Nacktheit einen Blick zu und gab ihm eine Hose. Er bot ihm Buttermilch und Brot an, aber Boston lehnte ab. Was er von Boston als letztes sah, war die Gestalt eines Mannes, der sich auf der Straße halb stolpernd, halb laufend entfernte. Weit vor ihm ragten die Türme der Gaswerke kühl in das Licht der Sonne. Der neue Tag hatte begonnen.

12

Isaiah hatte wieder Kummer mit den Saatreihen. Die Schwierigkeit bestand darin, sie gerade anzulegen. Bei der ersten war das, wie immer, leicht. Man brauchte sich nur an den Zaun zu halten, und da der gerade war, wurde es die erste Reihe auch. Der Ärger begann mit der zweiten Reihe. Miss Marriot hatte ihm gezeigt, wie er es machen sollte. »Eine Handbreite, Isaiah, nicht mehr. Leg deine Hand auf die Erde. Ja, so. So weit sollen sie auseinander sein.« Er brauchte nicht erst zurückzusehen, um festzustellen, daß er es wiedermal falsch gemacht hatte und die Reihe krumm war. Die Sämlinge, die er eben gesteckt hatte, waren knapp drei Handbreit von denen in gleicher Höhe in der ersten Reihe entfernt. Isaiah warf verstohlen einen flüchtigen Blick zum Bürofenster. Er sah dort ein Büschel von grauem Haar, und so gab er sich rasch wieder geschäftig. Aber sie mußte ihn beobachtet haben.

»Alles in Ordnung, Isaiah?«

Konnte er so tun, als hätte er nichts gehört?

»Isaiah!« Alter Mann, weißes Haar, steife Beine, hört nichts.

Er fuhr fleißig fort mit dem Pflanzen und maß sorgfältig die Stelle für jeden einzelnen Sämling aus. Beobachtet sie mich, dachte er, dann wird sie sehn, daß ich es richtig mache. Mit großem Aufwand betrieb er das Ausmessen mit der Hand. Er ging sogar in der eigenen Fußspur zurück, um die Reihe der gepflanzten Sämlinge zu überprüfen und so die Aufseherin am Fenster von seiner Arbeit zu überzeugen.

Isaiah war sich schon fast so gut wie sicher, daß er gute Arbeit leistete, als er die Tür aufgehen und ihre leichten Schritte auf dem Kiesweg hörte. Dabei mußte er an die seltsamen schwarzen, verschnürten Schuhe mit den klobigen Hacken denken, die sie trug, und auf die er immer starrte, wenn sie mit ihm sprach. Isaiah seufzte innerlich und machte sich auf das, was ihn erwartete, gefaßt. Er hatte sich nicht richtig verhalten. Er hätte antworten sollen, als

sie ihn rief. Wäre er auf sie eingegangen, dann hätte sie sich vielleicht damit begnügt, vom Fenster aus noch einige wenige Worte zu sagen. So aber...
»Isaiah, ich habe dich gerufen...«
Er schwieg abwartend.
»Isaiah!«
Er litt, der Klang ihrer Stimme verursachte ihm Schmerzen. Ihre Stimme hatte etwas Schneidendes an sich, wie er es noch von niemandem auf diese Weise gehört hatte.
»Isaiah! Was – hast – du – bloß – gemacht!«
War man nicht an dieses weiße, pudrige Gesicht und die dünnen Lippen gewöhnt und hörte nur diese Worte, dann konnte man meinen, ihr kämen dabei Tränen. Aber Isaiah kannte das an ihr. Er kam steif auf die Knie und warf ihr flüchtig einen Blick zu, bevor er die Augen senkte. Das kleine, schmerzliche Lächeln stand ihr im Gesicht, das er schon bei ihrem ersten Zusammentreffen gesehen hatte. Er nahm seine Mütze ab, kratzte sich den Kopf und sah an der Reihe entlang. Die letzten sechs oder sieben, deren Abstand er mit so großem Aufwand ausgemessen hatte, standen richtig, danach aber verlief die Reihe in einer Kurve, als wollte sie zum Anfang des Beetes zurück.
»Isaiah!« Das Lächeln verlangte ihr keine besondere Anstrengung ab, es war ständig da. Sie betrachtete den alten Mann mit weit offenen, runden Augen. »Ja, sieh es dir selbst an, was du da gemacht hast. Bist du nicht ein großer, unartiger Junge?«
Isaiah lächelte und blickte zum Himmel. Manchmal fand er sie direkt komisch.
»Ja«, sagte sie. »Ein großer, unartiger Junge. Hab ich dir nicht gezeigt, wie du es machen sollst?«
»Ja, Miss Marry.« Daß es ihm schwerfiel, die letzte Silbe ihres Namens auszusprechen, hatte auf Miss Marriot eine seltsam verstörende Wirkung.
»Immer eine Handbreit auseinander.«

»Ja, Miss Marry.«
»Marri-jot. Alle sprechen es so aus, Isaiah. Und jetzt, das da.« Isobel Marriot wandte sich ab, und er folgte ihr zu der Kurve. »Ah, du meine Güte. Guck' dir das doch bloß mal an. Was hast du dir um Himmels willen dabei gedacht? Da ist doch wohl Platz genug für eine Chrysantheme. Ist es nicht so?«
»Ja...« – sie ließ die Augen nicht von ihm –
»Madam.«
»Du mußt sie wieder rausnehmen, Isaiah.«
»Ja, Madam.«
»Und zwar alle.«
»Ja.«
»Eine wie die andere.«
»Ja.«
Beide standen abwartend da. Sie fingerte an den Bernsteinen ihres Halsbandes herum, und als sie lange genug über die krumm gepflanzten Sämlinge geseufzt hatte, hob sie den Kopf und blickte über den Zaun zu einem auf der Straße vorbeikommenden Eselskarren. Isaiah stellte wiederum fest, daß der weiße, pudrige Geruch von Miss Marry abstoßend war.
»Alle raus, die Abstände genau ausmessen und dann wieder pflanzen.«
Und ihre Schuhe erst, wo mochte sie die herhaben?
»Und denk dran, immer eine Handbreit.«
Ihre Beine waren wie Besenstiele.
»So, und nun mach dich an die Arbeit, du großer, unartiger Junge, du.«
Isaiah kniete sich hin und begann mit der mühsamen Arbeit, die Sämlinge neu zu setzen. Er ging dabei zielstrebig vor, in der Hoffnung, sie würde zufrieden sein und gehen. Ihm war nichts so zuwider, wie von ihr bei der Arbeit beobachtet zu werden. Es machte ihm nichts aus, stundenlang einfache Arbeiten zu verrichten, Unkraut zu jäten oder Pflanzen zu setzen, ohne daß ihm dabei, weil er seinen

Erinnerungen nachhing, die Zeit lang wurde. Stand aber Miss Marriot neben ihm, dann schlichen die Sekunden wie Schildkröten hin, während er immer nur auf ihr nächstes, sanft bedauerndes oder vorwurfsvolles Seufzen gefaßt sein mußte. Und das war es, was trotz seines Fleißes und seiner Geschicklichkeit jetzt geschah.
»Vorsichtig mit den Wurzeln, Isaiah. Sie sind so winzig und zart, und wir wollen doch, daß sie nicht eingehen, nicht wahr?« Pause. »Ist es nicht so, Isaiah?«
»Ja, Madam.«
»Aber hör mal, wenn du es so machst, dann gehn sie bestimmt ein!«
Isaiah wischte sich den Schweiß von der Stirn. Was hatte er nun wieder gemacht?
»Und schon wieder machst du es so! Komm jetzt, ich zeig's dir.«
Das war das Schlimmste, was passieren konnte, wenn sie ihm so auf den Fersen saß. Wenn sie es ihm zeigte. Sie ließ sich dann auf der Erde neben ihm auf die Knie nieder, berührte seine Hand mit ihren dünnen, kalten Fingern und zeigte es ihm. Das hatte noch kein einziges Mal etwas eingebracht, denn entweder schloß er die Augen oder er drehte den Kopf weg. Einmal hatte Isaiah ihr dabei zufällig in den Ausschnitt geguckt und ihre flachen, weißen Brüste mit den pennygroßen Warzen gesehen. Ein anderes Mal hatte sie gefurzt. Seitdem hielt er sich ungern in ihrer Nähe auf.
»Schaust du auch genau zu, Isaiah?«
»Ja, Madam.«
»So hast du es doch nicht gemacht?«
»Nein, Madam.«
Es war unglaublich, wie sehr der eigene Frieden, um den es einem ging, davon abhing, daß man genau wußte, wann man zu den Weißen Ja oder Nein zu sagen hatte.
»Aber warum hast du es nicht...« – und auch wuß-

te, wann man zu schweigen hatte. »Weißt du was, Isaiah?« Mein Gott, jetzt pflanzte sie schon den dritten Sämling. »Manchmal denke ich, du willst gar nicht, daß sie leben und gedeihen.« Sie sagte das feierlich und erwartete offenbar heftigen Protest. In der Stille, die folgte, kroch sie zum vierten Sämling. »Sieh dir diesen kleinen Burschen an. Meinst du, er bliebe mit all diesen herausstehenden Wurzeln am Leben?«

»Nein, Madam.«

»Warum pflanzt du ihn dann so? Manchmal glaube ich wirklich, daß du nichts als ein großer, unartiger Junge bist.« Miss Marriot benutzte den Zaun als Stütze, um sich schließlich wieder aufzurichten. »Da. Siehst du, jetzt habe ich die ganze Arbeit für dich gemacht.« Ihr Bedürfnis, Kritik zu üben, war jetzt gestillt, aber sie blieb noch und sah mit leerem Blick an ihm vorbei auf die Straße, wo der Eselskarren auf seinem Rückweg vorbeikam. Sie machte noch einige Bemerkungen über Chrysanthemen und Gladiolen und erinnerte Isaiah abschließend daran, daß es als Kirchengrundstück heiliger Boden sei, auf dem er arbeite. Dann ging sie.

Ihre Anwesenheit hatte ihn so erschöpft, daß er nun jedes Risiko vermied. Ununterbrochen arbeitete er eine Stunde lang. Danach war die krumme Reihe begradigt, und er ging dorthin zurück, wo er aufgehört hatte. Hier war er für sie außer Sicht, konnte sich ungestört ausruhen und verträumt seinen aufsässigen Gedanken über die Weißen nachhängen.

»Die Weißen« – was für eine breite Skala von Erfahrungen schloß dieses Stichwort in sich ein! Als bestes Beispiel dafür hatte er den Gegensatz zwischen seinem unmittelbaren Boß, Miss Marriot nämlich, und dem großen Boß Ehrwürden Father Ransome vor Augen. Himmel und Erde waren das, wenn nicht gar Himmel und Hölle. Beide hatten sie ihn gelehrt oder ihn zu belehren versucht, wie etwas zu tun war; Miss Marriot in endloser, penibler, von Vorwürfen

und Bedauern durchsetzter Mühe, wie man Unkraut im Kirchgarten jätet und Sämlinge in geraden Reihen pflanzt, Father Ransome, wie man die Glocke läutet.
Geschehen war dies, bald nachdem Isaiah als Begräbnishelfer bei der Kirche eingestellt worden war. Er hatte Unkraut im Garten gejätet, und Father Ransome, als er ihn sah, war zu ihm gekommen.
»Wie ist dein Name?«
»Isaiah.«
»Du bist also Christ?«
»Ja, Boß.«
»Father Ransome heißt das, Isaiah.«
»Father Ramsy.«
»Ja, richtig. Würde es dir Freude machen, die Glocke zu läuten, Isaiah?«
»Mir?«
»Ja. Hättest du Lust dazu?«
»Ich?«
»Ja, du. Heute abend ist Gottesdienst. Komm um zehn Minuten vor sieben hier zu der Tür, dann zeig ich es dir.«
Am selben Abend zehn Minuten vor sieben: »Zieh an diesem Seil, Isaiah. So.« Isaiah zog daran, ohne daß etwas geschah. »Du mußt kräftiger ziehn.« Er versuchte es noch einmal, und die Glocke gab einen einzelnen Klang von sich.
»Glaubst du an Gott, Isaiah?«
»Ja, Father.«
»Fest, meine ich. Glaubst du fest und innig an Gott?«
»Ja, Father.«
»Nun, Isaiah, diese Glocke fordert mit ihrem Läuten die Menschen zum Glauben an Gott auf. Vergiß dabei nicht, daß manche träge sind und nicht hören wollen. Und jetzt versuch es.«
Ding-dong-ong-ong-ong. Ding-dong-ong-ong.

Das war alles, was er lernen mußte, um die Kirchenglocke zu läuten.

Miss Marriot aber und ihr Unkraut! Schon am nächsten Morgen hatte er sie wieder am Hals. Hier jetzt und dort, nicht zuviel, nicht zu wenig, du unartiger Junge, warum hörst du nicht zu, wann wirst du je lernen... und die ganze Zeit stand sie mit ihren besendünnen Beinen in ihren komischen schwarzen Schuhen.

Isaiah bemerkte den Mann zum ersten Mal in der Teepause: Miss Marriot hatte seinen Namen dreimal mit schriller, erstaunlich lauter Stimme gerufen, und so ging er mit seinem Becher ums Haus zum Büro, und sie schenkte ihm Tee ein. Auf dem heiligen Boden der Kirche gab es einen Baum – einen verkrümmten Eukalyptusbaum in der Nähe des großen Tores für Kraftwagen –, und in seinem Schatten trank Isaiah immer seinen Tee.

Der Mann fiel ihm auf, weil er so müde aussah. Isaiah hatte den größten Teil seines Lebens hart gearbeitet, und so kannte er aus persönlicher Erfahrung die Haltung und Gesten von Leuten, die wirklich erschöpft sind; er sah es ihnen an, wenn es soweit war, daß der Körper kaum noch sein eigenes Gewicht zu tragen vermochte. Er merkte es an der Art, wie der junge Mann, halb gegen den Laternenpfahl gelehnt, auf dem Pflaster saß, und die furchtbare Zeit kam ihm in den Sinn, in der er auf einer Kartoffelfarm gearbeitet hatte. Vor sich sah er die anderen Arbeiter, die erschlafft und verkrümmt an den Wänden der Hütte zusammengesackt waren, in die sie nach zwölfstündiger Feldarbeit wie Vieh eingepfercht wurden. Isaiah hätte sich von dieser Erinnerung losreißen, in Gedanken abwandern und den Mann gegenüber vergessen können, wäre ihm die Erschöpfung dieses Mannes nicht so anders vorgekommen. Er war so ein Tsotsi-Typ, so ein Herumtreiber, der an Straßenecken und in Schnapsbuden herumlungert, einer, dem man nachts besser aus dem Weg geht, und der zum Abschaum und zu diesem arbeitsscheuen Gesindel gehörte, das um ein paar Pennys oder ohne jeden Grund Leute umbrachte. Aber immerhin, der Mann war zu Tode erschöpft. Isaiah brauchte sich das nicht erst zu fragen. Er hatte es vor Augen. Der Mann war auf eine Weise erschöpft, wie er es sich nicht einmal von dem härtesten Schwerarbeiter in der Stadt vorstellen konnte. Isaiah wußte, wie sehr vor solchen Typen gewarnt wurde. Beachte ihn nicht. Wende dich ab. Mach weiter, als hättest du ihn gar nicht gesehen. Aber jetzt in seinem Alter bedeutete ihm das Leben durch die Fülle seiner Erinnerungen, durch seine Erkenntnisse und durch das, was er aus sich selbst geworden war, mehr als je zuvor. So trank er, im Schatten des Baumes sitzend, von seinem Tee und seufzte und sagte laut: »Für einen zuviel. Soll ich den Rest wegkippen?«

Er sah zu Tsotsi. »Jemand mag vielleicht etwas warmen Tee. Wie ist es mit dir?«

Der junge Mann setzte sich auf und blickte zu Isaiah, der ihm den Becher hinhielt.

Einen Moment sah es so aus, als wollte er den Tee nicht. Dann aber kam er hoch, ging zu Isaiah und setzte sich neben ihn. Er nahm den Becher, murmelte so etwas wie Danke und trank. Hin und wieder sah er auf und musterte die Kirche, wobei ihm irgend etwas durch den Kopf zu gehen schien, und trank dann wieder.

»Die Kirche Christus der Träumer«, brachte Isaiah versuchsweise vor.

Der junge Mann betrachtete Isaiah nachdenklich. Er schien mit seiner Antwort zu zögern, dann aber sagte er:

»Gott.«
»Ja, richtig.«
»Da in der Kirche.«
»Ja.«

Der Fremde gab Isaiah den Becher zurück. Es war noch etwas Tee darin. Isaiah nahm den Becher nicht

gleich, überlegte, ob er ihn auffordern sollte, den Tee auszutrinken, aber unterließ es.
»Ich läute die Glocke. Sonntags und vor dem Abendgottesdienst. Ich läute die Glocke.« Isaiah zeigte auf den rechteckigen Glockenturm. »Du hast es sicher schon gehört. Das bin dann ich.«
»Warum läutest du sie?«
Isaiah schloß vergnügt die Augen. »Um die Menschen zum Glauben an Gott aufzufordern. Einige, weißt du, sind träge und wollen nicht hören.« Als er die Augen wieder öffnete, überraschte ihn der Gesichtsausdruck des anderen. Er kämpfte sichtlich gegen seine Erschöpfung an, blinzelte mit den Augen, die an Isaiahs Lippen hingen, als wäre das, was er sagte, für ihn von großer Wichtigkeit.

Er wollte ihn etwas fragen, als Miss Marriots schrilles »Isaiah!« die Stille zerriß; Isaiah stöhnte auf und blickte über die Schulter zu der kleinen weißen Frau.

Sie näherte sich den beiden.
»Hast du die Ringelblumen alle gesetzt, Isaiah?«
»Nein, Miss Marry.«
»Oh.« Isaiah kam auf die Beine und schüttete die Teeblätter in seinem Becher aus. »Ist das ein Freund von dir, Isaiah?« Sie wartete die Antwort nicht erst ab. »Du weißt, daß Fremden der Zutritt hier nicht gestattet ist.«

Sie wandte sich an Tsotsi. »Wie ist dein Name?«
Er stand auf und ging, ohne sie weiter zu beachten, durch das Tor nach draußen.
»Wer ist der Mann, Isaiah?«
»Ich weiß nicht, Madam.«
»Na gut, aber dann sage ihm bitte ... daß dies kein Park, sondern Kirchengelände ist ... und daß er willkommen ist, falls er beten will ... wir sähen das sogar gerne. Komm zu mir, wenn du die Ringelblumen gepflanzt hast.« Mehr hatte sie, schien es, nicht zu sagen, und so ging sie zurück zum Büro.

Isaiah machte sich an die Arbeit, und bald darauf

erschien der junge Mann am Zaun. »Warst du schon drinnen?« fragte er Isaiah.
»Wieso fragst du mich das, Mann? Ich läute die Glokke, hab ich dir gesagt. Sonntags und vor den Abendgottesdiensten.«
»In der Kirche?«
»Ja. Da hinter der Tür hängt das Seil.«
»Was ist da außerdem drin?«
»Die Orgel. Für die Musik, weißt du. Die Sitzbänke und Kerzen und Jesus, der an einem Kreuz schreit.«
»Jesus.«
»Ja, da drinnen.«
»Da drinnen am Kreuz.«
Der junge Mann setzte sich auf den Weg, und sie unterhielten sich durch den Zaun.
»Was tut er da?«
»Was er tut? Er ist tot, Mann.«
»Tot.«
»Sie haben ihn getötet. Ihn ans Kreuz genagelt, und so starb er.«
»Was hat er getan?«
»Sein Vater hat ihn geschickt.«
»Wer ist das?«
»Gott.«
»Ja. Erzähl mir von Gott.«
»Warum fragst du mich so was? Du siehst so müde aus. Wovon kommt das?«
Der junge Mann ließ sich mit seiner Antwort Zeit. »Das hat etwas mit mir zu tun. Erzähl mir von Gott, Alter.«
Isaiah wischte sich den Schweiß von der Stirn. Er hatte Vergnügen an dem Gespräch. »Gott hat die Welt gemacht. Alles hat er gemacht. Dich, mich, diese Straße – alles.«
»Erzähl mir mehr.«
»Ja, wie war das? Hm. Einmal, da regnete es so stark,

und das Wasser stieg so hoch, daß er um das alles fürchten mußte, und so rettete er alles, indem er es in sieben Tagen und sieben Nächten in ein großes Boot lud, das unter der Anleitung von einem Mann gebaut wurde, der Moses hieß, und den wir den guten Hirten nennen. Er segelte das Boot in ein verheißenes Land, und später brachten Maria und Joseph Jesus zur Welt.«

»Ist das alles?«

»Soweit ist Ehrwürden Father Ramsy bis jetzt gekommen. Er erzählt uns jeden Sonntag etwas davon.«

Isaiah stellte bekümmert fest, daß er dabei nicht auf seine Hände geachtet hatte, so daß die Reihe wieder krumm geworden war. Der junge Mann auf der anderen Seite des Zauns folgte ihm, um auf einer Höhe mit ihm zu bleiben.

»Wo ist Gott?«

»Überall. Zum größten Teil da drinnen.« Isaiah zeigte zur Kirche.

»Was will er?«

Der alte Mann dachte eine Weile nach. »Daß die Menschen gut sind, weißt du, und aufhören sollen zu stehlen, zu töten und zu plündern.«

»Und warum will er das?«

»Weil das alles Sünde ist.«

»Was ist das, Sünde?«

»Plündern, stehlen und töten.«

»Was geschieht, wenn man es trotzdem tut?«

»Ha! Dann bestraft dich der Herr Jesus Christ. Hast du vielleicht so etwas getan?«

»Was meinst du mit ›bestrafen‹?«

»Er macht dir die Hölle heiß.«

»Tötet einen auch?«

»Vielleicht auch das.«

Der junge Mann wandte sich zum Gehen, und Isaiah dachte, jetzt hätte er genug. Aber nach wenigen Minuten tauchte er wieder auf.

»Wann wird hier gesungen?«
»Heute abend. Ich läute die Glocke um zehn Minuten vor sieben. Komm doch auch.«
»Ich?«
»Komm und sing mit den anderen.«
»Ich!«
»Jeder kann kommen, sag ich dir. Es ist das Haus Gottes. Ich läute Seine Glocke. Kommst du?«
»Ja.«
»Hör genau hin heute abend, verstehst du. Ich bin es, den du dann hörst. Ich rufe dich zum Glauben an Gott.«

Er fühlte sich auf unnatürliche Weise leicht. Gehen bestand nicht darin, daß er mit dem Gewicht seiner Füße auf die harte, unnachgiebige Erde stieß, es war, als triebe er in der flimmernden Mittagshitze hin, die durch die Straßen strömte und ihn mit sich trug. Warmer Wind kam ihm in Staubwolken um die Ecken herum entgegen. Er fühlte den grobkörnigen, ihm in die Haut seiner Füße schneidenden Sand nicht mehr. Er schloß die Augen, aber nicht sehr fest, er hielt die Lider gesenkt und fühlte sich von dem Wind durchweht, der seine Gedanken, noch bevor er sie ganz wahrgenommen hatte, vertrieb. Die Illusion, als bewegte er sich voran, ohne den Boden zu berühren, verstärkte sich noch, als er die Augen wieder öffnete; der Auftrieb faßte ihn wie eine von außen wirkende Kraft. Auch das Baby, das er, in seine Jacke gewickelt, vor sich trug, schien ohne Gewicht. Die Leute, die sein Sichtfeld kreuzten, schienen sich ebenfalls gewichtslos zu bewegen. Als er hochblickte, glaubte er Dächer zu sehen, die sich von den Mauern gelöst hatten und in den weißen Himmel trieben. Wieder durchwehte der Wind ihn, und er schloß die Augen.

Miriam Ngidi, die auf Knien an einem Waschtrog hockte, sah ihn die Straße herunterkommen. Während er sich der Pforte näherte, hörte sie abwartend auf zu waschen und stützte sich auf ihre bis zu den Ellbogen in das bläulichgraue Wasser getauchten Arme. Als Tsotsi den Hof betrat, kam sie hoch und schüttelte sich den Seifenschaum von den Armen. Sie wußte, was er, in seine Jacke gewickelt, in den Armen trug. »Das Baby?«

Tsotsi nickte.

Miriam wandte sich um, und er folgte ihr in das Zimmer, wo sie ihm das Baby abnahm und es aufs Bett legte. »Was ist mit ihm?«

»Er hat keinen Hunger.«

»Das kann nicht sein!« widersprach ihm Miriam. »Er hat größeren Hunger als mein Simon. Babys brauchen Milch. Haben Sie ihm die Milch in der Flasche gegeben?«

Tsotsi nahm auf einem Stuhl Platz. »Ja.« Seine Stimme kam ihm wie etwas vor, das aus großer Ferne auf ihn zuströmte. »Ich gab sie ihm, aber die Milch kam wieder hoch.« Das stand ihm jetzt wieder vor Augen, und er sah auf seine Hände. Die geronnene Milch war in weißen, flokkigen Streifen auf seiner Haut getrocknet. Er rieb sie sich von den Händen. Das Bett knarrte, als sich Miriam jetzt neben das Baby setzte und sich an die Arbeit machte. Tsotsi sah ihr, die genau wußte, was zu tun war, aufmerksam zu. Es war ein gutes, herzerwärmendes Gefühl, sie die Hände so sicher und zielstrebig bewegen zu sehen.

»Haben Sie etwas Geld?«

Geld? Boston, die Buttermilch und das Brot. »Nein. Ich habe keins.« Er hörte Münzen in einer Tasse klappern und dann die barfüßigen Schritte ihrer Füße. Sie verließ das Zimmer und blieb zehn Minuten fort. In dieser Zeit betrachtete er durch die offene Tür den Waschtrog, an dem sie bei seiner Ankunft tätig gewesen war. Neben ihm stand ein Eimer, hochbepackt mit aufgerollten Wäschestücken, die sie bereits ausgespült hatte. Die Vorstellung von kühlem Wasser, von etwas Feuchtem an seiner Haut, von Flüssigkeit, die ihm durch die Kehle rann und seinen Durst stillte, störte ihn auf. In einer Ecke des Zimmers sah Tsotsi einen Eimer voll Wasser und daneben einen Becher. Er füllte ihn mit Wasser, nahm einen tiefen Schluck und setzte sich wieder auf den Stuhl.

Miriam kam mit einer kleinen Flasche zurück. Auf dem Tisch, an dem er saß, füllte sie mit einem Löffel etwas von der dunkelbraunen Flüssigkeit in eine Tasse, tat Wasser hinzu und rührte es um.

»Medizin?«

»Für den Magen.« Sie gab dem Baby löffelweise etwas davon ein und ließ es dann aus einer Flasche Milch trinken. »Männer kennen sich da nicht aus«, sagte sie. »Mit Babys wissen sie nicht Bescheid und können auch nicht recht mit ihnen umgehen.« Sie hielt inne und sah Tsotsi prüfend an. »Fehlt Ihnen etwas?«

»Nein, nichts.«

»Ihre Augen . . .« Er unterbrach sie nicht. »Sie sehen so müde aus.«

Er zuckte die Schultern.

Sie senkte die Augen und betrachtete ihre Hände, dann sah sie plötzlich hoch. »Wollen Sie etwas zu essen? Ich habe etwas Brot.«

Miriam wartete seine Antwort nicht ab. Tsotsi nahm eine der mit Bratenfett bestrichenen Scheiben, die sie vor ihn hinstellte. Sie ging zum Bett und kümmerte sich um das Baby, das immer noch von der Milch trank. Miriam setzte sich neben ihm aufs Bett, von wo aus sie sagte:

»Im Anfang, als ich dieses Baby, diesen kleinen David, sah und hörte, was Sie von mir wollten, war das schlimmer als . . .«

Tsotsi hörte ihr aufmerksam zu.

»Sie wissen, was ich meine«, fragte sie.

»Ja, ich weiß.«

»Es war schlimmer als das. Weil ich einen Mann habe. Den Vater von meinem Simon. Nur wissen wir eben nicht, wo er – mein Mann – Simons Vater ist. Er heißt auch Simon, und ich habe lange nach ihm gesucht. Habe gesucht, aber er war verschwunden. Statt dessen fand ich dann eines

Tages diesen kleinen David in Ihrem Zimmer, und als ich erfuhr, was Sie wollten... Sie wissen, was ich gedacht habe. Aber was ich eigentlich sagen wollte: Es war falsch von mir. Milch wird sauer, wie Sie wissen. Muttermilch auch. Meine war sauer geworden, die Milch in mir, in meinen Brüsten. Sie war sauer geworden, weil ich sie bei mir behielt, weil Simon jetzt feste Nahrung zu sich nimmt und ich mehr habe, als ich brauche. Sie verstehen, was ich meine?«

Tsotsi nickte.

»So war es also falsch, sie bei sich zu behalten, ich meine, sie bei sich behalten zu wollen. Weil man das einfach nicht kann, verstehn Sie? Man kann nichts bei sich behalten, ohne daß es sauer wird. Das war bei mir der Fall, und das war es, was ich durch diesen kleinen David gelernt habe. Sehn Sie...«

Miriam schloß die Augen, seufzte und wiegte sich schweigend, die Hände in ihrem Schoß geschlossen, auf dem Bett, bis sie weitersprach. »Sehn Sie... ich glaube nicht, daß Simon zurückkommt. Ich glaube, mein Mann ist tot.« Es war für sie alles aus. »Ich glaube, er ist tot und irgendwo begraben.«

Aus und vorbei. In einem plötzlichen Anfall von selbstquälerischem Mut zwang sie sich, das noch einmal zu sagen. »Heute halte ich es für so gut wie sicher, daß er tot ist. Simon ist tot.«

Sie öffnete die Augen und sah, daß Tsotsi sie anstarrte. »Tot. Simon ist tot.«

Miriam blickte zu dem Baby neben sich. Es hatte die Milch ausgetrunken, und so nahm sie es hoch, wiegte es auf den Knien und rieb ihm den Rücken. Als es aufgestoßen hatte, legte sie das Baby wieder hin, das sofort einschlief. Das, womit sie in Gedanken beschäftigt war, wurde durch ihr Tun nicht unterbrochen. Sie fuhr fort zu sprechen, wo sie aufgehört hatte.

»Simon ist tot, ja; aber ich habe mein Baby, und nun ist außerdem der kleine David da. Es ist für mich schwer, aber ich schaffe es schon mit Waschen, und mein Bruder gibt mir jede Woche etwas, so daß ich zurechtkomme.« Miriam stand jetzt an der Tür und sah auf den Hof.»Wir müssen leben, meine ich. Der kleine David – auch er muß leben. Simon muß es und ich auch. Und Sie auch. Darauf allein kommt es an. Ist es nicht so? Darauf allein. Das ist alles. Morgen ist wieder ein Tag, und wir müssen leben.«

Morgen, ja, dachte Tsotsi, und ein kleiner Junge, der keinen Vater hat, und seine eigene Mutter kam auch nicht zurück, wenn er sich daran auch noch kaum erinnerte, aber der kommende Tag, das Morgen, lehrte ihn, daß es zu leben galt. Sie hatte recht.

Miriam blieb zögernd an der Tür stehen. Als sie wieder zu sprechen begann, war ihre Stimme ruhig; Miriam hatte sich von den Gefühlen, die sie bewegt hatten, freigemacht.

»Sie sind müde. Sie können, wenn Sie wollen, hier schlafen.«

Sie ging auf den Hof und kniete sich wieder am Waschtrog hin; die lastende Stille wurde durch das Klappen und Aufspritzen der Wäsche durchbrochen. Viel gab es nicht mehr zu waschen, und als sie die letzten Stücke gespült hatte, zog sie den Trog beiseite und hängte die Wäsche zum Trocknen auf. Bevor Miriam die Wäsche auf der Leine auseinanderzog, schüttelte sie jedes Stück noch einmal aus.

Die Sonne fing sich in den weißen Flächen und blendete. Der Wind hob sie an, und sie bauschten sich und flatterten tapfer wie Fahnen. Bald gab es auf dem ganzen Hof keinen Fleck mehr, der nicht von diesem rastlosen Weiß überweht war. Miriam bewegte sich unter der Wäsche hin und beugte sich dabei vor wie jemand, der sich in einem Schneesturm vorankämpft. Besonders ein Hemd zog seine Aufmerksamkeit auf sich; die Ärmel schwangen hilflos im Wind und der Kragen war vornüber gekippt, als wäre der Mann, der es getragen hatte, geköpft worden.

Nach einer Weile befreite Miriam die Leine von ihrer Last und kam mit einem Arm voll hochgetürmter, getrockneter Wäsche zum Zimmer.

Tsotsi ging zum Bett und betrachtete das Baby, das wachlag, aber still war. Er spürte, wie Miriam an ihn herantrat.

»Sie wollen ihn mitnehmen. Bitte nicht.«
»Warum nicht?«
»Jetzt nicht und nie. Bitte.«
»Kann ich etwas Wasser haben?« Sie gab ihm einen Becher.
»Wann kommen Sie wieder her?«
»Irgendwann.«
»Wo gehen Sie hin?«

Ding-dong-ong-ong. Ding-dong-ong-ong. Tsotsis Zutrauen zu ihr war nicht so groß, daß er ihr das Baby überlassen hätte. Bei Anbruch der Nacht hatte er das Baby wieder zu den Ruinen gebracht.

Er wachte am nächsten Morgen erst spät auf. Er hatte lange geschlafen. Die Sonne stand über den Dächern, und es war schon heiß.

Der neue Tag war gekommen, und das, was er sich in der letzten Nacht ausgedacht hatte, war noch da, er hatte es nicht vergessen. Ihm war nur eins wichtig. »Komm zurück«, hatte die Frau gesagt. »Komm zurück, Tsotsi.«

Ich muß sie korrigieren, dachte er. »Mein Name ist David Madondo.«

Er sagte es in der fast leeren Straße laut vor sich hin und lachte. Der Mann, der die Milch ausfuhr, hörte ihn, er sah hoch und sagte: »Friede mit dir, Bruder.«

»Friede auch dir«, erwiderte David Madondo und ging seiner Wege.

Er hörte die Planierraupen und sah in der Ferne den Staub. Es war ein eigentümliches Geräusch, das schon längere Zeit herübertönte. Als er um die Ecke kam, sah er sie, er blieb stehen und starrte zu ihnen hin.

Die Aufräumungsarbeiten in den Slums waren in ihrer zweiten, entscheidenden Phase. Die weiße Bevölkerung war ungeduldig geworden. Die Ruinen, sagten sie, würden wieder aufgebaut, und es kämen ebenso viele Leute neu dorthin wie jene, die in Transportern zu neuen Wohnplätzen oder in Lastwagen zu den Gefängnissen gefahren wurden. So schickten sie die Planierraupen, um die restlichen Gebäude dem Erdboden gleichmachen zu lassen.

Er rannte am Anfang der Straße los und rief auf halbem Wege: »Aufhörn! Hört auf damit!«

Die Leute blieben stehen und sahen ihm nach, und wegen des wilden Ausdrucks in seinen Augen drehten sie sich um und folgten ihm. Einige riefen wie er »Aufhörn«, ohne zu wissen, warum.

Er sprang durch die Ruinen und ließ die anderen, die wegen des Krachs und der Staubwolken stockten, hinter sich. Die Männer, die sich hinter den Planierraupen mit Hacken und Vorschlaghämmern in dem Trümmergelände befanden, hörten und sahen ihn nicht. Sie hatten die Augen auf die Mauern gerichtet, und das nicht ohne eine gewisse Wehmut, weil sie sich dabei an MaRhabatse erinnerten.

Er hatte nur noch wenige Sekunden Zeit, doch immerhin Zeit genug, um die Stelle, an der das Baby versteckt war, zu erreichen, bevor die Mauer aufriß und die Trümmerbrocken von oben herabkamen, Zeit genug auch, um hinzusehen und sich zu erinnern. Gleich darauf aber war es zu spät, noch irgend etwas zu unternehmen, denn die Mauer stürzte herab und begrub ihn in Staub und Erde.

Schon Minuten darauf hatten sie ihn ausgegraben. Das Lächeln, das seinen Mund umspielte, war, wie alle übereinstimmend feststellten, schön und überraschte bei dieser Tsotsi-Type. Während sie in seinem Gesicht dieses Lächeln sahen, konnte sich keiner, als er jetzt noch unzugedeckt vor ihnen auf dem Rücken in der Sonne lag, vorstellen, wie sein Hinterkopf aussehen mochte.

Die Originalausgabe erschien 1980
unter dem Titel »Tsotsi« bei Quagga Press (Pty) Ltd.
im Verlag Ad. Donker (Pty) Ltd., Johannesburg
© 1980 by Athol Fugard
Über alle Rechte der deutschen Ausgabe verfügt die
Verlagsgemeinschaft Ernst Klett – J. G. Cotta'sche
Buchhandlung Nachfolger GmbH, Stuttgart
Printed in Germany 1982
Fotomechanische Wiedergabe
nur mit Genehmigung des Verlages
Design: Heinz Edelmann
Gesamtherstellung:
Hieronymus Mühlberger, Augsburg

CIP-Kurztitelaufnahme der Deutschen Bibliothek
Fugard, Athol:
Tsotsi : Roman / Athol Fugard. Aus d. Engl.
übers. von Kurt Heinrich Hansen. –
Stuttgart : Klett-Cotta, 1982.
Einheitssacht.: Tsotsi ⟨dt.⟩
ISBN 3-608-95101-6

Doris Lessing

Der Mann, der auf und davon ging

Erzählungen Band 1
Aus dem Englischen übersetzt von Adelheid Dormagen
433 Seiten, Leinen, ISBN 3-12-905011-6

Die Frau auf dem Dach

Erzählungen Band 2
Aus dem Englischen übersetzt von Adelheid Dormagen
561 Seiten, Leinen, ISBN 3-12-905021-3

Mit diesen beiden Erzählbänden liegen die gesammelten Erzählungen von Doris Lessing aus dem Zeitraum von 1953 bis 1972 vor. Dem Leser wird es damit möglich, Vergleiche anzustellen zwischen der Romanautorin und der Kurzgeschichtenautorin Doris Lessing. Viel Verwandtes läßt sich finden; und einige Erzählungen lesen sich tatsächlich wie Vorstudien zu den Romanen: dieselbe schmerzhafte Ernsthaftigkeit, der bittere Humor, die präzise Sprache und die immer wieder überraschende Intensität der Beschreibung etwa von Landschaften, von Räumen, von Straßen, von Parks. Die Menschen, die in diesen Räumen wohnen, sich auf diesen Straßen begegnen, werden mit einer Schärfe beobachtet, die nur der Lessing gelingt – als beschriebe sie Wesen einer fremden Spezies. Keine komplexen psychologischen Erklärungen sind nötig: wenn etwa die Frau in der Erzählung »Zimmer neunzehn« erkennt, daß sie vollkommen ersetzbar ist: durch eine Putzfrau, die sich um das Haus kümmert, durch ein au-pair-Mädchen, das sich um die Kinder kümmert, durch eine Geliebte, die ihre Stelle bei ihrem Ehemann einnimmt; und sich deshalb in ein anonymes Hotelzimmer zurückzieht, wo sie nichts tut, wo sie nichts ist, und sich schließlich das Leben nimmt, als ihr Geheimnis entdeckt wurde. Eine beunruhigende Geschichte über die scheinbar so gut funktionierenden Spielregeln des Zusammenlebens.

Nicht alle Geschichten sind so verzweifelt, aber in allen Geschichten geht es um Brüche im Umgang von Menschen mit Menschen. Und das ist ein Thema, das Doris Lessing immer – seien es Erzählungen, seien es Romane – beschäftigt.

Klett-Cotta